N&K

NIKO STOIFBERG

DORT

Roman

Nagel & Kimche

Der Verlag dankt

Stadt Luzern
FUKA-Fonds

und

rkk
regionalkonferenz kultur region luzern

für die freundliche Unterstützung

1. Auflage 2019

in der MG Medien Verlags GmbH, München
Satz: JournalMedia GmbH, Nancy Bose
gesetzt aus der Baskerville 10,75 pt
Herstellung: Der Buch*macher* Arthur Lenner, Windach
Umschlag: Christina Baeriswyl
Druck und Bindung: Friedrich Pustet, Regensburg
ISBN 978-3-312-01120-9
Printed in Germany

FSC
www.fsc.org
MIX
Papier aus verantwortungsvollen Quellen
FSC® C014889

1

Es ist Donnerstag, der zwölfte August 1999. Träume ich? Ich will gerade aus dem Haus, und davor steht – direkt vor mir – die Frau, die ich seit Jahren suche. *Suchen* ist das falsche Wort; ich wusste nicht, dass ich sie suchte, wusste nicht, dass es sie gibt – und weiß doch auf den ersten Blick, dass ich auf sie gewartet habe, nur auf sie, genau auf sie. Im Traum ist alles plötzlich klar, im Traum, da gibt es keinen Zweifel, ist die Wahrheit wie ein Fieber, fällt uns an und schüttelt uns. Im Traum, da ist die Wahrheit plötzlich da, man kann sie nicht ergründen, nur erfahren, nur erleiden. Da, die Wahrheit: diese Frau. Sie ist es, sie hat mir gefehlt; ich brauche bloß eine Sekunde, um das zu begreifen – die Sekunde, die sie zu mir aufschaut, sich die Schuhe schnürt, die weißen Trimm-Trabs, auf dem Treppenabsatz, eine Armlänge vor mir. Sie trägt ein weißes Kleid, ein weißes, kurzes Kleid aus Frotteestoff. Ich schrecke auf, mehr noch als sie, lasse die Klinke gleiten. Krachend fällt die Tür zurück ins Schloss. Was jetzt? Mir ist, als ob man mir ein dunkles Tuch umbände; mir wird schwarz, ich muss mich niedersetzen, auf den speckig kalten Stein.

Was jetzt? Ich wollte lesen gehen, hab das Buch in meiner Hand. Ich schlag es auf und wieder zu; zu dunkel hier im Vorhaus, und ich hab die Sonnenbrille auf. Ich fasse mir ein Herz, trete zur Tür und öffne sie noch mal, vorsichtig, spaltbreit: Sie ist weg. Ich trete vor das Haus, schaue die Gasse rauf und runter – nichts. Ich renne auf den Platz raus, stolpere, verliere meine Brille, heb sie auf und renne weiter, um die kleine Kirche rum. Die Sonne schlägt mir ins Gesicht. Ich seh erst nichts, dann viele Leute, und dann, endlich, ihren Umriss: Ja, das ist sie, an der Ampel. Sie trägt irgendetwas Schweres, etwas zieht an ihrem Arm, sie trägt oder – sie hält ein Kind.

Die Ampel schaltet um auf Grün. Sie zieht das Kind mit sich, in Richtung See. Spaziergang. Ja, ein Kind.

Ich halte an und atme durch. Ich zögere – was mach ich hier? So was hab ich noch nie getan. Es ist, als wäre ich außer mir, als würd ich träumen, immer noch. Ich laufe keinen Frauen nach, schon gar nicht, wenn sie Kinder haben. Wenn schon ist es andersrum: Sie laufen mir nach, das kommt vor. Ich habe schwarze Haare, blaue Augen, das ist ziemlich selten. Schwarz und blau, das zieht sie an, das wirkt, das reicht dann in der Regel, viel muss ich da nicht mehr tun. Nur diesmal – diesmal ist anders. Diesmal muss es anders sein. Sie hat mich schon gesehen, doch, hat zu mir aufgeschaut, das schon. Doch – was? Was war? Die Sonnenbrille. Meine Brille hatt ich auf. Das war's, die blöde Sonnenbrille. Sie hat mich nicht sehen können. Jetzt muss ich ihr nach. Ich muss. Mir bleibt jetzt gar nichts anderes. Ich geb mir eine Stunde Zeit, so lange wie ich lesen wollte. Kann jetzt nicht den Tag vertrödeln. Seit ich wieder hier bin, seit der Flower Show in Chelsea, hab ich grade mal all die Offerten sichten können, die reinkamen, Innsbruck,

Augsburg, Rovaniemi, Shigakogen (!), São Paolo (!!), Dubai (!!!), dazu Gersau, Teufen und natürlich Ligornetto, wo ich unterschrieben habe, wo schon übernächste Woche diese erste Sitzung ist. Nein, allzu viel Zeit hab ich nicht. Aus England kommt dann auch noch was, da könnte ich drauf wetten, so wie die losklatschten, diese Briten, als ich meinen Laptop schloss, die wollten gar nicht mehr aufhören. Eine Ovation war das, für mich, der ich noch überhaupt nie in der Show gewesen bin, nicht mal als Gast im Publikum. Die lieben mich, die Briten, mehr als irgendwer, so viel ist klar. So einfach kann das manchmal sein.

Wo sind sie jetzt? Aha, da vorn. Die Ampel ist schon wieder rot. Sie zieht das Kind mit in die Menge, die den Quai bevölkert. Ich muss warten, schaue ihnen nach. Zum Glück ist sie sehr gut zu sehen, in dem strahlend weißen Kleid, die goldenen Haare hochgesteckt. *Die weiße Frau*, so schaut sie aus, wie man sie kennt aus alten Sagen: Diese Frauen, die da plötzlich still und weiß am Wegrand stehen und die Männer zu sich winken – ins Verderben, notabene. Sie hier nicht, so hoffe ich. *Die weiße Frau. La belle dame blanche.* Ganz kurz hat sie schon aufgeschaut, als ich die Haustür aufstieß, doch gleich wieder weg, nicht sehr beeindruckt. Und gewunken hat sie nicht, im Unterschied zu diesen Sagen. Ich muss sie noch einmal sehen, richtig sehen – und sie mich. Das Kind rennt einer Taube nach. Vielleicht ist es ja nicht ihr Kind? Das ist bestimmt nicht ihres, nein, dafür ist sie noch viel zu jung. Sie dreht sich um – nicht nach dem Kind, nach etwas anderem – als ob sie wüsste, dass ihr jemand nachschaut. Ganz kurz hat sie aufgeschaut, ganz kurz, erstaunt, ja doch, das schon. Das hat gereicht – mir hat's gereicht. Vielleicht geht's ihr ja ebenso. Gut möglich, manchmal braucht's nicht viel. Am rechten Ort zur rechten Zeit, und schon nimmt alles seinen Lauf. So war es ja schon diesen Frühling: ein Artikel hat gereicht, ein schönes Bild im *Wallpaper* – et voilà, here's *The New Thoreau*. Die hatten bis dahin noch nie von mir gehört in England oben, und dann kommt so ein Artikel, kommt die Einladung nach Chelsea, kommen prompt all die Anfragen.

Grün, ich darf sie nicht verlieren.

The New Thoreau, schon nicht schlecht; der Titel tat sein Übriges. Wer weiß, ob ohne ihn auch jemand diesen Text gelesen hätte, meinen Namen kennen würde. Und wer weiß, ob beim *Wallpaper* jemand draufgekommen wäre, so was über mich zu schreiben, wenn ich die Idee damals nicht unter diesem Namen, *Nature directe*, angepriesen hätte. Dieser Name gab den Anstoß, auf so Dinge kommt es an, auf Kleinigkeiten, die auffallen. *Nature directe*, das kam an – es funktioniert ja auch auf Englisch, selbst wenn ich's französisch meinte; *Neytschä dajrect* sagten sie; das hat sich jetzt so festgesetzt, das weckt Sehnsüchte, offenbar, und das ist gut. So funktioniert das.

Gleich hab ich sie eingeholt, was dann? Das Kind – ein Bub, glaub ich, und dunkelhaarig, nicht wie sie, also bestimmt nicht ihres, nein – das Kind will ständig irgendetwas, bückt sich, zerrt an ihrem Kleid. Dann, plötzlich, zieht sie es zur Seite, weg vom Quai, unter die Bäume, wo ein Mann auf einer Bank sitzt, der die beiden kennt – der Vater? Nein, der Vater ist das nicht, zumindest nicht ihr

Mann, sonst würde sie nicht so viel Abstand halten, während er das Kind betatscht. Er fährt dem Buben übers Haar, doch sie will nicht mal Hände schütteln. Sieht auch wirklich komisch aus, der Typ, mit seinen Riesenschultern und dem langen, schwarzen Rossschwanz. Jetzt will er das Kind hochheben, doch es will nicht, es will weg. Sie sagen tschüss und gehen weiter – wohin gehen sie? Zum Spielplatz. Der ist ziemlich nah von dieser Parkbank, wo der Hüne sitzt – allein dasitzt, und ihnen nachwinkt. Das kann meine Chance sein. Ich werde mich jetzt zu ihm setzen, ein Gespräch beginnen und dann fragen, wer die beiden sind. Die andern Bänke sind besetzt, mit Müttern, Rentnern und Touristen; ich hab also guten Grund, mich neben ihn zu setzen. Er ist mindestens zwei Meter groß, sein Rossschwanz dicker als mein Arm.

«Ist hier noch frei?»

Er zuckt zusammen. Ich auch, als er sich umdreht: Er ist kein Mann – er ist … ja, doch – er ist eindeutig eine Frau, so riesenhaft, wie ich im Leben nie eine gesehen habe. Diese Frau, sie nickt, senkt ihren Kopf, der aussieht wie aus Holz, wie eine Totempfahlfigur. Du lieber Gott. Sie nickt nochmals. Ich setze mich, strecke die Beine, blättere in meinem Buch. Du meine Güte, das Gesicht, und Hände hat sie wie ein Räuber. Greift in ihre Tasche, kramt ein Klatschheft raus, beginnt zu lesen. Nimmt mich ja beim Teufel wunder, woher die einander kennen, diese Riesin und die beiden, die jetzt auf dem Spielplatz sind.

Der Bub will auf die Rutschbahn, *la dame blanche* muss ihn raufheben, offenbar kann er nicht selbst hochsteigen.

Wie ihr Kleid sich dehnt in ihrem Rücken, wenn sie sich so streckt! Er kreischt, beginnt wie wild zu strampeln, als sie ihn absetzen will, aus Freude oder Angst, wer weiß; ich kann nicht hören, was sie sagt.

Ich blättere in Thoreaus *Walden*, den ich endlich lesen sollte, schnappe hier und da was auf und schaue in die Ferne, so, als ob's was zu bedenken gäbe – in den Dunst der Berge, aber eigentlich nur auf den Spielplatz.

Sehr viel Volk hat es am Quai für Donnerstag halb fünf. Die Frauen in Spaghettiträgershirts, die Männer kurz vor dem Verschmachten, ihre Blicke schweißgetrübt. Ich wische meinen klar, damit ich durch die Menge sehen kann. Die Menge: Sie relativiert, sie macht das Individuum vergleichbar, würdigt es herab, es sei denn – da, sie hebt ihn hoch, den Buben, wieder auf die Rutschbahn. Wie ihr Kleid sich dehnt, ich kann's nicht richtig sehen, zu weit weg. Wenn sie doch nur die Güte hätte, einmal kurz zurückzuschauen, zu der Riesenfreundin hier, dann würd sie mich hier sitzen sehen.

Viel Getier in diesem *Walden*, und viel Transzendentalismus. Eskapismus auch, natürlich, Zivilisationskritik. Die wussten schon, warum sie mich mit dem verglichen, im *Wallpaper*. Das sei *Thoreau in a nutshell*, was ich da mit *Nature* mache, meinten sie, und ja, tatsächlich, da ist schon was dran, das stimmt: Aussteigertum im Kleinformat, die komfortable Variante. Dekadent? Nein, vielmehr ehrlich. Wenigstens tu ich nicht so, als ob man Waldmensch werden könnte. Hat Thoreau dann auch gemerkt.

Die Riesin schüttelt ihren Arm – ein Seemann wäre darauf neidisch –, um zwei Fliegen loszuwerden. Beide landen just auf mir; mich schaudert, und sie fliegen weg. Ich muss jetzt was zum Reden finden.

Nochmals auf die Rutschbahn. Nochmals. Eine Schaukel gäb es auch, ein Federpferd, ein Federauto, auch ein kleines Karussell. Das interessiert ihn alles nicht, er will bloß hochgehoben werden. Über dieses weiße Kleid.

Die Riesin, derweil, interessiert sich offenbar für Prominenz. Wie lange es wohl dauern wird, bis ich in solchen Heften drin bin? In zwei Wochen Ligornetto, das wird schon mal ein Spektakel, mit der großen Hängebrücke. Dann Talinn, die Holzbaumesse, dann wahrscheinlich Teufen, und dann vielleicht Finnland, São Paolo. Überall Behördengänge, Orte und Formalitäten, die mir gänzlich unbekannt sind. Doch jetzt bin ich erst mal hier, zwei Wochen Zeit für Büroarbeit: Aufträge erteilen, Leute buchen und Verträge schreiben, Absagen und Pressezeug. Und morgen noch den Vater treffen, um halb neun im Café du Lac, ihn und seine Flamme, endlich, wie hieß sie noch? Xenia.

Die Riesin ist bei Lady Di, der Bub jetzt doch noch auf der Schaukel. Beine hoch! Das checkt er nicht, so wird er keinen Schwung aufnehmen. *La dame blanche* will's ihm erklären, allerdings ohne Erfolg. Dafür begreife ich allmählich, warum ich hier sitze, warte, warum ich ihr hinterher bin, dieser fremden, weißen Frau. Wie sagte doch der Vater, als er zugab, dass er jemand Neues habe, als er sich erklärte: «Sie ist es, ich weiß es, Sebi. Es ist wieder wie bei Mama. Sie ist es, die mir gefehlt hat.» Damals wollt ich ihm nicht glauben, der Vergleich empörte mich, doch jetzt weiß ich, was er gemeint hat: Was man wirklich braucht, was einem fehlt, weiß man erst, wenn es da ist. Was fehlt mir nach diesen Wochen, diesem letzten Jahr denn noch? Nichts mehr – nur eine Frau wie diese. Diese Frau. Nur diese Frau. Sie bindet sich die Haare neu. Auch wenn sie von hier aus nicht viel mehr ist als eine Silhouette, hab ich ihr Gesicht noch direkt vor mir, sehe jedes Detail. Ein Gesicht, so fein wie mit der Tuschefeder hingemalt, mit hohen Wangen, Augenbrauen, die sich kurz zusammenzogen, als sie zu mir aufgeschaut hat. Eine Offenbarung war das, wie sie zu der Tür hochschaute, eine Offenbarung, die zu ignorieren Frevel wäre. Ja, ich weiß, warum ich hier bin, spüre, dass es richtig ist, ich fühle mich großartig – so, wie man sich fühlt, wenn man voraussieht, dass man sich schon bald noch viel, viel besser fühlen wird. Großartig.

Ich muss was zum Reden finden. Lady Di wird umgeblättert, es folgt ... noch mehr Lady Di. Die Details über ihren Tod, zwei Jahre ist das jetzt schon her, sieht krass aus, dieser Unfallwagen. Thoreau lästert über Spießer. Dodis Yacht, auf deren Deck sich jetzt die beiden Fliegen setzen. Sie versucht sie wegzuwischen, doch sie sind gleich wieder da; die Yacht scheint ihnen zu gefallen. Sie hat Haare auf den Fingern! Trägt eine geblümte Bluse und die Art von Cargohose, wie sie Fidel Castro hat. Die beiden Fliegen landen auf der Spitze ihres Geox-Stiefels, Größe vier- bis fünfundvierzig, mindestens, größer als meine. Sie kreuzt ihre Beine, scheucht die Fliegen auf, doch diese landen auf dem andern Schuh, landen zu zweit, als Tandem – kopulieren. Zwei nervöse schwarze Punkte, kurz in Seligkeit erstarrt. Die Riesin schüttelt ihren Fuß, die Fliegen schießen auf, noch immer festgekoppelt aneinander, torkeln durch die Luft und landen ganz genau am selben Ort. Ich schaue ihnen zu, die Riesin merkt's und schaut zum ersten Mal kurz zu mir hin, läuft tiefrot an, schlägt ihre Illustrierte zu. Sie wedelt damit rum, kreuzt ihre Beine umgekehrt, sie scharrt im Kies, stampft mit den Schuhen, doch die Fliegen bleiben stets bei ihr, ein surrendes Vehikel, setzen sich auf ihre Füße, Beine, Arme, mitten ins Gesicht. Das ist jetzt dunkelviolett, und plötzlich steht sie auf – mit einem Ruck, wie eine Marionette –, murmelt irgendetwas Unverständliches und stakst davon. Bevor ich etwas sagen konnte. Idiot, jetzt ist's zu spät. Bevor ich fragen konnte, was sie hier so macht, ob sie allein sei oder wer die andern seien, dieser kleine Bub da drüben, ob sie die Großmutter sei. So irgendetwas hätte ich sie fragen können, kein Problem, wenn ich nur nicht gewartet hätte, Idiot, ich, bis sie geht. Jetzt ist sie weg. Die Chance auch. Das war sie, die Gelegenheit.

Ich bleibe sitzen, ziemlich ratlos, bis dann auch die beiden gehen, unfreiwillig zwar, der Bub – sie zieht ihn mit sich, weg vom Spielplatz und zurück zum Uferquai.

Sie gehen nicht der Riesin nach, sondern dem Quai entlang stadtauswärts, und ich latsche hintendrein, wie ein Schlafwandler, leicht belämmert – was bleibt mir denn anderes? Ich weiß nicht wohin mit den Füßen, derart langsam gehen sie. Wohin wohl? Doch noch nicht nach Hause? Ständig sieht der Kleine etwas, will nach links, nach rechts, zurück, sie lässt ihn streunen, fast wie einen Hund, und ziemlich unbekümmert. Was, frag ich mich, wenn er auf dem Quairand ausrutscht, in den See fällt? Einsam wirkt sie, so von hinten, unbeteiligt, abgehoben, fast wie wenn sie schweben würde.

Irgendwann sind wir dann bei der Voliere, beim Seebad. Sie gehen weiter, als ich dachte, vielleicht ins Naturmuseum? Hier hat's jetzt kaum noch Touristen; selbst wenn ich viel Abstand halte, wird sie mich demnächst entdecken. Und was dann? Ich weiß es nicht. Seeauswärts kräuselt sich das Wasser, sanfter Wind kommt auf und schiebt die Quellwolken zusammen, türmt sie auf zu großen Cumuli, aus denen sich dann wiederum, sobald die Kirchenglocken ruhig sind, ein Gewittersturm entlädt – in etwa einer Stunde, schätze ich, so ist das jeden Abend.

Schritt für Schritt entvölkert sich der Quai, seh ich die beiden besser, bald sind sie allein vor mir. Der Kies geht über in Zement, in hohl klingende Fliesen, über die sich Trauerweiden beugen. Unter einer dieser Weiden bleiben sie jetzt plötzlich stehen, als der Bub auf einen Schwan zeigt. Sie schwingt ihre Tasche von der Schulter, kramt etwas hervor. Ich muss mich jetzt entscheiden. Einfach weitergehen kann ich nicht, einfach an ihr vorbeispazieren – dann lass ich sie hinter mir. Entweder sprech ich sie jetzt an, oder ich setze mich ans Ufer.

Gut, ich setze mich ans Ufer. Sieht bestimmt recht läppisch aus, wie ich die Beine baumeln lasse, beide Hände abgestützt, damit ich nicht vom Quairand gleite, der hier draußen mühsam rund ist. Läppisch ist's und unbequem und nicht ganz passend für mein Alter. So sind wir mit fünfzehn hier am See gesessen, extra easy, haben möglichst noch geraucht. Wie fünfzehn, so komm ich mir vor, je nun, sei's drum, was soll ich sonst? Mein Hintern wird ganz staubig sein, wenn ich aufstehe, das ist klar. Und sie? Sie holt jetzt Brot hervor für diesen Schwan, man hört es rascheln. Ich schlage den *Walden* auf, versuche es mit der einen Hand – und prompt verlier ich fast den Halt, kann grade noch hochrutschen. So. Ich muss das rechte Bein über das linke legen, Buch darauf, in die Kniekehle, ja, das geht. So hält es, so kann ich mich halten. Locker soll es wirken. Gut. Und dann kommt dieser Schwan doch wirklich hierher, auf mich zugeschwommen, denkt wohl, ich sei der, der Brot hat. Kommt geschwommen, und ich glaube, dass der Bub jetzt auch zu mir läuft. Starre konzentriert ins Buch. Der Schwan reckt seinen Hals; ich habe nichts für ihn. Nein, nichts! Die beiden kommen tatsächlich zu mir. Der Schwan scheint gar nichts zu begreifen. Sie sind weder links noch rechts, sie müssen irgendwo in meinem Rücken sein, sonst säh ich sie. Warum bin ich derart nervös? Ich bin sonst nie nervös. Doch jetzt ...

«So sieht er lustig aus, ja, gell.»

Das ist sie. Das ist ihre Stimme. Ihre Stimme, hinter mir. Es dauert, bis ich merke, was sie meint: den Schwan, er taucht nach etwas – kippt vornüber, rudert, wackelt. Lustig, ja, das Hinterteil. Der Bub zumindest gluckst vor Freude.

«Willst du ihm was geben?»

Ihre Stimme, warm und voll; man fragt sich, wo sie diesen Ton hernimmt, so zierlich wie sie ist.

«Komm, schau.»

Der Bub gluckst laut, er klingt sehr komisch, so wie ich's noch nie gehört hab. Über meine Schulter, aus dem Augenwinkel seh ich ihn; er kauert über einem Säckchen, wühlt darin herum wie wild, und ihre Hand, die seh ich auch, die nimmt ihm jetzt das Säckchen weg.

«Komm, schau, gib her, ich kann's dir zeigen.»

Fein und weiß die Hand, und warm und voll die Stimme, wunderschön. Dann fliegt ein Brotstück durch die Luft; der Schwan schwimmt hin und schnappt es sich. Ein zweites Brotstück folgt.

«Das hat er gern. Siehst du? Jetzt darfst du auch.»

Der Bub macht wieder einen Gluckslaut, und das nächste Brotstück landet auf der Mauer statt im See. Der Schwan bemerkt es nicht einmal.

«Du musst ein bisschen weiter werfen. Schau.»

Eins fliegt ins Wasser raus, das nächste wieder auf den Quai.

«Viel weiter. Noch ein wenig weiter.»

Sie bemüht sich um Geduld, doch helfen tut es leider nichts: Es kommt zwar noch mehr Brot geflogen, drei, vier Stücke miteinander, doch keins schafft es bis ins Wasser, alle landen auf dem Quai, das eine sogar gleich bei mir.

«Pass auf, du kannst es nicht dem Mann an seinen Rücken werfen, gell.»

Ich höre ihn hertapsen.

«Lass den Mann da lesen, Milo, gell.»

Der Bub steht direkt hinter mir. Soll ich nach diesem Brotstück greifen, das noch immer neben mir liegt, und ihm zeigen, wie man wirft? Soll ich was zu ihm sagen, und dann sie ansprechen? Soll ich das? Mein Hosenboden juckt, ich wippe hin und her und atme durch.

Dann klingelt es. Ihr Telefon. Sie nimmt es ab, läuft weg, wird leiser. «Ja, am See. Nein, hat er nicht. Ja, hab ich alles mit dabei ...»

Jetzt muss ich mich einfach umdrehen. Tu es, sehe zweierlei: Erstens, sie läuft tatsächlich weg. Zweitens, der Bub ist mongoloid. Man sieht's ihm an den Augen an, die fast noch blauer sind als meine, und so fein geschnitten wie die seiner Schwester – Nanny, Tante, alles, nur nicht seiner Mutter. Nein, ihr Sohn kann das nicht sein, so schwarz, wie seine Haare sind, und diese schmalen Augen hätte er auch sonst, mit Trisomie. Vielleicht vierjährig ist er, trägt ein blau-weißes Matrosenshirt. Er staunt mich an, den Mund weit offen; ich wohl ebenso, schau über ihn hinweg zu ihr, wie sie davongeht, und zurück zu ihm.

Ich dreh mich wieder um. Die Wellen klatschen unter meinen Füßen. Schleierwolken ziehen auf. Kein Mensch mehr weit und breit, weder quaiauf- noch -abwärts, nur die beiden. Sie hat offenbar keine Bedenken, ihn allein zu lassen, will in Ruhe reden können, nehm ich an, mit wem auch immer. Denkt sich wohl, dass ich, solang ich hier bin, schon ein bisschen schaue, sehen würde, wenn er sich zu nah ans Wasser wagen sollte. Ob sie wohl gemerkt hat, dass ich ihnen nachgelaufen bin? Dass ich derselbe bin, vor dessen Tür sie sich die Schuhe band? Wohl kaum.

Ich könnte ihm das zeigen, mit dem Brot, wie man das macht. Und dann, wenn sie zurückkommt, fragen, ob das denn ihr kleiner Sohn sei oder doch ihr Patenkind, wie alt er sei et cetera. Wie käme das wohl an bei ihr? Als freundlich oder unverschämt? Ganz kurz hat sie nur aufgeschaut zu mir, und dann gleich wieder weg. Ich sollte mir nicht viel einbilden. Das ist anders hier als sonst, und sie ist anders als die andern. *Merci*, würde sie wohl sagen, *merci, schönen Abend noch.*

Ich schaue noch einmal nach ihr, sie schlendert seeauswärts, ich kann schon nicht mehr hören, was sie sagt. Der Bub scheint hin- und hergerissen, zwischen ihr und Schwanenfüttern. Ja, natürlich lässt sie ihn nur hier, weil sie ihn sicher glaubt. Wenn er zu nah ans Wasser kommt, kann ich ihn jederzeit aufhalten. Und selbst wenn er stolpern sollte, in den See, dann säh ich das. Ich sähe das und würd ihn retten. Ein Gefühl steigt in mir auf wie Dampf, wie eine warme Wolke, quillt aus meiner Brust, füllt mir den Kopf – jetzt weiß ich, was ich tun muss.

Hier, das Brotstück: Ich heb's auf und halte es dem Kleinen hin. Er kommt getrippelt, ohne Angst. Ein letztes Mal schau ich zu ihr: Sie ist am Telefon, noch immer, von uns beiden abgewandt. Der Kleine schaut mich fragend an, greift nach dem Brot, und ich nach ihm. Ich fasse ihn um seinen Bauch und stoße ihn vom Mauerrand.

Er klatscht auf – leiser als erwartet. Weder hat der Bub geschrien, noch hat sie sich umgedreht, noch kann ich sehen, was sich vor der Mauer unter mir abspielt. Stattdessen schrecke ich zurück, erstarre, bis mein Hirn mir zu verstehen gibt: Jetzt bist du dran. Jetzt ist dein Auftritt fällig, spring. Ich springe auf, brülle «Das Kind!», vergesse, mich zu ihr zu drehen, mir das T-Shirt auszuziehen, den Hechtsprung, vergesse alles, platsche bäuchlings in den See. Ein

Kloß rammt sich in meinen Magen, Wasser sticht mir in die Nase, schwarzgrün, voll mit dumpfem Lärm, ich schnelle wieder hoch ins Licht, Geschrei, verliere mich im Dunkel, schlage um mich, schlage an, bekomme was zu fassen, Haare, reiße dran, das Kind!, das Kind!, es zappelt, ich kann es kaum halten, schlucke Wasser, würge, schlucke einen Schwall Erbrochenes, ich lasse los, will hoch, nur hoch, ans Licht und an die Oberfläche, kämpfe um mein Leben, strample, hechle, Luft!, jetzt endlich Luft!, doch gleich zieht es mich wieder runter, ein Gewicht an meinem Bein, schlingt sich um mich, ich heule auf, versuch mich loszuwinden, rudere und ringe, rettungslos, reiße das Bein nach oben, japse, stoße plötzlich an, die Mauer!, grapsche, glitsche ab, grapsche nochmals und krall mich in den Stein, ich krümme mich, greife nach unten, will das Bein hochziehen, und den Bub, versuche ihn zu halten, presse ihn an mich, wuchte ihn hoch, er droht mir zu entgleiten, klemme seinen Hals in meinem Ellenbogen fest, er gurgelt, drücke ihn gegen die Mauer, quetsche ihm ein Knie zwischen die Beine, er verkrampft sich, zuckt. Dann spüre ich, wie er erschlafft, ich streiche ihm mit meiner Wange seine Strähnen aus der Stirn, seh ihm in seine blauen Augen, sehe, wie sie enger werden, sehe, wie ein weißer Arm vom Quairand nach ihm runterlangt, ihn hochreißt, über mich hinweg, hab keine Kraft mehr mitzuhelfen, keine Kraft, den Kopf zu heben, falle ab, zurück ins Wasser.

Irgendwann, wohl nicht viel später, hocke ich auf der Quaimauer, warte, bis der nächste Krampf das Blut in meinen leeren Kopf treibt, saure Galle in den Mund. Gleich neben mir kniet sie, den Bub an ihre weiße Brust gedrückt. Sie kniet in einer Wasserlache, die nach allen Seiten ausläuft.

Wind kommt auf, es fallen Tropfen, Wetterleuchten überm See.

Ein Hund läuft her, ein Herr mit Stock, dann finden sich die Gaffer ein. Der Hund bellt los, der Herr beruhigt ihn, manche zücken Telefone. Wolken platzen, Schirme springen auf, die Leute rennen weg. Die Sturmleuchte beginnt zu blitzen, Donner folgt, eine Sirene, Streiflicht färbt den Regen blau, die Ambulanz biegt auf den Quai, drei Sanitäter stürmen raus, versuchen Frau und Kind zu trennen, schaffen es nur mit Gewalt, dann stürzen sie sich auf den Bub, der eine drückt, der andre bläst, der Dritte reißt ein Set aus Plastikröhren aus der Notfallbox. Sie reden kaum, hantieren still, die Gaffer drängen sich nach vorn, der Hund dreht seine Runden, schnüffelt, und sein Herr klopft mit dem Gehstock an seinen Mephisto-Schuh. Die Sanitäter stehen auf, die Gaffer werden abgewiesen, Absperrband wird ausgerollt, zwei Streifenwagen fahren vor. Sie kniet noch immer neben mir, allein, in dieser Wasserlache. Eine Polizistin eilt zu ihr, ein Polizist zum Kind. Der alte Herr hinkt weg, winkt seinen Hund zu sich, gibt ihm drei Klapse. Mir wird schwarz, das Kind ist tot.

2

Als ich wieder zu mir komme, hält sie mich umklammert. Sie. Sie drückt den Kopf an meine Brust, als wollte sie sich dran ersticken. Ich bleibe am Boden sitzen, kann mich ohnehin kaum regen, lege dann auch meinen Arm um sie, so sachte, wie ich kann. Sie atmet warm an meinen Hals; während die Kälte in mir hochkriecht. Regen prasselt unentwegt, der Wind treibt ganze Bäche vor sich her, sie fließen um den Bub rum. Neben ihm, da kniet ein Mann. Der Mann befühlt den schlaffen Körper, hebt ein Ärmlein hoch, den kleinen Kopf, die schweren Augenlider. Ich muss meine schließen.

«So, der Arzt», flüstert die Polizistin, die sich uns genähert hat. Uns: mir und diesem nassen, weißen Körper, der sich an mich drängt. «Der Arzt ist jetzt gekommen, er ist bei dem Kind, er ist jetzt da.» Die Polizistin bückt sich, seufzt, sie tätschelt diese weiße Schulter, die vor meinen Augen bebt. Man hört ihr an, dass sie den Ort, bei all ihrer Betulichkeit, wenn möglich bald verlassen will. Sie steigt von einem Bein aufs andere, stapft in einer Pfütze rum. Sie hat die Pflicht, uns beizustehen, und weiß doch, dass sie nur stört.

Ihr Polizeikollege will ihr helfen, stellt sich stumm dazu. «Wir sollten ...», sagt er endlich.

«Ja, wir sollten», sagt sie hintennach. «Wir sollten Ihre Namen, Ihre Personalien aufnehmen.»

Ihre Arme ziehen sich um meine Brust zusammen. Ich bin außerstande, irgendwas zu tun, geschweige zu reden, bleibe einfach, wie ich bin.

Die Polizistin dreht sich ab; ich höre, wie sie wegstapft, ihr Kollege auch, ich hör sie reden.

«Amtsstatthalter?», fragt jemand, und jemand, wohl der Arzt, bejaht. Wir fangen beide an zu schlottern. Zeit vergeht, das Wasser staut sich, Gurgeln, Murmeln rund um uns.

Dann biegt ein weiterer Wagen auf den Quai ein; jetzt schau ich doch auf. Aus steigt ein kleiner, dünner Mann, der seinen Schirm aufschnellen lässt und gradewegs auf uns zukommt. Der ganze Pulk folgt ihm – die Polizisten, auch die Sanitäter und der dicke Arzt –, sie staksen alle hinter ihm durchs Wasser, sein Kielwasser sozusagen. Diesen Mann, den kenne ich, vom Vater her, ein Dienstkollege. Ja. Mein Herz beginnt zu hämmern. «Keine Angst», sag ich zu ihr und spüre ihre Hand im Rücken, und dann eine andere: die von Statthalter Fritz Zanetti.

«Kommen Sie, wir müssen fort. Hier ist kein Ort zum Sitzenbleiben. Fort von hier, und zum Museum.»

Ich weiß nicht, was mich mehr überrascht: dass sie dem Vorschlag folgt oder dass sie mich auch jetzt noch fest umklammert hält, im Gehen noch. Mir bleibt gar nichts, als mitzugehen, quasi als Gefangener. Im Gleichschritt trotten wir Zanetti nach, der im Vorübergehen seine Leute anweist: «Zum Museum!», und die Sanitäter: «Ja, der Sack kann in die Ambulanz, ist gut, dann zum Museum.» Ich versuche wegzusehen. Querfeldein geht es, quer durch den Seepark, der mehr See als Park ist, bis auf ein paar einzelne Grasinseln komplett überschwemmt. Wieso wir nicht im Auto fahren, außenrum, so wie die andern, weiß ich nicht, ist mir egal, wie auch der Matsch, durch den wir waten. Das Museum ist geschlossen, doch es hat ein großes Vordach. Davor stehen die drei Wagen und die Ambulanz parkiert. Der Regen, der vom Dach trieft, ist ein Vorhang, durch den wir jetzt treten, unsere Köpfe eingezogen. Gleich dahinter ist es trocken, aber noch mal finsterer. Licht kommt nur von den Autolampen, durch den schwarzen Wasservorhang – und von den Bewegungsmeldern, deren rote Lämpchen hinter einer schwarzen Glaswand leuchten, aus dem Innern des Museums. Man hat hier auf uns gewartet; Polizisten, Arzt und Sanitäter, alle stehen da. Zanetti bietet Zigaretten an, reihum verzichten alle. Er steckt sie in seinen Mantel.

«So, jetzt brauch ich Ihre Namen.»

Ich versuch mir klarzumachen, dass ich etwas sagen muss, ich oder sie, wir müssen reden. Immer noch hält sie mich fest, und zittert, oder auch ich selbst. Ich ringe mit mir, will mich fassen, bringe endlich meinen Mund auf. Da sagt sie, an meiner Schulter: «Lydia Fischlin, zweiundsiebzig. Jahrgang 1972.»

«Fischlin ... Fischlin?»

«Fischlin, ja.»

«Sie haben sicher einen Ausweis.»

Sie kramt etwas aus der Tasche, ohne ihren Kopf zu heben, hält es dem Statthalter hin. Der macht Notizen. Jetzt bin ich dran, denke ich, doch er fragt nach: «Vom Architekten Fischlin?»

«Ja.»

«Der vor fünf Jahren ...»

«Ja, mein Vater. Und ich weiß, Sie kannten ihn. Sie haben damals ...»

«Ja, das hab ich. Guter Gott. Nun gut. Nun gut. Name des Kindes?»

«Milo Fischlin, fünfundneunzig.»

«Ihr Kind?»

«Nein. Von meiner Mutter.»

«Ihrer Mutter?»

«Ja.»

«Nun dann – Ihr Bruder?»

Sie versucht zu nicken, gegen meine Schulter.

«Ah, ich sehe. Gut, dann – wenn das so ist, sollten wir jetzt Ihre Mutter ...»

Plötzlich fährt sie auf. Starrt in den Regen raus, durch ihn hindurch. «Ich rufe meine Mutter an. Das mach ich selber. Gehen Sie. Wir können das allein. Was müssen Sie noch wissen? Gibt's noch was?» Sie spricht sehr fest und deutlich, aber nicht mit uns, nur in den Regen; es ist nicht zu sagen, ob sie wirklich so gefasst ist oder einfach nur völlig verwirrt.

Zanetti scheint sich auch nicht sicher. Er schaut mich an, fragend, doch ich bringe immer noch nichts raus. Er wendet sich zurück an sie. «Ihr Freund hier – ist das hier Ihr Freund?»

Sie nickt, sagt ja, sagt wirklich ja. «Ja, und wir gehen jetzt nach Hause, rufen meine Mutter an. Bitte bestellen Sie ein Taxi. Wir sind dankbar für die Hilfe, und wir melden uns bei Ihnen, ich und meine Mutter, ja. Doch jetzt wären wir gern allein.»

Zanetti ist beeindruckt, scheint geneigt, den Wunsch zu respektieren, zupft sein Schnäuzli, räuspert sich. Was hält ihn davon ab zu gehen? Ich natürlich, nur noch ich. Mein Blick verschwimmt im Regenvorhang, der das Autolicht zerfasert, flattern lässt, in grellen Fetzen, wenn ein Windstoß ihn aufreißt. Die Polizisten, Sanitäter und der Arzt, sie warten alle, warten auf Zanettis Order. Lydia Fischlin. Lydia Fischlin. Ich bin jetzt für diese Lydia Fischlin, die ich gar nicht kenne, die mir völlig fremd ist, auf einmal der nächste Mensch auf Erden. Ich für sie, und sie für mich. Ihr Freund, hat sie gesagt, ihr Freund. Ich spüre ihre Finger, spüre, dass das alles gut kommt, wenn ich nur jetzt endlich auch was sage, mir ein Beispiel an ihr nehme.

«Er wollte ihn retten.» Und schon wieder redet sie für mich. «Wir waren Schwäne füttern, und er» – sie meint mich –, «er hat gelesen. Ich war kurz am Telefon, und plötzlich ist er weggerannt, der Bub, wieso versteh ich nicht. Er weiß, dass er nicht wegdarf, hat das sonst noch nie gemacht, noch nie. Er muss etwas gesehen haben. Einfach weggerannt, zum See, er weiß doch, dass er das nicht darf.» Sie redet in der Gegenwart. «Vielleicht hat er dem Schwan – vielleicht hat er so Anlauf holen wollen, und dem Schwan das Brot – ich weiß es nicht, versteh es einfach nicht. Er ist sonst nie davongerannt, das war nie ein Problem mit ihm.

Es gab genug Probleme, aber das war nie eins, wirklich nie. Davongerannt ist er, gestolpert, von dem Mauerrand gerutscht. Er» – sie meint mich – «hat's nicht gesehen, oder erst zu spät gesehen. Er hat's gar nicht sehen können, er hat ja gelesen, doch dann ist er aufgesprungen, sofort, sofort in den See hinein, mit allem, sofort, hintennach. Ich konnte nur zuschauen, hab nur zugeschaut, ja, was denn sonst? Was hätte ich denn sonst tun sollen? Er hat ihn sofort gepackt, hat ihn gehalten, über Wasser. Ich hab ihn dann hochgezogen. Leute kamen, viele Leute, aber niemand tat etwas. Ich auch nicht, konnte nichts mehr tun. Er» – ich – «auch nicht mehr, niemand mehr. Nur ich bin schuld, nur ich allein.»

Ich glaub, ich träume immer noch, von ihrer Stimme eingelullt. Der Bub, plötzlich zum See gerannt? Ich hintennach? Sie hat's erzählt, als ob sie es gesehen hätte. Hat sie aber nicht, das kann nicht sein, sie war am Telefon; das weiß ich, hat nicht hingeschaut. Vielleicht glaubt sie das wirklich, dass sie alles so gesehen hat, so, wie sie's grad erzählt hat. Kann schon sein, dass sie das glaubt. Wahrscheinlich. Ist wahrscheinlich ganz normal, passiert im Kopf, Bewältigung.

Ich spüre ihren Atem, spüre, wie sie sich jetzt doch entspannt, und fühle mich befreit, erlöst, von ihr erlöst, kann mich jetzt endlich auch aus ihren Armen lösen, kann auf einmal wieder denken, reden, sage zu Zanetti: «Ja, ich hätt ihn sehen sollen, als er plötzlich losgerannt ist, hätt ihn früher sehen sollen, ihn im Blick behalten, ja. Als er gerannt kam, konnt ich nur noch … und ich hätt ihm helfen sollen, als ich ihn am Ufer hatte, da war es noch nicht zu spät. Ich wollte ihm ja helfen, doch ich konnte nicht mehr, war am Ende, kann mich nicht mal mehr erinnern, wie ich hochgekommen bin.» Das sag ich, sehe an mir runter, sehe, dass mein Hemd noch immer tropft und aufgerissen ist, und mit Erbrochenem verschmiert. Mir schießen Tränen in die Augen. Sie drückt mir die Hand, Zanetti räuspert sich.

«Jetzt brauche ich Sie kurz allein, verstehen Sie.»

Er zieht mich weg; statt mir soll sich die Polizistin um sie kümmern.

«Nicht dass wir nicht glauben würden, was Sie eben sagten, und Frau Fischlin, doch – wie heißen Sie? Ich hab noch nicht mal Ihren Namen.»

«Zünd», sag ich, «Sebastian Zünd.»

«Sebastian Zünd? Der Gartenbauer?» Er ist überrascht, noch mehr als voher, spielt mit seinem Bleistift. «Zünd, vom Fliegeroberst Zünd? Vom Fliegeroberst Zünd der Junge?»

«Ja, genau. Genau. Der bin ich.»

«Ha, dann sagen Sie, Herr Zünd – ha, das ist was. Dann sagen Sie – das war vollständig, was Sie sagten? Oder gibt es sonst noch was? Fürs Protokoll, was Wichtiges? Gibt es ein Detail, das noch fehlt?»

Ich schüttle nur den Kopf.

«Und mit Frau Fischlin sind Sie schon – schon lange ...?»

«Nicht sehr lange, nein ...»

«Schon gut.» Er schreibt was auf, dreht sich den Schnauz. «Nun denn, Herr Zünd, vielleicht wär's besser, Sie und Ihre Freundin würden mit uns auf den Posten kommen. Sie braucht Hilfe, das ist klar –»

Er sagt's mit Blick auf Lydia Fischlin, die, als hätte sie's gehört, sich von der Polizistin losreißt, zu uns rüberkommt, mich anschaut – erstmals überhaupt, fällt mir jetzt auf, seit sie vor meiner Tür stand –, mich anschaut, sich zwischen uns stellt, zwischen mich und Fritz Zanetti, ihren Kopf an meine Brust schlägt, mich an ihre reißt, und wieder zittert, schlottert, wie vorher.

«Ich glaube, Lydia», hör ich mich sagen, «Lydia hat recht: Am besten sind wir jetzt allein.»

Der Statthalter sagt nichts darauf. Er lässt sich meinen Ausweis geben, macht nochmals Notizen, schaut von ihr zu mir, wieder zu ihr, scheint nochmals nachzudenken, klappt sein Büchlein zu und sagt nur: «So.»

Das muss das Aufbruchszeichen sein. Nur noch der dicke Arzt fragt nach: «Was meinen Sie», schnauft er, «Forensik?»

«Ist in diesem Fall nicht nötig», sagt Zanetti.

Und zu mir: «Wer jetzt gefragt ist, das sind Sie. Ich lasse Sie allein, Herr Zünd – doch nur, wenn Sie mir jetzt versprechen, dass Sie sich umgehend melden, wenn Sie Hilfe brauchen, klar? Dann melden Sie sich gleich bei mir. Nicht irgendwo – direkt bei mir.» Er gibt mir seine Karte. «Und wenn Sie sich um Frau Fischlin kümmern, und natürlich um die Mutter. Auch die muss sich bei mir melden, möglichst bald, direkt bei mir. Sind wir uns einig? Dann ist gut. Und Ihrem Vater, Alois ... dem richten Sie dann einen Gruß aus, hören Sie, wenn Sie so gut sind. Ich kenn ihn ja schon seit langem.» Wieder zwirbelt er den Schnauz. «Wie Ihren auch, Frau Fischlin, habe Gott ihn selig, Ihren Vater, so wie Ihren kleinen Bruder. Unfassbar, was er sich ausdenkt, unser guter Gott, unfassbar. Also jetzt, ein Taxi für Sie – oder nein, ich fahre Sie, ja, ja, ich fahre Sie nach Hause. Warten Sie, ich hol den Wagen, der steht immer noch am Quai, nicht wahr? So, so!» Er hebt die Hände, scheucht die Polizisten auf, marschiert davon, quer durch die Lachen, lässt uns unterm Dach zurück.

Sofort kommt Hektik auf, auch wenn nicht klar ist, was es noch zu tun gibt. Wie ein Karussell drehen sich Polizisten, Sanitäter, folgen ihren Dienstvorschriften, rufen aufs Quartier zurück, besprechen scheinbar Wichtiges und haben doch nur eins im Sinn: sich mit Anstand davonzuschleichen. Niemand wagt es allerdings, bevor Zanetti wieder hier ist, niemand, nicht einmal der Arzt. Der stapft zur Ambulanz, verschwindet darin, kommt dann wieder her, stellt sich noch einmal vor uns auf und sagt: «Ich schaue für den Bub.»

Dann endlich glänzt der Asphalt auf, Zanettis Jaguar rollt her. Er hält vor dem Museum, doch der Motor läuft, die Tür bleibt zu. Die Polizisten zögern, eilen dann zu ihrem Streifenwagen, lenken ihn zum Jaguar, besprechen was durchs Fenster, fahren weg, der Arzt tut's ihnen gleich, die Sanitäter folgen ihm, sie steigen in die Ambulanz, ziehen die Rücktür richtig zu, es winkt noch einer kurz zurück. Dann geht das Blaulicht an, warum auch immer das noch nötig ist, und auch die Ambulanz ist weg.

Jetzt stehen wir allein, also zu zweit, hinter dem Regenvorhang, der sich auflöst, fädig wird. Der Jaguar lichthupt. Ich will aufbrechen, doch sie rührt sich nicht. Der Jaguar schaltet auf Fernlicht. Ich will sie mit mir ziehen, sie kommt nicht, ich dreh mich um nach ihr. Sie starrt zurück in das Museum: Zwischen den Bewegungsmeldern, eingerahmt von roten Punkten, leuchtet eine Fratze auf. Ich bin erst starr vor Schreck wie sie, und muss dann vor Erleichterung, Verzweiflung, was weiß ich, fast lachen: Das ist dieser Bär, der seit Jahrzehnten hier im Eingang steht. Ich kann mich gut erinnern, wie ich schon als Kind, auf Schulausflügen, mit den Eltern vor ihm stand, sehr froh darüber, dass es streng verboten war, ihn zu berühren. Jetzt, im Kegellicht des Autos, friert der ausgestopfte Kopf zu einer grellen Maske ein. Den Fang weit aufgerissen, macht das Tier doch nicht den Eindruck, als ob es zum Biss ansetzen würde, eher schreckt es selbst zurück. «Komm», sage ich, «der tut uns nichts; der steht schon hundert Jahre da. Das war, glaub ich, der letzte Bär, den sie damals geschossen haben.» Sie kommt mit, Zanetti hupt.

Wir steigen in den Fond des Jaguars, drängen uns aneinander. Lydia gibt, als wär's ein Taxi, ihre Wohnadresse an. Zanetti biegt in ein Quartier ein, das nur knapp beleuchtet ist; ich kann nicht sagen, wo wir sind. Die Straße, steil bergan, führt so viel Regen, dass sie uns quasi entgegenkommt, ein schwarzer Fluss. Zanetti nimmt vier Kehren, hält vor einem Jugendstilbriefkasten.

Familie E. & X. Fischlin

«Gebt Sorge zueinander», sagt er, «und dann melden Sie sich morgen.» Ohne uns noch mal die Hand zu schütteln, lässt er uns aussteigen.

3

Die Steintreppe, vor der wir stehen, führt in einem weiten Bogen hangaufwärts zu einer Villa. Sie ist moosbewachsen, links wie rechts von Kirschlorbeer gesäumt, der kaum etwas vom Straßenlampenlicht zu Boden tropfen lässt. Mit jedem Schritt nehm ich zwei Stufen, gleite immer wieder aus. Vor mir ist sie, ein weißer Schatten, ja, die *Weiße Frau*, tatsächlich. Sie macht Zwischenschritte, und da, wo sie hintritt, wächst kaum Moos, da ist die Treppe blank und griffig. Kurze Frauenschritte. An der Haustür langt sie in die Tasche, sucht nach ihrem Schlüsselbund. Obwohl ein Licht anspringt, verpasst sie wiederholt das Schloss; sie dreht sich um und drückt sich zitternd an mich. Ich nehm ihr den Schlüssel ab und fingere damit in ihrem Rücken an der Haustür rum, bis ich das Schloss gefunden habe. Sie scheint sich zu schämen, rafft sich auf und lässt mich mit hinein.

«Komm», sagt sie, «komm nur, komm –»

«Sebi.»

«Komm, Sebi, komm. Ich Lydia.»

Die Tür fällt scheppernd zu; die eingelegte Scheibe leuchtet gelb, durchwirkt von schwarzen Eisenranken. Stickig riecht's in dem Entree.

«Fixierer», sagt sie, ohne dass ich frage, «das ist der Fixierer. Hier rechts geht's ins Atelier.»

Ich frage, ob sie Fotografin sei; hab Mühe, du zu sagen.

«Ja», sagt sie, «das bin ich. Food.»

Ich werfe einen Blick hinein. Abzüge an den Wänden, Früchte, Fleisch, Seeigel, Kaviar. Der größte, gegenüber, sicher zwei mal drei, vier Meter groß, zeigt einen grünlich gelben Apfel, und darüber steht in Schnürchenschrift: *Ceci n'est pas une pomme*. Ein Magritte-Remake als Foto. Der Apfel, rötlich angehaucht, ist freigestellt, allein, auf Weiß, mit vier leicht schrumpeligen Blättern, die als Kreuz vom Stiel wegstehen, ganz genau wie bei Magritte. Doch, ha!, da ist ein Unterschied, und ich bin stolz, ihn zu bemerken: Dieses Bild zeigt keinen Apfel, sondern … sondern eine Guave, Psidium longipetiolatum. So scharf ist sie aufgenommen – aufgelöst müsste man sagen, denn das Bild ist digital –, dass man die Poren sehen kann, förmlich zu atmen sehen glaubt. Ein großer Krater jede Delle, jeder Punkt ein kleiner Berg. Ganz frisch muss sie gewesen sein, die Frucht, direkt vom Baum gepflückt, und trotzdem würde man, wenn man sie so sieht, lieber nicht reinbeißen. Fast wie Cellulite sieht das aus, wie kleine Wucherungen, appetitlich nur von fern. *Ceci n'est pas une pomme:* Der Satz, mit dem Magritte wohl sagen wollte, dass ein Bild doch nur ein Bild ist, der wird hier erst recht verwirrend. Kennt man nämlich Magrittes Bild, glaubt man die Pointe zu verstehen, geht man davon aus, dass man das Abbild eines Apfels sieht, und fällt so auf die Täuschung rein – obwohl sie jedem, der im Leben schon mal einen Apfel aß, sofort auffallen müsste, erst recht, weil der Text noch darauf hinweist.

«Kochbücher und so.» Sie reißt mich aus der Bildbetrachtung. «Das ist, was ich mache: Kochbücher.»

Ich seh sie an. Dann diese Frucht. Dann wieder sie. Die Frucht. Und sie. Ich mache einen Witz, nur aus Verlegenheit, ich sage: «Diese Frucht, die ist dann aber doch ein eher einfaches Rezept.»

Sie lacht, sie muss tatsächlich lachen, und ich lache mit, so laut, wie man nur lachen kann, wenn einem ganz und gar nicht darum ist.

«Es hat dann oben schon noch mehr, im Kühlschrank», sagt sie, geht voran, auf einer Marmortreppe hoch. Ich lasse beide Hände über die Geländer laufen, Gusseisen auch hier, à la Guimard.

Das Wohnzimmer ist wunderbar. Am schönsten wohl das Cheminée, dessen Abzug wie ein Blumenstengel in die Diele wächst – als würde er sich von dem Feuer nähren. Diese beiden Stühle, die sich über einen Salontisch anschauen, schmal, aus schwarzen Sprossen, mit grotesken Rückenlehnen, mindestens zwei Meter hoch – wenn darauf mal ein dicker Mensch sitzt, denke ich, wie sieht das aus? Dann dieser kleine Kabinettschrank, Kirschholz, der zwei Arme hat, die er, wenn man so sagen will, in seine Hüften stemmt; das Bild darüber, diese Geisterbräute, deren Haar und Kleider durch den Nachtwind wallen, ewig lang; die Feenstatuette auf dem Tisch, aus ziseliertem Silber, über blauem Opalglas; der Bronze-Teufel in der Ecke, dessen ganzer, schwerer Körper runter in den Klumpfuß fließt: Ich kann mich kaum sattsehen, und doch kommt mir dieser ganze Raum, bei all seiner Exquisität, vertraut vor, irgendwie bekannt.

«Papa war Architekt», sagt sie.

Er war – das heißt ... «Nicht mehr?», frag ich.

«Er ist gestorben, vor fünf Jahren. Kletterunfall.» Sie verschwindet, geht durch eine Flügeltür, die wie die große Tür am Eingang glasbesetzt ist, farbig leuchtet. Durch die Scheiben seh ich sie an einem Küchenherd hantieren. Wie blöd kann man sein, so was zu fragen? Sie räumt Sachen auf. Ich warte, eine Hand im Türspalt, stoße dann die Flügel auf und schaue ihr von hinten zu. Sie bückt sich, sucht nach einer Pfanne, hebt sie auf den Herd, kreist mit dem Öl zweimal darüber und schält eine Zwiebel, hackt sie fein. Alles sehr rasch, alles sehr fahrig, so wie vorhin mit den Schlüsseln. Vielleicht kocht sie nur, damit sie nicht mehr reden muss, wer weiß. Vielleicht weint sie und hackt die Zwiebel als Entschuldigung dafür. Als ob sie eine brauchen würde.

«Wegen mir musst du nichts machen», sage ich.

Sie schneidet weiter.

«Oder kann ich etwas helfen?» Ich muss mich anlehnen, derart müde bin ich mittlerweile. Müde wie bei einem Jetlag, und gleichzeitig aufgeputscht. Wenn ich nur kurz die Augen schließe, an was andres denken will, dann kommen sofort diese Bilder, Bilder dieser letzten Stunden, kommen hoch und stoßen mich zurück hierher, in diese Küche, zeigen mir, warum ich hier bin. Trotzdem, im Vergleich zu ihr, die vor mir steht und Zwiebeln rüstet, bin ich recht gefasst und ruhig. Ich weiß genau, was ich getan hab. Was könnt ich denn jetzt noch tun? «Sag einfach, wenn es was zu tun gibt.»

«Bist du Vegetarier?», fragt sie, ohne sich umzuschauen.

«Nein ...»

Sie geht zum Kühlschrank, nimmt ein Riesenkotelett heraus und legt es in das Öl. Es zischt. «Ich schon.» Sie sticht das Fleisch mit einer Gabel an und wendet es.

«Mir sind die auch sympathisch», sage ich, «die Vegetarier. Ich hab's mir auch schon überlegt.» Dann stutze ich: Wenn sie ein solches Kotelett im Kühlschrank hat, wohnt sie dann hier doch nicht allein? «Gut riechen tut es», sage ich.

«Ich kann nicht garantieren, dass es auch gut schmeckt.» Sie wendet's noch mal, zieht den Dampfabzug hervor. «Für mich muss es nur gut aussehen.»

«Das ist sicher so», sag ich, und hab sie vielleicht nicht verstanden.

«Weißt du, ich habe dieses Fleisch nicht hier, weil ich es essen wollte. Ich erklär's dir, wart –» Sie dreht den Dampfabzug zurück, spricht aber immer noch zur Küchenwand. «Ich hab so was nur für die Fotos. Für ein Buch, das nächsten Frühling rauskommt, eine Art Rezeptbuch. Ohne die Rezepte allerdings, Rezepte hat es keine. Jedenfalls nicht richtige. Nur die Produkte und Legenden. Also heißt es dann zum Beispiel unter diesem Kotelett: zweihundertzwanzig Gramm Angus von Ernst und Ida Nyfenegger, Alp Schwandhubel, Feutersoey. Oder: eine Ajoie-Damassine von Pierre Perret, Porrentruy. Oder: ein Costoluto von Armando Pozzi, Cefalù. Oder: zwanzig Gramm Ossietra von Wadim Tarrasow, Jaroslawl. Weißt du, was ich meine? Ossietra, das ist Kaviar, die Damassine ist eine Pflaume. Und so weiter und so fort. Nur die Produkte auf dem Foto, roh, allein, sonst nichts dazu. So wie die Frucht im Atelier, die du so lange angeschaut hast.»

«Diese Guave?», frage ich – ich muss sie einfach wissen lassen, dass ich mich nicht täuschen ließ.

«Wie diese Guave, ja, genau. Die wird auch drin sein in dem Buch. Verstehst du? Das ist die Idee: Produkte, die so gut sind, dass sie keinerlei Zutaten brauchen. Kein Gewürz, kein Salz, rien. Die man roh essen kann, so, wie sie sind, weißt du, sogar das Fleisch. Im Ernst, selbst dieses Kotelett hier könnte roh gegessen werden, wie ein Tatar, wie Carpaccio, und ganz ohne etwas dran. Weißt du, ein Rind wie dieses hier, das würzt sich sozusagen selbst, mit all den Kräutern, die es frisst, mit Thymian und Arnika und Silbermantel, was weiß ich.» Jetzt dreht sie sich doch kurz zu mir. «Doch keine Angst, ich brate es und salze es für dich, ich weiß ja nicht, wie heikel du so bist.» Sie lacht.

«Ich, heikel? Überhaupt nicht. Bloß ein gutes Messer bräuchte ich dann wohl ...»

Sie lacht noch lauter, mehr als über meinen Guavenwitz, der, wie sich jetzt herausstellt, gar nicht funktioniert als Witz; sie meint das ja tatsächlich so, mit den Rezepten, offenbar. Ein ganzes Fleischstück, einfach so, und roh, wie die Neandertaler ...

«Authentizität, weißt du, das ist das Zauberwort, n'est-ce pas? Das Echte, Unverfälschte, weißt du, was ich meine?»

«Ja. Ja, ja.» Und wie! Was sie mir da erzählt, das ist ja – ist das nicht genau dasselbe, was ich auch mit *Nature* mache? Doch, das ist es, klar, du meine Güte. Wer ist diese

Frau? Ich hab's gewusst, als sie vor meiner Tür stand, hab's ja gleich gewusst. Von Anfang an, ich hab's gewusst. Du meine Güte, das ist doch – was ist das für ein Traum, der uns zusammenführt? Was für ein Zufall? Unfall, mehr als Zufall, eher Unfall, mir wird schwarz und grün, ich sehe Wasserpflanzen, schwarze Haare, die darin versinken ... «Eben, dieses Fleisch», frag ich, «das hättest du sonst fortgeworfen? Nach dem Foto? Einfach weg?»

«Nein, nein, für Mama aufgehoben. Sie bringt mir das Fleisch mit, wenn ich welches brauche, vom Hotel. Sie hat ein Hotel, Mama, weißt du. Da hat's ziemlich viel davon. Du musst dir kein Gewissen machen, wenn du's mir jetzt wegisst, kein Problem. Die schlachten manchmal ganze Rinder nur für das Hotel, weißt du. Da kommt's nicht auf ein Kotelett an.»

Für Mama. Ihre Mutter, also auch die Mutter von dem Kind. Ich merke, dass ich friere. Komplett lächerlich muss ich aussehen, wie ich hier an dieser Wand steh, in den nassen Sachen, die mich jucken, hinten und im Schritt. Und sie? Hantiert am Herd, als ob das Fleisch allein nicht brutzeln könnte. Weint sie wieder? Wär normal. Was sie da sagt von diesem Kochbuch – was soll das? – das ist ja nur – das geht ja gar nicht, eigentlich. Ihr Kleid klebt ihr im Rücken, so wie mir das Hemd an meinen Schultern – stört sie das denn überhaupt nicht?

Ich nehm allen Mut, oder was davon übrig ist, zusammen, stell mich hinter sie, leg meine Hände an das nasse Kleid. Sie zuckt zusammen, dreht sich um, drückt ihr Gesicht an meine Brust, wie schon vorher am Hauseingang, im Auto, beim Museum, wie am See, am Quai, gleich nach dem Unfall. Sie hält mich, ich halte sie, das Kotelett brutzelt vor sich hin.

«Wart, ich hol dir ein T-Shirt», sagt sie schließlich, rennt ins Wohnzimmer und dann durch eine Seitentür. Ich stell mich vor das Cheminée; warte.

Als sie wieder durch die Tür kommt, trägt sie statt des weißen Kleids ein graues Sweatshirt und Bluejeans. Mir bringt sie eine Trainerhose mit und ein Matrosenshirt, ihr eigenes, nehm ich an, es ist blau-weiß wie jenes, das der Bub trug. Ihre Augen sind verquollen, doch selbst Tränensäcke, die das ganze Leid der Welt enthielten, würden diese Augen nicht beschweren, nicht herunterziehen. Ich nehm ihr die Kleider ab.

«Ich hoffe, dass das passt», sagt sie, verschwindet in der Küchentür.

Man hört das Fleisch aufzischen, dann das Pling des Mikrowellenofens. Hinter dem Kamin streif ich die nassen Sachen ab; sie lösen sich noch jetzt kaum von der Haut. Wohin damit zum Trocknen? – An den Knauf des Cheminéeschiebers. So. Die Trainerhose ist zu kurz; sie ist wohl ebenfalls von ihr, ganz sicher nicht von einem Mann. Ich ziehe mir das Shirt über, rudere mit den Armen, atme ein und aus, so fest ich kann – es schnürt mir zwar nicht grad die Luft ab, reicht aber nur bis zum Bauchnabel.

«Wie ein Tänzer siehst du aus!», sagt sie, als sie zurückkommt und ein riesiges Tablett vorbeiträgt, vollbeladen mit Geschirr, mit Gläsern, einer Schüssel Pasta, Wasser, mit dem Kotelett und sogar einer Flasche Wein. Ob sie mich auslacht oder an – ich weiß es nicht, sie vielleicht auch nicht. Wenn nur das Tablett nicht kippt.

Der Tisch steht zur Seeseite hin, vor einem hohen Flügelfenster. Draußen sind die Wolken mittlerweile wieder aufgebrochen; auf die vorzeitige Nacht folgt jetzt ein violetter Abend. Überall steigt Dampf auf, aus dem See, den Gärten, Straßenfluchten – aus der Schüssel, die vor mir steht; Lydia hat sie hingeschoben.

«Nimm, so viel du magst, auch von dem Wein, gell, wenn du welchen willst.»

Ich schenke mir aus der halbvollen, kühlschrankkalten Flasche ein, Dolcetto d'Alba – kenne ich. Was machen wir hier? Sie will keinen, das erspart uns das Anstoßen. Hastig esse ich drauflos, so kann ich nicht nachdenken, während sie mir dabei stumm zusieht und mehr rumstochert, als sie isst. Ein Spiegel aus Fleischsaft füllt meinen schon fast leeren Teller aus. Der Wein färbt sicher meine Zähne, derart tintig, wie der ist. Ich fahre mit der Zunge drüber. «Deine Mutter, darf ich fragen – wie war das – hat ein Hotel?»

«Ja.» Ihre Unterlippe zuckt.

Vielleicht ist das kein gutes Thema. Aber ignorieren geht auch nicht, sie muss sie doch anrufen, ihre Mutter, irgendwann. Wir können doch jetzt nicht einfach hier sitzen, bisschen Rotwein trinken, als ob nichts geschehen wäre! Sie muss sich doch melden bei ihr, möglichst bald, das muss sie doch. «Was für ein Hotel denn?»

«Hohwand.»

«Hohwand? Das kenne ich, das ist ein Lieblingshotel meines Vaters. Der wohnt überhaupt nur noch in Hotels», sage ich, «seit meine Mutter tot ist, seit zehn Jahren. Nur noch in Hotels seither. Ja», sage ich, «das haben wir gemeinsam: Ich bin auch Halbwaise. Und wir haben», füg ich an, als sie dazu nichts sagen will, «noch mehr gemeinsam, glaube ich: Was ich so mache, ist im Grunde gar nicht so unähnlich wie das, was du mir vorhin erzählt hast. Irgendwie vergleichbar, mindestens, was das Prinzip betrifft ...»

«Was machst du?»

«Wie, was? – Gärten», sag ich, froh, dass sie jetzt wieder redet, «Gärten, ja, das mache ich. Doch *machen* ist das falsche Wort, und *Garten* auch, wenn man's genau nimmt. Meine Gärten gibt es schon, ich lasse sie so, wie sie sind – so wie du deine Früchte lässt, dein Fleisch, deshalb ist das so ähnlich – da, wo schon ein Garten ist, da schlag ich eine Brücke hin. Von Leuten, die sich einen Garten wünschen, zu dem Garten selbst. Wobei der Garten dann, wie schon gesagt, nicht mal ein Garten ist, sondern Natur, nichts als Natur, ein unberührtes Stück Natur.»

«Natur?»

«Ja», sage ich, «genau, zum Beispiel eine Waldlichtung. In Erlenbach zum Beispiel, kennst du das?» – sie nickt – «Da gibt's ein Haus, ein Einfamilienhaus, zweihundert Meter nur vom Waldrand weg; das war das erste, wo ich so etwas gemacht hab, als Versuch. Der Eigentümer – Immobilienunternehmer, ziemlich reich; der Wald gehört zum Teil ihm selbst – der hat mich einfach machen lassen. Seine Frau, die mochte diese Gärten, die ich damals machte, hat mich dafür engagiert, doch eben, einen Garten hat das Haus bis heute nicht bekommen, nicht im engeren Sinn zumindest. Alles, was ich baute, war ein Holzsteg, der beim Haus beginnt. Gleich vor der Haustür, Fichtenplanken, einen Meter breit und eine gute Handbreit über Boden. Dieser Steg, er führt ums Haus rum, geht mit ein paar Treppentritten eine kleine Böschung hoch und dann direkt in Richtung Wald. Vom Waldrand geht's dann allerdings noch weiter, geradewegs durchs Dickicht, zwischen Brombeerstauden durch. Dann taucht ein kleiner Moorbach auf, der Steg geht über ihn hinweg, immer gerade weiter, bis er auf zwei Findlingsblöcke trifft, die seit dem Pleistozän da liegen. Zwischen diesen beiden Felsen hört der Steg ganz einfach auf, es ist ein malerischer Ort. Man steht mitten im Wald, kann nirgends weiter, ist total allein.»

Sie hört mir zu, sehr aufmerksam.

«So hab ich das jetzt vielerorts gemacht, so einen Steg gebaut. Statt raus in ihren Garten gehn die Leute ein paar hundert Schritte, und sie haben, was sie wollen: ein perfektes Stück Natur. *Nature directe* heißt das deshalb, so habe ich das Ding getauft. Man muss sich ja vermarkten heute, das wirst du ja selber wissen. Jedenfalls hat sich's gelohnt, dem Kind so einen Namen zu verleihen ...»

Sie schaut auf den Tisch. Was habe ich gesagt? *Dem Kind.*

«– ja, jedenfalls hat sich's gelohnt. Die Presse hat das Ganze – obwohl's ziemlich *out there* war, oder grad deshalb, wer kann das schon sagen –, hat das dankbar aufgenommen. Die Fachpresse nicht, die lästert immer gegen alles Neue, um es dann, nach ein paar Jahren, mit Verspätung zu begreifen. Nein, die Fachpresse, die nicht, doch all die andern, die Zeitungen, die, die wirklich jemand liest. Es kam zu einem – ich kann's fast nicht anders sagen –, einem Boom; ich habe das *Nature*-Konzept jetzt vierzehn Mal umsetzen können, innert zweier Jahre, auch im Ausland, Deutschland, Österreich. Als Nächstes folgt Brasilien, und wie es ausschaut, vielleicht Japan. Selbst Dubai hat angefragt.»

«Da gibt's dann aber nicht viel Wald», sagt Lydia.

Jetzt muss ich lachen; das ist ihr Revanche-Witz. «Wald nicht», sag ich, «aber Oasen. Eine Hotelgruppe ist das, die das will, so einen Steg; er soll vom Hotelpark – mit Pools und allem – aus der Stadt rausführen, in die Wüste raus, zu einer Quelle, fast zehn Kilometer. Völlig dekadent. Pervers. Wenn ich nicht noch ein paar Jahre auf mein Image achten müsste, wenn ich meine Pension vor Augen hätte, dann vielleicht, dann würd ich diesen Blödsinn machen. Aber eben: So weit bin ich nicht, das kann ich mir nicht leisten. Außerdem ist São Paolo, das Projekt, das mir für diese Stadt vorschwebt, absurd genug: Da wäre eine Hängebrücke nötig, über eine Siedlung – eine Siedlung, die man eigentlich Favela nennen müsste.»

«Über einen Slum hinweg. Das ist ja schön ironisch», sagt sie.

«Ja, ich weiß, es ist ironisch», sage ich und schäme mich. Nicht wegen dem Projekt, sondern weil wir hier über so was reden. «Sehr ironisch, allerdings. Es gäb ja wirklich Wichtigeres.»

Sie spielt mit der Pasta rum, Farfalle, kleine Schmetterlinge, spießt sie auf und lässt sie fallen. «So ein Steg am Meer wär schön, weißt du, aufs offene Meer hinaus, und dann mit einer langen Leiter ganz hinunter, auf den Grund. Das wär dann *Octopussy's Garden*.»

Kann es wirklich sein, kann sie so etwas sagen, frag ich mich, ohne dass sie an vorher denkt, den Unfall, an den See, den Bub? Ich habe Angst um sie, was ist nur los mit ihr, mit mir, mit uns? Ich will mich in den nächsten Satz hinüberretten, doch es geht nicht, es würgt mir die Worte ab. Es geht nicht. Es gibt keinen Ausweg. Sie wird ihre Mutter jetzt dann gleich anrufen, oder sonst – sonst tut's die Polizei für sie. Wenn ich Pech habe, werde ich als Zeuge einberufen, muss ich auch noch vor Gericht aussagen. Was wird Lydia erzählen? Noch einmal genau dasselbe? Weiß sie das denn überhaupt noch, kann sie sich noch dran erinnern? Und selbst wenn, wie geht's dann weiter? Was kommt dann? Was macht Zanetti?

Draußen wird's noch violetter. Licht staut sich hinter den Wolken, Strahlen stechen durch, und aus den Löchern tropft das Abendrot.

Sie sagt: «Da haben wir ja wirklich etwas Ähnliches im Sinn.»

Ich spüre, wie sie mich ansieht, und bleibe draußen bei den Wolken. Ja, das haben wir tatsächlich. Sebi Zünd und Lydia Fischlin. Zwei, die es sich einfach machen. Einfach einen schönen Apfel, einfach einen schönen Steg. Die es sich einfach machen wollten, und sich nun hier wiederfinden, in der allerschwierigsten Situation, die es nur gibt. Und die doch, als sei nichts gewesen, hier, jetzt über Gärten reden, Kochbücher und Gärten. Das geht nicht, nein, das geht wirklich nicht.

«Der Bub», frag ich, «war er behindert? Hast du oft zu ihm geschaut?»

«Nein, gar nicht oft, nein. Viel zu wenig.»

Sie hat mit sich selbst zu kämpfen.

«Meine Mutter hat den Kleinen erst sehr spät bekommen, erst mit sechsundvierzig, vor fünf Jahren. Deshalb kam er so zur Welt, wie er zur Welt kam, weißt du, deshalb. Papa hat ihn nicht gekannt; er ist gestorben, während Mama schwanger war, beim Klettern. Hab ich das erzählt?»

«Ja, hast du, ja. Dass er beim Klettern – abgestürzt sei. Und Zanetti war schon damals ...»

«Amtsstatthalter, ja. Er konnte nichts mehr machen, so wie jetzt. Nichts mehr für Papa, nichts für Milo. Nichts ...»

Ich nehme ihre Hand.

«Und – jedenfalls, das war zu viel, als Papa starb, für sie und mich. Sie hatte das Hotel zu führen, hatte jetzt das Kind am Hals, und ich, ich hatte meine Arbeit, hatte selbst genug zu tun. Ich war dann sogar weg, drei Jahre, in Paris, hielt's nicht mehr aus, ich konnte nicht mit Mama und dem Kleinen – sie war komisch, weißt du. Ja, ich hätte bei ihr bleiben müssen, unter den Umständen, das hat sie wohl auch erwartet, aber wie gesagt, sie war – sie hatte ja auch diesen andern Mann, und der – ach, wie auch immer, jedenfalls hab ich das nicht mehr ausgehalten, musste weg und sah den Kleinen nur sehr selten, wenn ich ausnahmsweise hier war. Erst seit er ein bisschen größer ist, seit ich allein hier wohne – erst seither bringt sie ihn manchmal runter, und ich schaue zu ihm, ein, zwei Tage oder so. Das ist – das war jetzt so, bis heute.»

Eigentlich würd ich erwarten, dass sie jetzt gleich wieder losheult, doch sie redet sofort weiter, vielleicht weil sie, wenn sie redet, nicht gleichzeitig weinen kann.

«Es hat sie sehr getroffen, Mama, dass das Kind so auf die Welt kam. Sie macht sich Vorwürfe, auch wenn sie das nie zugeben würde. Denkt wohl, dass sie, in dem Alter hätte wissen müssen ... Es war ja kein geplantes Kind, weißt du. Ein zweites Kind, das war ja wohl das Letzte, woran meine Eltern dachten, zu der Zeit, weißt du. Wobei, bei Mama bin ich mir nicht sicher, vielleicht hat sie das in Kauf genommen, ganz bewusst, um Papa mehr an sich zu binden. Aber er, ein zweites Kind? Ganz sicher nicht, auf keinen Fall. Ein Wunder, das es überhaupt geschehen konnte, eigentlich; er war ja ständig unterwegs, kaum noch zu Hause, weißt du, damals, deshalb frag ich mich manchmal ... er war ja Architekt, das weißt du, das hab ich dir schon gesagt. Er hatte alle möglichen Ideen für sein Leben, doch die drehten sich nicht mehr um Mama, und schon gar nicht um ein Kind. Und dann kam alles anders, ja, gleich doppelt anders, nein, gleich dreifach. Zuerst wurde Mama schwanger. Dann ist Papa abgestürzt. Sie hätten dieses Kind wahrscheinlich abgetrieben, nehm ich an, doch dann, nach Papas Unglück, kam das überhaupt nicht mehr in Frage. So was hätte sie dann nicht mehr übers Herz gebracht, Mama, trotz allem, was ihr Papa angetan hat, über all die Jahre. Und gleichzeitig hatte sie schon damals diesen andern Mann, das war, wie schon gesagt, sehr komisch. Alles, was nicht gut war zwischen ihr und Papa, das war jetzt auf einmal weg, kein Thema mehr. Wer weiß, vielleicht sah sie in diesem kleinen Lebewesen, das in ihr heranwuchs, all das Gute, das ihr Papa nicht mehr gab und jetzt auch nie mehr geben konnte. Oder aber – ich weiß nicht, ich will es jetzt auch gar nicht wissen.

Jedenfalls war sie damals so glücklich wie noch nie zuvor – noch nie zuvor und nie danach. Ja, *glücklich* ist noch untertrieben, richtig überdreht war sie, so wie es gar nicht ihre Art ist, überdreht, hysterisch fast, und das so kurz nach Papas Tod. Das war der zweite Schock, weißt du; ich hatte Papa derart lieb, egal, wie er mit ihr umging, und dann – auf einmal war er weg, und sie auf einmal derart komisch. Und dann, eben, dann kam Milo, wie gesagt, so wie er war, und das – das war zu viel für uns. Zu viel für Mama, jedenfalls. Da brach sie dann doch noch zusammen, innerlich zumindest, auch wenn sie es zu verbergen suchte.»

Hoffentlich bricht *sie* nicht gleich zusammen, denk ich, Lydia, so atemlos, wie sie jetzt redet.

«Nicht weil sie das Kind nicht wollte, weißt du, das war nicht der Grund. Im Gegenteil, sie hat's geliebt, sofort, so sehr wie irgendjemand je ein Kind geliebt hat, glaub mir. Mehr als mich auf jeden Fall, das muss ich sagen. Mehr als mich. Und mehr als *ich* es lieben konnte, das muss ich genauso sagen. Nein, grad *weil* sie es so liebte, war sie derart überfordert. Weil sie wusste, was jetzt kam, was auf das Kind zukommen würde. Keine Freunde, keine Schule, kein normales Kinderleben. Klar, wenn man sich's überlegt, ist das ja gar nicht so schlimm. Davon bekommt das Kind ja nichts mit, das ist ja genauso glücklich wie ein ganz normales Kind. Wohl eher fast noch glücklicher, weil es nicht so viel mitbekommt. Der Milo allerdings, der hat von Anfang an so ernst geschaut.» Sie schaute mich an. «Fast so wie du.»

Fast so wie ich? Wie meint sie das? Es klingt weder beleidigend noch scherzhaft, sondern – ich weiß nicht. «Wie meinst du das, fast so wie ich?»

«Ich meine nur, er hatte diesen Blick, und Mama sagte immer: *Dass man mit so blauen Augen derart traurig schauen kann.* Sie machte sich Vorwürfe.»

«Milo», sage ich, «ein schöner Name.»

«Ja, gell. Ja, das find ich auch. Sie aber wurde damit, dass er war, wie er nun war, nicht fertig. Nicht mehr bloß hysterisch war sie, sondern manisch-depressiv. Es drehte sich jetzt alles nur noch um den Bub, nur noch um Milo. Was ja auch verständlich ist, doch sie – was sie auch immer tat, sie tat es jetzt nur noch für ihn, bis heute tut sie alles, was sie tut, nur für, nur wegen ihm. Weil er nicht in ihr Leben passte, weil er nicht in ihre Welt passt – nicht in ihre Welt gepasst hat, hat sie ihre Welt stattdessen angepasst, ihm angepasst. Weißt du, sie – spinnt, ich muss es sagen, kann es gar nicht anders sagen. Sie vergöttert alles, was wie er – weißt du – was nicht normal ist. Hotelpersonal zum Beispiel: Sie stellt kaum Normale ein, pardon für dieses Wort, nur noch ...»

«Nur noch?»

«... Behinderte und Kranke. Jedenfalls für all die Arbeit hinter den Kulissen, weißt du, Küchenjobs, die Zimmermädchen, Techniker, die Putzmannschaft, für so was nimmt sie Leute, die ... Aussätzige sind das, weißt du.» Sie schiebt Farfalle hin und her, zerdrückt sie mit dem Gabelrücken. «Das ist so ein böses Wort, ich weiß, so etwas sagt man nicht, und trotzdem trifft es zu. Aussätzig, ja. Die Leute, die die Betten machen – die Gäste hätten wohl Albträume, wenn sie sie je zu Gesicht bekämen. Wenn die wüssten, wer das macht, wer ihre Laken glattstreicht, wer den Teig für ihre Kuchen knetet ... es ist furchtbar, Sebi, furchtbar.»

Vor mir sehe ich den Kleinen, tot, mit toten Kinderaugen. Ich versteh sie nicht, wie sie da sitzt, die Gabel in der Faust, wie sie da sitzt, was sie da sagt. «Was meinst du», frage ich, «ich weiß nicht, was du meinst – Behinderte? Da spricht doch nichts dagegen, dass man solche Leute einstellt, oder, Kranke und Behinderte? Im Gegenteil, das ist doch gut, das ist doch sinnvoll, oder nicht? Solang sie ihre Arbeit machen, glücklich sind, die Gäste auch ...»

«Die wissen ja gar nichts davon, die Gäste. Das ist ja das Schlimme. Mama hält die Ouvriers versteckt vor ihnen, eingebunkert – Ouvriers, so nennt sie sie. Sie lässt sie kommen, wenn die Zimmer leer sind, und sofort verschwinden, falls einmal ein Gast zurückkommt. So geht das, und sie, die Ouvriers, sie spielen mit, perfekt. Sie sind sich das gewohnt, die Heimlichkeit, das Leben im Versteck, sie tauchen auf und unter wie Phantome, schaffen still und schnell. Und werden dafür gut bezahlt, sehr gut sogar, ja, schon fast fürstlich.»

Ich kann nicht recht glauben, was ich höre, was sie da erzählt, und überhaupt, was soll denn das? Was hat das mit dem Kind zu tun, das eben grad gestorben ist, in meinen

Armen, ihren Armen, in den Armen seiner Schwester, was ist damit? «Lydia –»

«Sie tut das alles wegen Milo. Alles wegen Milo, Milo ...»

Sie steht auf und dreht sich ab, hält beide Hände vors Gesicht, geht um den Tisch herum und stellt sich hinter mich, beugt sich zu mir. Mein Hals wird nass an ihrer Stirn. Ich warte, will sie an mich ziehen, doch sie stürmt davon, in Richtung Küche, lässt mich hier zurück. Nach einer Weile höre ich, wie sie das Wasser laufen lässt.

«Kaffee?»

Das ist wohl, was wir brauchen. «Ja, gern!» Etwas Nüchternheit. Ich höre die Maschine gurgeln, muss jetzt einfach ruhig denken. Ich muss das jetzt akzeptieren, will mich dieser Situation jetzt stellen, will, dass sie das auch tut, sie und ich, wir müssen da jetzt durch. Will wissen, wie es weitergeht, wann sie jetzt ihre Mutter anruft und was sie ihr dann erzählt.

Sie kommt zurück mit zwei bemalten Tassen – Papageientassen, Henkel haben sie wie Schnäbel –, geht an mir vorbei und stellt sie auf den kleinen Salontisch. Da, vor dem Cheminée, offenbar, da sollen wir den Kaffee trinken, auf den schwarzen Sprossenstühlen. Sie setzt sich auf einen, und die schmale Lehne überragt sie mindestens um einen Meter. Wie zwei Throne kommen sie mir vor, die beiden schwarzen Stühle, wie zwei hohe, schwarze Throne für ein tiefbetrübtes Königspaar. Man kann darauf nur sehr steif sitzen, nur im strengen rechten Winkel. «Hat dein Vater», frage ich, «das Haus hier eingerichtet?»

«Ja. Er war ein Jugendstil-Liebhaber. Und ein Kenner. Und ein Käufer. Als Erholung, glaube ich, zu seinen superkargen Bauten. Weder er noch Mama wollten je in einem seiner Häuser wohnen, das war nie ein Thema. Das tun jetzt die Ouvriers ... »

«Apropos, deine Mutter», frag ich, «solltest du jetzt nicht vielleicht ...»

Sie geht nicht mal drauf ein. «Die Ouvriers, die wohnen jetzt in diesem allerletzten Haus, das Papa noch hat bauen können, einem Annex zum Hotel. Direkt in die Felswand gehauen. Direkt», sagt sie, «wie bei dir. Nur in den Fels, nicht in den Wald. Mit einem Tunnel, der direkt zum Hotel geht, fast wie bei dir.»

«Du solltest sie anrufen, doch, das solltest du jetzt, Lydia.»

Sie schüttelt nur den Kopf.

«Ich kann auch raus», sag ich, «wenn du das möchtest, das versteh ich, Lydia.»

«Sag mal», sagt sie, «und *deine* Mutter? Wie, woran ist sie gestorben?»

«Brustkrebs», sage ich. «Doch das ist lange her, sehr lange schon.»

Sie schaut mich an, steht auf, zieht mich mit sich, zieht mich durch eine Tür, durch eine nächste, vor ihr Bett. Wir stehen da und halten uns, dann sinkt sie hin und ich mit ihr. Wir lassen uns jetzt nicht mehr los – nicht bis am nächsten Morgen.

4

An diesem nächsten Morgen steh ich im Café du Lac, allein, und halte Ausschau nach dem Vater. Kann ihn nirgends sehen.

«Lieber draußen?»

«Was? Nein, lieber hier.» Hier, zwischen diesen Marmorsäulen, bleibt es kühl, so hoffe ich, während die Sonne jetzt schon auf den Balkon hinbrennt, gnadenlos. Ich schaue in die Zeitung, nichts, bestelle – was? Orangensaft.

«Orangen oder Blutorangen?»

«Was Sie haben. Ist egal.»

Wir haben uns nicht oft gesehen, ich und er, in letzter Zeit. Es ist nicht mehr wie früher mit ihm, seit dem Tod von Mama. All die Festtage, Familienessen, auf die ich mich immer freute, ihnen fehlt die Mitte, fehlt die Seele, könnte man fast sagen. Wenn ich jetzt den Vater treffe, ist da gleich Verlegenheit. Nicht dass er mir nicht nahestünde. Er ist mir viel ähnlicher als Mama, denkt und handelt gleich, sieht fast gleich aus wie ich, nur drei Jahrzehnte älter, sagen alle. Mama aber war für uns das Bindeglied, wir brauchten sie. Wenn ich zum Beispiel über etwas lästerte, ein Buch, Musik, wenn ich zum Beispiel sagte, *das ist doch der letzte Dreck, das Zeug* – dann sagte Mama: *Ach woher, warum soll das denn so ein Dreck sein?* Worauf dann der Vater sagte: *Klar ist das ein*

Dreck, natürlich! Ohne dass wir miteinander reden mussten, konnten wir uns so verständigen, dank ihr. Wir geben uns ja immer recht, nur können wir es nicht mehr sagen, seit es Mama nicht mehr gibt. Sie fehlt uns, und an ihrer Stelle ist diese Verlegenheit.

Es kommt ein Blutorangensaft. Womöglich schau ich komisch drein, das Mädchen sagt: «Ist das okay? Sie sagten doch, es sei egal …»

Und heute werden wir erst recht verlegen sein, so wie noch nie. Ich lese nochmals seine letzte Nachricht:

8:30 zu früh? Es wird jetzt Zeit, dass du sie kennenlernst. Bis übermorgen, P.

Sie, das ist die Frau, mit der er jetzt schon lang zusammen ist. Schon drei, vier Jahre mindestens, und hat sie mir nie vorgestellt. Ich weiß nicht mal, woher sie ist und wo sie sich begegnet sind. Einziehen bei ihm kann sie nicht, so viel wie der umherreist, es sei denn, sie reist mit ihm herum, reist mit ihm von Hotel zu Hotel. Nicht dass mich das stören würde. Dass er jemand hat, das ist ja gut, ich freue mich für ihn. Klar, dass er nicht allein sein will, das würd ich auch nicht, in dem Alter. Und dass er es erst einmal für sich behalten hat, das nehm ich ihm nicht übel, das versteh ich. War ihm peinlich, nehm ich an, auch wenn's ja ganz in Ordnung ist. Mein Gott, ja, im Vergleich zu mir ... Wann immer ich den Kopf hochhebe, hier im Café, seh ich Stuck, Blattranken in Altrosa, und wenn ich ihn senke, diesen Tisch mit Kirschbaumholzintarsien. Beides genau wie in der Villa, von der ich gekommen bin, Hals über Kopf, ohne zu duschen, ohne mich zu kämmen – das zumindest sollte ich noch tun. Schon möglich, nein, sogar wahrscheinlich, dass es Lydias Vater war – als Jugendstilexperte – der das Du Lac eingerichtet hat, das wiederum *mein* Vater für das Treffen vorgeschlagen hat. Vielleicht kam mir das Interieur der Villa deshalb so bekannt vor, weil wir ab und zu mal hier sind. Wenn ich nicht rauf- oder runterschaue, sondern gradeaus, dann seh ich direkt auf den See. Die Augen schließen hilft auch nichts, dann setzt ein wildes Flackern ein, die Bilder von der letzten Nacht: das Bett, in dem wir lagen, mit dem Nachtfalter als Rückwand, dessen Flügel so fein eingraviert sind, dass man glaubt, sie würden zittern, Lydias Hals und ihre Arme, ihre atemlose Brust, dann Schlingpflanzen, ein Strudel aus Luftblasen, Körperteilen, Haaren, Wasserdunkel, grelles Licht, der Jaguar, der Bär, der Bub, die Wasserlachen, starre Augen und das nasse Frotteekleid.

Der Vater ist sonst immer püntklich; keine Ahnung, wo er bleibt. So kann ich noch auf die Toilette. Vor dem Spiegel sehe ich, wie ich sonst ausgesehen hätte: Meine Augen sind verquollen, salzverkrustet, sandverklebt, die Haare kleben an den Schläfen, stehen gegen oben ab – zum Glück hab ich noch dran gedacht. Ich zwänge meinen Kopf unter den Hahn und lasse Wasser laufen. Es schießt dampfend heiß heraus; ich kann mich grade noch wegducken, ohne mich dran zu verbrühen. Auf dem linken Messingknauf, da steht ein H, ist das jetzt richtig? Oder hat ein Idiot die Dinger abgeschraubt, vertauscht? Vielleicht bin ich der Idiot, ich kann mich wirklich nicht erinnern. Dreh den andern Knauf auf, jetzt kommt kalt, ich schöpfe Wasser ab, schütt es mir über meine Strubbelhaare, lege ein Papiertuch drauf und rubble, noch eins, noch eins, noch eins, eile an den Tisch zurück. Noch niemand da, noch immer nicht.

«Darf ich fürs Frühstück decken?»

Während sie ein weißes Tuch auflegt, starre ich ins Blaue raus. Ich stehe auf, wechsle die Seite, so dass ich den Eingang sehe. Vielleicht bin ich trocken, bis sie kommen, und ein bisschen ruhiger. Eigentlich würd ich mich freuen, wenn ich könnte, ja, das würd ich. Was passiert ist, kann ich nicht erzählen, auf gar keinen Fall. Doch immerhin – froh bin ich, dass der Vater kommt, dass jemand da ist. Jemand, der mich kennt, der ganz genau weiß, wer ich bin, dass ich derselbe bin wie vorher, ganz genau derselbe, alles gleich. Jemand, der einen halten würde, wenn es nötig wäre, ganz egal, wie tief man stürzen könnte, halten, fest im Leben halten. Lydia hat mich auch gehalten, heute Morgen, als ich ging, doch nicht zurückgehalten, als ich in der Türe stand, zögerte. Als ich gefragt hab, ob ich bleiben solle, das sei kein Problem, ich hätte frei, zwei ganze Wochen, ich sei da, wofür auch immer. Dieses Treffen mit dem Vater könne warten, kein Problem, das könne ich absagen, wirklich kein Problem, das könne ich. *Nein, nein,* hat sie gesagt, *geh jetzt. Und vielen Dank. Du kannst ruhig gehen.* Könnte ich doch nur dabei sein, wenn sie ihre Mutter anruft. Ob sie's schon getan hat? Ob sie's wirklich tut? Das muss sie ja. Das weiß sie selber, dass sie damit nicht mehr länger warten kann. Die Polizei, Zanetti wird nachfragen, spätestens am Mittag. Dann muss alles stimmen, muss sie wiederholen, was sie sagte, was sie schon einmal erzählt hat, und die Mutter muss es glauben. Hoffentlich verzeiht sie ihr – wenn sie ihr nur verzeiht! Mein Gott, so wie sie von ihr sprach, klang das nicht so. Wenn sie ihr nur verzeiht. Was mach ich sonst, was mach ich nur, was habe ich gemacht? Wir müssen uns verzeihen. Müssen wir. Das hat Zanetti ja gesagt, dass wir jetzt zueinanderhalten, zu uns schauen müssen, dass er uns das zutraut, dass wir damit fertig werden, ganz allein, dass er es uns nicht schwerer machen will, als es ja so schon ist. Nein, nein, der wird sich nicht einmischen, glaub ich nicht. Das wird er nicht. Es gibt nichts mehr zu tun für ihn, solange wir uns einig sind – ich, Lydia und ihre Mutter – akzeptieren, was passiert ist, und nicht mehr von ihm verlangen, nicht von ihm verlangen, dass er irgendetwas ändern kann, gutmachen, kann er nicht. Kann niemand. *Vielen Dank. Du kannst ruhig gehen.* Als ich mich noch mal umdrehte, war sie in der Tür verschwunden. War das noch ihr Schatten im Türfenster? Vielleicht. Vielleicht nicht. Wann werd ich sie jetzt wiedersehen? Sie hat nichts dazu gesagt. Ich allerdings auch nicht; ist nicht an mir, ich werde warten müssen. Warten, bis das alles offiziell vorbei ist und geregelt. Allerdings, was heißt geregelt? Sehen wir uns vor Gericht? Oder am Ende gar nicht mehr? Wahrscheinlich wird sie mich für immer damit in Verbindung bringen, mit dem Todesfall, werd ich für sie eine Erinnerung, die sie so weit wie möglich hinter sich lässt und vergessen will. Wahrscheinlich, oder eben nicht. Es kann doch gar nicht sein, dass sich zwei Menschen derart nahe sind, wie wir uns waren diese Nacht – und sich dann einfach wieder trennen? Vielleicht hat sie Angst, dass dieses Unglück ewig zwischen uns wär. So wie sie sich an mich drückte – wie wenn sie verdrängen wollte, was da ist und immer sein wird. Vielleicht wollte sie dem auch zuvorkommen, ich weiß es nicht. *Du kannst ruhig gehen. Vielen Dank.*

Ich trinke meinen Saft leer. Vorn im Foyer steht mein Vater. Neben ihm steht seine neue Frau. Sie ist gleich groß wie er, ein andres Bild als meine Eltern damals. Sie hat weißes, kurzes Haar und trägt ein rotes Deuxpièces. Obwohl sie doch recht stämmig ist, wirkt sie apart, fast elegant. Sie ist es, die mich zuerst sieht – auch wenn sie mich ja gar nicht kennt, von Bildern höchstens, das kann sein. Sie legt die Hand auf seinen Arm und flüstert ihm etwas ins Ohr. Ich lächle, nicke ihnen zu. Sie kommen Arm in Arm zu mir, was etwas steif aussieht. Ich fahre mir durch meine feuchten Haare, spiele mit dem leeren Glas.

«So, Sebi. Das ist Xenia.»

Der Vater gibt sich jovial, wie stets, doch seine Stimme schwankt. Wie hieß sie noch? Von Arx, glaub ich, ja, Xenia von Arx, sagte er. Als er den Namen mal erwähnte, kam er mir exotisch vor, doch jetzt, wo sie hier vor mir steht, könnt ich mir keinen denken, der noch besser zu ihr passen würde. Nein, schlank ist sie nicht. Das nicht. Ihr Kopf, umrahmt von kurzen Strähnen, hat fast etwas Eckiges. Und doch ist ihr Gesicht, mit diesen seitlich hochgezogenen Brauen und Mundwinkeln, die dazu grad spiegelbildlich runterlaufen – ist dieses Gesicht so schön, so ernsthaft, eigentümlich schön, dass ich erst gar nichts sagen kann, fast so wie gestern vor der Haustür, als da Lydia vor mir stand. Klar, Lydias Gesicht ist jünger, frischer, feiner, runder auch. Doch diese schmalen, dunkelgrünen Augen, die so wässrig glänzen, feine Fältchen werfen, wie zwei Fächer, zu den Schläfen hin: Ich kann mich fast nicht davon lösen, weiß sofort, was er an ihr gefunden hat, in ihr, der Vater.

«Freut mich sehr», sag ich, als ich den Mund aufbringe.

«Xenia. Ganz meinerseits, ich freu mich auch.» Ihr Händedruck ist warm und fest.

Der Vater tätschelt mir, so wie er's immer tut, den Hinterkopf. «Was machen Frau und Kinder?»

Lachen kann ich nicht, diesmal erst recht nicht, über seinen Standardspruch. «Was trinkt ihr?», frage ich stattdessen, winke die Bedienung her; das lenkt mich ab von Xenia, die sich mir gegenüber hinsetzt.

«Eine Flasche Taittinger?»

Der Vater meint's nicht ernst, versucht wohl bloß für Lockerheit zu sorgen. Niemand geht drauf ein, auch die Bedienung nicht, sie schmunzelt nur.

«Dann stoßen wir mit Milchkaffee an!»

«Für mich einen Schwarzen», sagt jetzt Xenia. Ich glaub, sie mag mich, schaut mich an: «Und, Sebi, du? Du nimmst doch sicher auch noch was?»

«Ja, Kaffee, ja. Kaffee ist gut.»

«Den kannst du brauchen», sagt der Vater, «du siehst müde aus. Erzähl!»

«Viel zu erzählen gibt es nicht.» Ich staune, wie ich lügen kann. «Ich nehme mir jetzt eine Auszeit von zwei Wochen, bleibe hier. Danach geht es weiter mit *Nature*, zuerst in Ligornetto, dann im Teufen, dann im hohen Norden. Alles wie bisher, nur größer.»

«Mir gefällt das, was du machst», sagt Xenia, «diese – Anlagen? Installationen? Gärten? Einen hatt ich mal gesehen, noch bevor mir Alois davon erzählt hat, in der Zeitung. Hier drin gab's ein Interview» – sie zeigt auf das Lokalblatt –, «stimmt's? Das hat mich fasziniert. Wenn man zum ersten Mal was davon hört, von der Idee, weißt du, dann denkt man: Was, ist das jetzt alles?, und dann: Eine Kopfgeburt, das wird in Wirklichkeit nicht halb so gut sein, wie hier auf Papier, das ist nicht realistisch, wie soll das denn gehen, ein Quartier, wo jeder einen Steg zum Wald will, wie soll das denn funktionieren ... sagen wohl die Leute, nicht? Ich hab das nicht gesagt, Sebi, mich hat das sofort fasziniert. Nicht, weil ich deinen Vater kenne, sondern, weil's mich überzeugt hat, wirklich überzeugt, sofort. Dann fuhren wir nach Neuenkirch, erinnerst du dich, Alois? Ich wollte unbedingt dahin, da sieht man, wie es wirklich aussieht: großartig, ich war begeistert. Die drei Stege von drei Häusern her, die sich dann überkreuzen, wieder auseinandergehen, jeder grad in seine Richtung, die in drei verschiedenen Löchern im Waldrand verschwinden – das ist nicht nur als Idee großartig, sondern ganz konkret, fürs Auge.»

«Neuenkirch, das war ein Glücksfall», sage ich, «drei Eigentümer, alle gut befreundet, die für so etwas zu haben waren.»

«Jedenfalls hab ich gemerkt, dass die Idee nicht nur sehr schlau ist, sondern auch sehr schön, und umso schöner wird, je mehr mitmachen. Die Ästhetik selbst, die ist ja alt, nicht wahr, gibst du mir recht? Mich hat sie an Grönland erinnert, weißt du, wo ich einmal war. Hast du das mal gesehen, diese Inuit-Siedlungen, Sebi, mit Holzstegen, die sie brauchen, um von Haus zu Haus zu kommen, seit der Permafrost auftaut? In Neuenkirch, das war mein Eindruck, sieht's ein bisschen ähnlich aus.»

«Ah ja? Das war dann Zufall», sag ich, «Inuit, da kenn ich mich nicht aus, das hab ich nicht gewusst. Ich dachte eher an Pfahlbauer ...»

«Pfahlbauer! Ja klar», sagt sie. «Ja, logisch, das ist naheliegend. Das war eine Frühform, quasi, von *Nature directe*, nicht wahr? Von der Natur zurück ans Ufer statt in die Natur hinaus, grad umgekehrt, ha, das ist lustig. Waren das die Ersten, die so etwas bauten, die Pfahlbauer? Weiß ich nicht. Das weißt du besser.»

«Ich nehm's an. Wahrscheinlich schon.»

«Was ich noch weiß, ist, was man dir dann vorgeworfen hat, damals: Das sei ja alles altbekannt, Touristenarchitektur, banal. Sightseeing-Pfade halt. Was für ein Quatsch! Die hatten nichts begriffen. Wenn man so zurückgeführt wird zur Natur, aus der man herkommt, dann ist das doch nicht Tourismus, sondern grad das Gegenteil! Und nicht banal, nein, radikal! Das haben sie dann auch gemerkt, die Ignoranten, mit der Zeit. War das dein Durchbruch, Neuenkirch, ein Meilenstein für dich?»

Der Kaffee kommt.

«Ja, schon, gewissermaßen», sage ich.

Sie meint das ernst. Nicht anbiedernd, es interessiert sie – interessiert sie wirklich. Ihre Aufmerksamkeit tut mir gut. Aus Anstand frage ich zurück: «Und ihr? Ihr habt doch sicher auch was Interessantes zu erzählen, wegen euch sind wir ja hier!»

«In unserem Alter», sagt der Vater – sagt er mit der Ironie, mit der man nur versteckt, was man im Grunde eben doch ernst meint –, «in unserem Alter hat man doch das Interessante hinter sich.»

Ich kenne diesen Ton vom Vater; er hat ihn nur selten drauf, nur, wenn er sonst nicht mehr zurechtkommt.

Xenia scheint überrascht. «Meinst du das wirklich, Alois? Die letzten Jahre, waren die nicht interessant? Ich finde schon.»

Der Vater lehnt sich weit zurück. «Ja, ja, das waren sie. Doch, doch.»

Er ist unangenehm berührt – vielleicht nur deshalb, weil er sich so spät noch mal verliebt hat (und dass sie sich lieben, er und sie, das merkt man trotz der Spötteleien), und weil er jetzt diese Liebe hier vor mir bezeugen muss. Er weiß, was mir an Mama lag. Er weiß, dass ich nach all den Jahren immer noch nicht drüber weg bin, über ihren Tod, das weiß er. Deshalb ist's ihm peinlich, diese neue Liebe zuzugeben. Wär nicht nötig, überhaupt nicht. Diese Xenia: Ich mag sie jetzt schon, die ist mir sympathisch. Ihre dunkle, warme Stimme, die ganz leicht vibriert, wie auch der Glanz auf ihren schattengrünen, brunnentiefen Augen – nein, mit einer bösen Schwiegermutter hat die nichts gemein, und ich bin froh, dass sie jetzt hier ist, mit dem Vater, für ihn und für mich. Ich frag mich nur, warum er sie so lang vor mir versteckt hat und warum er so nervös auf seinem Stuhl rumrückt, vor und zurück.

«Was machen Frau und Kinder?»

Dass er noch einmal denselben Spruch bringt ... Ich hab ihm darauf noch nie geantwortet, nicht mal im Scherz; warum ich es jetzt plötzlich tue, und vor dieser fremden Frau, ich weiß es nicht, hab keine Ahnung. «Lustig», höre ich mich sagen, «lustig, dass du fragst. Ich habe mich tatsächlich frisch verliebt.»

Der Vater lächelt, leise erst, dann immer offener. «Ah ja?»

«Ja», sage ich, «so ist es. Ja.»

«Und ... wenn man fragen darf: Ist sie von hier?»

«Ja», sage ich. «Von hier.»

Jetzt strahlt er, hebt die Tasse. Ich bereue, dass ich was gesagt hab.

«Dann ...»

Ich spiele mit dem Glas.

«Ja, dann ...» Er setzt die Tasse ab. «Du siehst nicht grad euphorisch aus – ein bisschen müde, eher, oder? Kann auch gute Gründe haben. Jedenfalls ... wann lernen wir das Fräulein denn mal kennen?»

Warum bin ich bloß drauf eingegangen? Jetzt gibt's kein Zurück mehr, jetzt bin ich es, der hier Auskunft gibt.

«Gut, gut, wir geben dir jetzt auch ein bisschen Zeit. Die braucht man ja. Die haben wir uns auch genommen, oder, Xenia?»

Sie nickt. Hat Mitleid mit mir, offenbar.

«Doch freuen tust du dich, das schon?»

Er fragt so viel wie sonst noch nie. Wahrscheinlich will er zeigen, dass er einfühlsam sein kann, als Vater.

«Ist ja noch nichts Festes», murmle ich. «Ich hab zu viel gesagt.»

Der Vater: «Uh, das glaub ich nicht. Das merkt man doch sofort, ob das was wird, das zeigt sich ziemlich schnell.» Er schaut mich an, was er sonst kaum tut; meistens schaut er in die Luft. «Es sei denn, es gibt ein Problem. Dann können wir dir vielleicht helfen? Steht dem Glück noch was im Weg?»

«Nein, nein», sag ich, «nein, nein, das heißt: Das kann man ja nicht wirklich wissen, jedenfalls nicht jetzt, so ganz am Anfang; was kann ich schon sagen. Wie gesagt» – ich schaue Xenia an –, «es ist noch viel zu früh. Ich hätte besser nichts gesagt.»

Der Vater lacht. «Na ja. So lange wird das Fräulein ja nicht brauchen, bis sie sich entschieden hat. Ich würde ihr empfehlen zuzugreifen, sonst ist's dann zu spät. Sonst kommt die Konkurrenz zum Zug – die gibt's ja sicher auch, nicht wahr?» Er streicht das Tischtuch glatt. «Oder hast du am Ende Konkurrenz? Gibt's jemand, der dir noch im Weg steht?»

Ich schau in den Kaffeesatz. Warum hab ich bloß was gesagt.

«Ja, ja, ist mir schon klar, verstehe. Jetzt nur keine Hemmung, Sebi, jeder darf sein Glück versuchen. Du hast sicher gute Chancen. Nütze sie, wenn sie sich bieten, denk an dich, das muss man manchmal. Oder, Xenia?» Er tätschelt ihre Schulter und steht auf. «So, ich muss mal für alte Knaben.»

Noch ein Standardspruch von ihm, den bringt er, seit er pensioniert ist – sich hat pensionieren lassen. Alles nur Koketterie; den Militärpiloten sieht man ihm so gut an wie zuvor. Wie er jetzt durch das Café geht, leicht federnd, immer, seine Arme etwas von den Hüften weg ... wie oft hab ich, als Kind schon, diesen Gang versucht zu imitieren. Ganz gelungen ist's mir nie. Es funktioniert wahrscheinlich nur, wenn man nicht drüber nachdenkt, gar nicht darauf achtet, wie man aussieht.

«Ist sie denn schon fest vergeben?»

Xenia streicht das Tischtuch glatt, genau wie vorher schon der Vater. Dass jetzt sie da weitermacht, wo er nun endlich aufgehört hat, hätt ich nicht erwartet. Bislang hat sie seine Fragerei stumm über sich ergehen lassen – über mich – und ich war froh, dass sie nicht auch noch nachgehakt hat.

«Fest vergeben? Glaube nicht. Nicht dass ich wüsste», sage ich.

Wie ihre Augen schimmern, in dem harten Kopf, so weich und warm. Es gibt ja Augen, denen man ausweicht – und solche, die man sucht, die Zuflucht bieten. Solche hat sie.

«Aber eben doch vergeben?»

«Ach, wer weiß, ich wollte das nicht an die große Glocke hängen ...»

«Musst du nicht, nimmt mich nur wunder. Weißt du, diese Dinge bleiben interessant, auch noch im Alter.» Sie rührt im Kaffee, zwinkert mir zu und lehnt sich leicht nach vorn. «Es scheint mir fast, als wüsstest du auch selbst noch nicht, was daraus wird. Das gibt es. Ist es so, Sebi?»

«Ich weiß nicht ...» Ich bin nahe dran, ihr alles zu erzählen, schnell, bevor der Vater wieder hier ist. Das Bedürfnis, ihr zu beichten – plötzlich kommt es über mich, wie eine Welle, treibt mich zu ihr. «Ich weiß nur», sag ich, «dass ich in dieser Zeit, die wir bislang zusammen waren ...»

«Du und sie?»

«... ja – dass ich in der kurzen Zeit dann doch sehr glücklich war, trotz allem. Und dass es bis jetzt anhält, das Glück, lang ist es noch nicht her», sag ich, schau auf die Uhr, «zwei Stunden.»

«Oh, dann wärst du jetzt wohl lieber gar nicht hier?»

«Doch, doch, das bin ich. Doch, das bin ich gern, sehr gern.»

Sie schmunzelt, Hände auf dem Tisch. «Dein Vater hat schon recht, Sebi. Wenn dir an dieser Frau was liegt, wenn dir das wirklich ernst ist, dann musst du dein Glück versuchen, dann soll dich nichts und niemand daran hindern. Manchmal hat halt jemand anders das Nachsehen, das ist so. Des einen Glück ist eines andern Pech, das ist halt manchmal so.»

Mein Hals ist trocken und Espresso-Schaum hilft nicht dagegen, leider. Sie versteht mich, ja, das tut sie. Wenn auch falsch, doch sie versteht mich. Wenn ich könnte, würd ich ihr jetzt alles einfach so erzählen, gestern, heute, morgen, alles, jeden einzelnen Gedanken, der seither durch meinen Kopf jagt. Geht natürlich nicht, geht nicht. «Ist alles halb so wild», sag ich, «nicht ganz so, wie es vielleicht klingt.»

«Was steht dem Glück denn noch im Weg?»

Sie legt den Kopf zur Seite. Sieht mir an, dass etwas los ist, meint es gut mit mir, das spüre ich. Versteht mich –

würde mich verstehen. Kann sie nicht. Sie weiß ja nichts. «Im Weg? Na ja, ist immer schwer, der Weg zu jemand anderem …»

«Du musst ihn dir freischlagen, Sebi. Um sie kämpfen. Ist halt so.»

«Ich weiß nicht ... kämpfen ... ja, vielleicht. Um Aufmerksamkeit, das vielleicht.»

«Um Aufmerksamkeit? Du? Drum kämpfen? Nein, das mein ich nicht, das glaub ich eher nicht, dass du das musst, ich meinte eher ...»

«Doch.»

«Ach komm. Die Aufmerksamkeit hast du ja bekommen, offenbar, nicht wahr? Jetzt musst du weiterkämpfen, Sebi. Gegen wen und was auch immer. Glück gibt es nicht gratis ...»

«Nein.»

«... doch darum kämpfen darf man; ist sogar ein Menschenrecht, glaub ich. *Pursuit of happiness* heißt das. Das darf man: kämpfen für sein Glück.»

Ich fröstle. «Ja, das stimmt ...»

«Und zwar mit Überzeugung, dann gewinnt man, nur wenn man sein Bestes gibt. Du hast sie wohl schon längst auf sicher und machst dir jetzt ein Gewissen. Weil es halt, wie noch so oft, auf Kosten eines andern ging. Das braucht dich nicht zu kümmern, Sebi, mach dir deshalb keinen Kopf. Hauptsache ist, du hast gewonnen. Letztlich kommt es darauf an.»

Mein Herz beginnt zu hämmern, schlägt mir bis zum Hals. «Gewonnen, ja ...»

Sie schaut mich an, halb forschend, halb mitleidig. Kümmert sie das wirklich? Ungeduldig klingt sie, fast genervt, als wollte sie von mir bloß hören, was sie selber glauben will. Dann lass ich sie in ihrem Glauben. Muss ihr ja nicht widersprechen, kann sie das ja glauben lassen, ist ja vielleicht gar nicht schlecht, wenn sie Bescheid zu wissen glaubt, an einen Widersacher glaubt, das kann sie ja, der Vater auch, das ist ja schließlich besser so.

«Gewonnen, aber was?»

Sie will das hören, will das einfach hören. Gut, der Teufel weiß, wieso. «Für etwas kämpfen», sage ich, «ist schön und gut, das lohnt sich, ja, das tut mir gut, so was zu hören, dass man sich einsetzen soll. Dass man sein Glück verfolgen darf. Die Frage ist dann höchstens noch, ob ...»

«Was?»

«... ob man fürs eigene Glück jemand ins Unglück stürzen darf.» Ich huste. Huste plötzlich los, ein Hustenanfall aus dem Nichts, hab mich verschluckt, obwohl ich nichts im Mund hab. Was hab ich gesagt? *Ins Unglück stürzen.* Meine Güte. Huste immer heftiger, muss mich vom Tisch wegbücken, meine Güte, fertig, fertig jetzt. Zum Glück sagt Xenia nichts drauf. Ich setz mich auf, wieder gerade, schau an ihr vorbei, hinaus. Die Bucht blinkt in der Morgensonne. Zwei orange Kehrmaschinen kriechen den Seeweg entlang.

«Wie meinst du das?»

Sie starrt mich an. Aus ihrem gütigen Gesicht ist alle Wärme, Weichheit weg. Ihr Mund und ihre hohen Augen – reglos kalt, wie festgezurrt. Ich weiß nicht, was ich sagen soll, weiß nicht mal, was sie grad gefragt hat. Hab noch nie in meinem Leben jemand derart krass verändert, ja, wie ausgetauscht gesehen, von grad eben noch zu jetzt.

«Wie meinst du das, ins Unglück stürzen?»

«Wie? Das meinte ich nicht so ...»

«Ins Unglück stürzen?»

«Ja. Ich meine, nein, ich meine nur, ich wollte ja nur sagen, was ich meinte ... Nicht zu Lasten anderer. Man muss ja, kann ja auch gewinnen, ohne dass jemand ...»

«– ins Unglück stürzt?»

«Ja. Nein. Das ist nicht nötig. Nicht zu Lasten anderer.»

Was immer ihre Augen vorher schimmern ließ, vereist sie jetzt. «Was? Nicht zu Lasten anderer? Was soll denn das bedeuten, Sebi? Selbstverständlich kannst du nur zu Lasten anderer gewinnen. Ist ja logisch. Ist ja klar. Gewinner hier, Verlierer da. Wie sollte das denn anders gehen, Sebi? Das erklär mir mal.»

Es klingt wie eine Kampfansage. Will sie mich jetzt provozieren, oder was? Ich komm nicht draus, weiß überhaupt nicht mehr, was los ist, warum wir darüber reden, warum sie darauf besteht. Zum Glück kommt jetzt der Vater wieder.

Er rückt seinen Stuhl zurecht, lacht, breitet seine Arme aus, als möchte er den Tisch umarmen. Schaut uns beide fragend an. «So?»

«Er macht sich jetzt ein Gewissen, Alois, dein Sohn, im Ernst. Weil er jemand *ins Unglück stürzen musste*, wie er grad gesagt hat. Oder, Sebi, so ist es?»

Der Vater stutzt. «Den Konkurrenten? Seid ihr immer noch beim Thema?»

«Ach», sag ich, «es ist nicht so, wie ihr wohl denkt, und überhaupt – so wichtig ist das alles nicht.»

«Natürlich ist das wichtig», sagt der Vater, «wenn nicht das, was dann?»

«Jaja, doch das könnt ihr jetzt ruhig mal mein Problem sein lassen, oder?»

«Du hast damit angefangen!»

Stimmt; ich wische mir den Schweiß weg, lächle, gebe mich versöhnlich. Xenia, so scheint es mir, versucht dasselbe, sagt nichts mehr.

Der Nebentisch wird aufgedeckt, es kommt eine Familie: ein dürrer Typ, wahrscheinlich Lehrer, seine Frau, ein Bub, ein Mädchen. Alle in Dreiviertelhosen, und sie reden so gedämpft, dass man erst recht hinhören muss. Ich bin froh, dass da jemand Platz nimmt, aber auch, dass sie erst jetzt da sind; die sind bestimmt neugierig, mehr noch als schon Xenia.

«Dann lassen wir dich halt allein in deinem Glück, fürs Erste», sagt der Vater und wischt Krümel weg. «Hast du mit uns ja auch getan, du hast ja auch nicht nachgefragt» – er legt den Arm um Xenia –, «und jetzt sind wir zusammen hier, und es ist alles gut gekommen. So was wünschen wir dir auch.»

Der Vater hat bei aller Härte, die er manchmal an den Tag legt, eben doch auch ein Gespür für Stimmungen, wie man sie rettet. Zwar sagt Xenia nichts dazu – ich wage kaum noch hinzuschauen –, aber ich, ich bin erleichert, hab noch einmal Glück gehabt. Wie kann ich nur so blöd sein und hier einfach so mein Herz ausschütten, hier auf diesen weißen Tisch, vor dieser Frau, die ich kaum kenne? Sie als Beichtmutter missbrauchen? Wie kann ich so blöd sein und erzählen, was passiert ist gestern? Nein, ich habe nichts erzählt, doch fast, viel hat nicht mehr gefehlt. Schon was ich sagte, war zu viel. Komm jetzt, jetzt nimm dich mal zusammen, denke ich, mach keinen Scheiß. Das wird vorübergehen. Wird's. Es geht ja alles mal vorüber. Irgendwann ist alles mal vorbei, vergangen, nicht mehr wichtig. Wichtig ist, was jetzt passiert, nicht, wie es so weit kommen konnte. Lydia und ich: Daraus muss etwas werden, kann es auch; den Anfang unserer Geschichte werden wir vergessen – nicht vergessen, aber akzeptieren. Ich muss ihn jetzt akzeptieren, ich – ich bin der Einzige, der alles weiß, und ich – ich werde fertig mit so was, bin nicht so schlecht mit so was, bin ich nicht. Nicht dass ich so was schon einmal erlitten hätte, hab ich nicht, und trotzdem weiß ich, dass ich's kann. Die Dinge nehmen, wie sie sind, das Beste daraus machen, ja, das konnte ich schon immer, wenn es nötig war, das kann ich, ja. Ich bin allein in dieser Sache, und ich komm allein zurecht. Allein? Ja, doch, ich bin allein. Es kann nicht sein, dass Lydia was mitbekommen hat, nein, nein, sonst wäre sie nicht so mit mir – sonst hätte sie mich sicher nicht zu sich nach Hause mitgenommen, wäre alles anders, hätte diese Nacht nicht stattgefunden. Ich hab das ja gleich gespürt, dass sie bei allem Elend doch ... im Auto schon, ja, schon am Quai. Das merkt man, sagt der Vater, so was merkt man. Ja, da hat er recht. *Du kannst ruhig gehen. Vielen Dank.* Das hat jetzt nicht viel zu bedeuten. Ich ruf sie dann später an. Das braucht jetzt einfach etwas Zeit, und dann – dann wird das alles gut, genauso, wie der Vater sagt. Am Ende wird das alles gut.

Die Lehrerkinder tuscheln, schauen zu uns her, konkret: zum Vater, und ich weiß auch schon, wieso: Als Nächstes steht dann eines auf, geht zu ihm hin und fragt, ob er nicht Bernhard Russi sei. Bestimmt. Passiert ihm immer. Immer noch. Der Vater wird dann sagen: *Nein, ich kann ihn aber von dir grüßen. Wir sind aus demselben Dorf.* Noch ist es nicht so weit; sie müssen ihn noch ganz genau studieren, bis sie sich fast sicher sind.

«… Windlichter, und dann noch zum Gärtner, wegen den Zitronenbäumchen.» Er bespricht mit Xenia Einkäufe, kann das wirklich sein?

«Zitronenbäumchen?», sage ich, um wieder ins Gespräch zu finden. «Ich würd eher Kumquats nehmen. Die sind hübscher, pflegeleichter, und man kann sie gleich so essen, wenn man will, direkt vom Baum. Ich schlage immer Kumquats vor, bei Kunden», sage ich, und denke: Was die wohl mit Bäumchen wollen, wofür brauchen sie die denn? Wo wollen sie denn die aufstellen? Wohnt der Vater vielleicht gar nicht mehr im Hotel, mittlerweile? Ist er bei ihr eingezogen? Wollen die vielleicht sogar ... «Am besten Kumquats», sage ich. Sie schaut schon wieder milder drein. Was hat sie nur gehabt, vorhin? Es hat sie irgendwas gereizt. Egal. Mit der werd ich mich schon verstehen, das ist eine Gute. Aufbrausend vielleicht, mag sein, doch eine Gute, denke ich.

Da läutet Xenias Telefon. Ein simpler Rufton, sehr sympathisch, kein so doofes Charts-Gedudel. Sie langt in die Tasche, nimmt ihr Ericsson – und geht davon.

«Bist du zufrieden?», fragt der Vater.

Meint er sie? «Ja, sehr», sag ich.

«Dann ist ja gut. Dann bin ich froh.»

Dass sie plötzlich so komisch war, das heißt ja nichts, im Gegenteil, das macht sie nur noch interessanter. Er kommt sich wohl vor, wie wenn er hier an einer Prüfung wäre, die er knapp bestanden hat. Wahrscheinlich fragt er sich, warum ich nicht noch mehr geredet habe, sucht den Grund bei ihr, bei sich und ihr, und hat ja keine Ahnung. Jetzt ist diese Stille da. Ich stiere auf das weiße Tischtuch, suche es nach Themen ab. Das Tischtuch hat Bordüren, schön. Der Kaffee war verbrannt, doch dass der hier verbrannt ist, im Du Lac, das wissen wir, weiß er, weiß ich. Die Kellnerin ist neu und hübsch, doch dieses Thema ist erledigt.

«Wär Flugwetter heute», sag ich schließlich.

Er geht nicht drauf ein.

Das war kaum eine halbe Stunde, die wir jetzt zusammen waren, er und ich und sie, zu dritt, und schon hab ich mich dran gewöhnt, vermisse sie bereits ein bisschen. Das wird jetzt wohl immer so sein, und auch wenn sie komisch war, vorübergehend, bin ich froh, dass es sie gibt, dass sie in Zukunft da sein wird.

«Fliegst du überhaupt noch, manchmal?» Das frag ich ihn ab und zu, als Revanche für die *Frau und Kinder*. Keine Ahnung, warum er das Fliegen bleiben lassen sollte, ich sehe keinen Grund dafür. Soviel ich weiß, war er seit Jahren, vier, fünf Jahre ganz bestimmt, nicht mehr in einer Alouette, hat seinen Schein nicht mehr erneuert.

«Wer weiß, wenn sich was ergibt ...»

Das sagt er immer, kenne ich.

Am Nebentisch erhebt sich jetzt das Mädchen, kommt zum Vater hin und stellt sich artig vor ihm auf: «Entschuldigung, sind Sie vielleicht ...»

«... der Bernhard Russi? Leider nicht. Soll ich ihm einen Gruß ausrichten? Wir sind aus demselben Dorf.»

«Oh, pardon», kichert sie. «Sie sehen fast so aus wie er.»

«Ich weiß. Ich fahre aber besser Ski.»

Den Witz versteht sie nicht, kichert noch mehr und trippelt schnell zurück.

Das Lehrerpaar ruft: «Nichts für ungut! Kommt wohl öfter vor, nicht wahr?»

Der Vater nickt verständnisvoll. Er ist ja schon ein bisschen älter als Olympiasieger Russi, sieht auch älter aus, find ich. Womöglich altern Sportler besser? Oder vielleicht trügt der Eindruck, und ich habe Russi einfach lange nicht mehr live gesehen; vielleicht ist der auch nicht mehr der Strahlemann, der er mal war. Es hat sich etwas eingegraben, ins Gesicht des Vaters, in den letzten Jahren, irgendwas. Wahrscheinlich ist das nur normal, bei Russi auch nicht anders, nur halt retuschiert für Werbezwecke. Jedenfalls, die Ähnlichkeit ist offenbar noch ziemlich groß …

Wo bleibt denn Xenia, frag ich mich. Der Vater auch, ganz offensichtlich, schaut sich immer wieder um.

«Das Telefon regiert die Welt», sagt er, «es hängen alle dran. Vor gar nicht allzu langer Zeit, da hat man angerufen, wenn es wirklich was zu sagen gab. Man hat sich, wie bei einem Funkspruch, kurz gefasst, so kurz wie möglich.

Und die Apparate – damit konnte man nicht einfach weg, die waren an die Wand genagelt.»

«Vielleicht gibt's ja was zu sagen?»

«Wichtiges ist schnell gesagt ...» Wir schauen uns kurz in die Augen. «... außer, man hat Mühe damit.»

Mühe damit. Meint er mich? Muss er jetzt auch noch drauf rumreiten? Wir erzählen uns ja kaum was, sonst, und wenn, dann superknapp. Wie Funker, ja, genau, das passt. Wir sagen uns das Nötigste und denken uns den ganzen Rest – wenn man so ähnlich tickt wie wir, dann funktioniert das ziemlich gut. Er schlägt die Zeitung auf, blättert darin, sieht eigentlich nicht aus, als würd er was von mir erwarten, eher, als ob er noch etwas sagen wollte, das ihm schwerfällt. Komisch ist es schon, noch komischer als sonst, wie wir hier sitzen, uns anschweigen, gegenseitig. Ich bin in Gedanken weit, weit weg, und er – weiß auch nicht wo. Nicht hier.

«Schau mal, das hier ist wichtig.»

«Was?»

Er schiebt die Zeitung rüber. *John Craig Venter – Herr der Gene*. Biochemiker ist der, und Leiter dieses Instituts, wie heißt es noch mal? Celera. «Den hab ich schon gesehen, den Artikel, aber nicht gelesen. Warum ist der jetzt so wichtig? Weil die das Genom entschlüsseln? Das ist doch bekannt, seit Jahren.»

«Ja, doch, jetzt ist es so weit. Jetzt liegt es da, ein offenes Buch.»

«Schön. Und was kannst du darin lesen? Sachen, die du nicht gewusst hast?»

«Ich vielleicht, und du, Schlauberger. Aber nicht die ganze Welt. Jetzt muss die ganze Welt verstehen, dass wir einfach programmiert sind, so wie wir halt sind, fixfertig. Daran gibt's nichts mehr zu rütteln. Wer wir sind, und was wir tun: Steht alles in dem Buch, Schluss, basta.»

Endlich haben wir ein Thema, denke ich, ein anderes.

«Das ist ein Meilenstein, verstehst du? Newton – Edison – Venter.»

«Etwas viel der Ehre», sage ich. «Er hat's ja nicht entdeckt.»

«Was, das Genom? Nein, Das war Watson.»

«Ja, zumindest offiziell.» Der Vater scheint sich auszukennen, doch ich biete ihm Paroli. «Watson hat geklaut», sag ich, «bei einer Frau, bei ...»

«... Rosalind Franklin.»

«Ja, und ohne die wär er genauso wenig weit gekommen wie Charles Darwin ohne Lamarck. Aber ist ja auch egal, ob Franklin, Watson oder Venter – wichtig ist das schon, das stimmt. Die Folgen werden weiter reichen, als man sich's vorstellen kann ...»

«Ja, darauf kannst du wetten, Sebi. Früher – Newton, Edison –, da haben wir die Welt verändert. Jetzt verändern wir uns selbst!»

«Zum Glück erleb ich das nicht mehr.»

«Wie bitte? Klar erlebst du das! Vielleicht erleb ich's selber noch. Das könnte sein, kann durchaus sein. Das geht viel schneller, als du denkst. Und wenn du jetzt dagegen bist, dann überleg dir gut, wieso. Das sagen doch jetzt alle: *Uhhh, Gentechnik, Finger weg davon, das ist gefährlich, Teufelszeug!*

Und fragt man dann, wieso genau, was ist denn jetzt so schlimm daran? – dann gucken sie nur so empört, und haben keine Antwort, klar.»

Ich hab auch keine, merke ich, zumindest nicht so auf die Schnelle. Ist gar nicht so einfach, da ein Gegenargument zu finden, ohne Esoterikquatsch. Vielleicht hat er ja recht, kann sein. Und trotzdem lustig, dass er diesen Venter jetzt verteidigt, diesen Eierkopf mit Hemingway-Bart, der da aus der Zeitung grinst, als säh er sich bereits als König eines kommenden Zeitalters.

«Hast du nicht vor ein paar Jahren noch gesagt, all dieses Gen-Zeug könne dir gestohlen bleiben? Gen-Mais, darum ging's damals.»

«Jaja. Bin mir nicht mehr so sicher. Wenn er besser schmeckt, der Mais? Und besser für die Umwelt ist?»

«Das glaubst du, dass der besser ist? Ein Super-Mais, ein Einheitsmais, der alles andere verdrängt, lokale Sorten, Traditionen, der die ganze Vielfalt killt ... Das regt dich doch beim Bier so auf.»

«Beim Bier, ja gut, Vielfalt beim Bier. Vielfalt beim Mais, von mir aus, gern. Doch Vielfalt ...»

«Ja, was ist damit?»

«... die Vielfalt von, was soll ich sagen, Erbkrankheiten, nur zum Beispiel – willst du die denn auch erhalten?»

«Erbkrankheiten? Dumme Frage.»

Wie der Bub mich angestaunt hat, mit den blauen, schmalen Augen.

«So dumm ist die leider nicht. Es braucht nicht viel, und plötzlich hat man – plötzlich ändert man die Meinung.»

«Wie? – Ja, möglich», sage ich.

Die Sonne tänzelt auf dem See. Ich sollte Lydia anrufen; besser jetzt als später, ich muss wissen, was jetzt los ist, das ist meine Pflicht, ich hab's versprochen. Wenn sie jetzt nichts unternimmt, was dann? Ich muss mich um sie kümmern.

Wo bleibt Xenia? Verschwunden.

«Sollen wir dann?», sagt der Vater.

«Zahlen?»

«Ja.»

«Und Xenia?»

«Die kommt dann schon. Ich warte hier.»

Wir ziehen unsere Portemonnaies. Zu sagen hätten wir uns noch recht viel, ich sowieso, er auch, zumindest macht er diesen Eindruck, doch wir schieben's lieber auf, auf ewig wohl, in meinem Fall.

Die Kellnerin ist da; der Vater zahlt. Ich sehe Xenia nirgends.

«Fünf Minuten hab ich schon noch ...»

«Geh du ruhig, das kann noch dauern.»

«Vielleicht ist sie unten, und dann seh ich sie am Eingang noch», sag ich und stehe auf. «Es tut mir leid, dass ich jetzt einfach gehe ...»

«Klar, du musst woanders hin.» Er klopft mir noch mal auf die Schulter.

«Ich hab Ferien», sag ich, «wir können ja ein andermal ... wo wohnst du denn jetzt momentan, das hast du mir gar nicht gesagt? Hier in der Stadt, im Des Balances?»

«Hohwand.»

«Hohwand?» Hohwand. Hohwand. «Noch schöner», sage ich, «Hohwand! Kennst du vielleicht –»

Er hebt die Brauen.

Wieder rollt in mir so eine Welle an, von Worten, aber diesmal halte ich den Mund. «– dann komme ich doch mal vorbei. Dann komme ich mal rauf zu euch.»

«Ja, klar, das kannst du, jederzeit. Gib einfach vorher einen Funk, damit wir da sind. Xenia ...»

«... die seh ich sicher beim Rausgehen.»

«Richt ihr aus, Telefonieren gebe Hirntumor!», sagt er und schockt damit die Lehrerkinder; so was hätte Bernhard Russi ganz bestimmt niemals gesagt.

Ich winke noch einmal zurück und falle fast die Treppe runter, stolpere über den Teppich, trete auf den Platz hinaus, schaue mich um, nach links und rechts, doch da ist keine Xenia. Nur jede Menge Volk, Touristen, Rentner, Skater, Polizei, auffallend viele junge Leute, Mütter hinter Kinderwägen, die für Paris-Dakar tauglich wären, nebendran die Väter, mit Rucksäcken, schlurfend, plaudernd, meistens lachend, ja, fast alle lachen. Etwas nervt mich an den Typen, oder an vorhin, weiß nicht, ich würd am liebsten einen fragen: Warum lachst du hier so blöd? Im Kosovo ist Krieg, im Kongo auch, und du stehst hier und lachst? Ihr seid doch alles Idioten. Was macht ihr hier eigentlich an einem Freitagvormittag? Wie wär's mit Arbeit, wär das was? Und all die Autos auf der Brücke: Wohin wollt ihr? Und wofür? Ist euch das nicht zu blöd, hier in dem Stau zu stehen, vor dem Rotlicht? Stinken tut ihr wenigstens nicht mehr, was stinkt, das ist der Asphalt, süßlich in der Hitze, und der Schweiß der Leute, säuerlich. Süß-sauer stinkt ein Sommer in der Stadt; der Vater hat schon recht, dass er rauf in die Berge flüchtet, ausgerechnet dahin, wo ja offenbar auch Lydias Mutter – ich bemerke einen Luftzug, einen Schatten, jemand kreischt, es quietschen Autoreifen und ein Ungetüm von Bus taucht auf.

«Sie stehen auf dem Wendeplatz!», kreischt eine Rentnerin.

Ich kann gerade noch zur Seite springen.

«Haben Sie das nicht gesehen? Es ist Freitag, der Dreizehnte, passen Sie ein bisschen auf!»

Der Buschauffeur zeigt mir den Vogel.

Was war eigentlich mein Ziel? Ich sehe nichts von Xenia. Die ist wohl – keine Ahnung wo. Soll ich noch mal zurück? Nicht nötig. Lydia wollte ich anrufen, das ist nötig, das muss ich. Unmöglich hier, in diesem Lärm, deshalb ist wohl auch Xenia weg. Zurück nach Hause? Keine Lust; nur hier kann ich nicht bleiben, hier am See, in dieser Kopfwehsonne; ich muss in die Gassen rein. Die allerdings sind auch verstopft. Nach zehn Minuten Irrgang, einem Dutzend Sorrys und Pardons, nachdem ich einem Paar mitten ins Hochzeitsfoto reingerannt bin und mir ein Touristenkind sein ganzes Eis ans Bein geschmiert hat, nach gefühlten hundert Flüchen, die hier kaum jemand versteht, find ich mich oben auf dem Hügel, hinter der Stadtmauer – hier ist Ruhe, hier gibt's nichts zu kaufen.

Also, Lydia anrufen. Nicht mal ihre Nummer hab ich. Ich setz mich auf eine Bank; man müsste von hier eigentlich zur Fischlin-Villa sehen können. Glasklar, strahlend hell ist alles, vom Gewitter reingewaschen, Giebeldächer, Zwiebeltürme sind so scharf umrissen, dass man sie ausschneiden, falten könnte, wie auf diesen Bastelbögen, die wir in der Schule hatten. Selbst der Pontius dahinter ist für einmal wolkenfrei, das gibt's fast nie, auch nicht im Sommer. Ich wandere, Hand vor der Stirn, die ganze Alpenkette ab, vom Risen zum Gamshubel zum Ruch Haggen zum Groß Fahlenfirn, bis hin zur weißen Hilfiskuppe, über der die Sonne steht. Ich lasse den Blick fallen, Hilfis, Stüpfisegg, Retschberg, Suralp, bis endlich, ganz zuunterst, ganz zuvorderst die Hohwand auftaucht. Im Gegenlicht lässt sich kaum was erkennen, nur die schwarze Fläche, das Trapez der Wand, das senkrecht dasteht und den See verdunkelt. Ich schau weiter gegen Osten, über die Königin hinweg, die Bucht, und dann schiebt sich bereits die Stadt ins Bild, die ersten Villen. Eine davon muss sie sein, die Villa Fischlin, welche wohl? Ich müsste das ja wissen, wo ich heute Morgen runterlief – vor nicht einmal drei Stunden! – wo ich stand, auf welcher Gartentreppe, wo ich mich noch umgedreht hab und sie schon verschwunden war, *Du kannst ruhig gehen, danke*, aber ich war so benommen, dass ich jetzt nicht einmal sagen kann, wie ich da wieder runterkam, so blind, dass die Erinnerung erst nach dem Stadttor wieder einsetzt. Vom Stadttor bin ich gerannt, den Kreuzgang runter, wie ein Irrer. So stell ich mir Moses vor, als er vom Horeb runterkam, im Kopf den Feuerbusch, von Sinnen. Wo sind diese Lorbeerhecken? Wo die Treppe, wo das Haus? Ich wandere den Hügel ab wie ein Mauszeiger auf dem Bildschirm, springe hin und her und rauf und runter, zwischen hellen Häusern, dunklen Parks, von denen ich den einen – da, die Voliere, die erkenne ich, die kann ich sehen – selber umgebaut hab, 1986 war das, noch als Lehrling, lang ist's her. Wenn ich damals gewusst hätte, in wessen Nachbarschaft ich war, am Schaufeln, Graben, Schwitzen, Fluchen ... Weit davon kann es nicht sein. Hatte das Haus Lukarnen? Einen Erker? Graue Fensterläden? War es rosa, wie ich glaube, gab es einen Wintergarten? Nein. Ich sehe rosa Villen, eine um die andere, nur nicht die richtige, die nicht. Vielleicht liegt sie versteckt, zum Beispiel hinter den Eichen des Montana-Parks, oder daneben, hinterm Bellevue? Nein, dann hätte man nicht auf den See gesehen vom Esszimmer. Ist ja auch egal. Ich kann ja fragen, ob sie winken will, am Fenster, vielleicht seh ich sie. Also. Die Nummer. Hab ich nicht. Ich wähle 111 und frage nach dem Namen, Fischlin, Lydia. Summen der Callcenter-Stimmen. Besser hätten wir die Nummern heute Morgen ausgetauscht.

«Die Fotografin?»

«Ja.»

«041 172 49 40.»

Ich bedanke mich, kann mir die Nummer merken; kommt mir fast so vor, als hätt ich die schon mal gebraucht, das kann nicht sein, natürlich; tippe, drücke auf den grünen Knopf – und dann schnell wieder auf den roten. Was will ich sie fragen? Wie's ihr geht, ganz einfach, wie's ihr geht. Ob ich ihr helfen kann, vielleicht. Nur das, den Rest wird sie erzählen. Ist das komisch? Übertrieben? Mach ich mich damit verdächtig? Nein, natürlich nicht, wieso. Das ist ja nur normal, dass ich mich melde, nach all dem, was war.

Ich muss die Nummer neu eintippen. Sechsmal hör ich den Rufton, und dazwischen, dreimal schneller, meinen Puls im Ohr.

«Fischlin – ?»

Das ist sie. Ihre Stimme zittert.

«Ich bin es», sag ich, «ich wollte nur ... ist alles klar bei dir? Kann ich dir helfen, irgendwie? Du sagst es, wenn ich irgendetwas für dich tun kann, Lydia, ich ...»

«Mama ist jetzt grad bei mir.»

5

Ich hab gleich aufgelegt danach, aus Anstand, wollte sie nicht stören. *Mama ist jetzt grad bei mir.* Natürlich konnte sie nicht sprechen, in der Situation, schon klar. Das war schon richtig, aufzulegen. *Mama ist jetzt grad bei mir.* Ja, klar. Das ist wohl ihre Art, *Du kannst ruhig gehen, vielen Dank.* Es gab ja wirklich nichts zu sagen – nicht für mich und nicht für sie. Ich stelle mir die Mutter vor, wie sie da sitzt, bei Lydia. Sie sieht wohl aus wie sie, nur älter. Stelle mir sie vor, wie sie da sitzt, auf einem dieser Stühle, einem dieser hohen Stühle, während Lydia aufsteht, zum Telefon geht, mit mir spricht, wie sie da sitzt, ein Haufen Elend, ihre Arme um die Knie, wie Lydia am Quai – ich sehe Lydia, seh ihre Arme, wie sie nach mir langt, nach meinem Kopf, seh ihre weiße Brust, seh ihren weißen Schoß, der sich zu mir hin aufbäumt, glänzend nass, im Mondlicht, ihren offenen Mund, im Schatten der Bettstatt, den ich nicht sehen kann, doch atmen höre, flach und schnell, im Takt mit mir. Dann werden ihre Arme, die mich halten, plötzlich kürzer, kleiner, ziehen mich heran, ihr Haar wird schwarz und ihre Augen panisch, hinter ihr wölbt sich die Bettstatt, pumpt der eingekerbte Falter Blut in seine schweren Flügel, die Gravuren schlingern hin und her wie aufgepeitschtes Seegras.

Jetzt nur ruhig, jetzt nur ganz ruhig.

Ich sitze am Mansardentisch und gehe die Zeitungen durch, für die ich erstmals wieder raus bin, drei vom Samstag, zwei von heute, mehr gab es am Bahnhof nicht. Die Trauerseiten suche ich. Die Toten heißen *Babett Guttstein, Hans (Giovanni) Guarise, Clara Felder-Rüttimann, Ruth Gruber* oder *Friedrich Hirschi*, haben zwanziger Jahrgänge, manche zehner, sogar nuller. Kann es sein, dass er nicht drin ist, erst am Montag kommen wird? Wie lange ist es her? Drei Tage. Kann schon sein, das ist schon möglich, immerhin, steht hier, müssen die Texte für das Samstagsblatt bis Freitag, 16 Uhr, eintreffen. Das war ja schon bald, nachdem ich Lydia angerufen habe, als die Mutter bei ihr war – da hatten sie wohl anderes im Kopf als diesen Redaktionsschluss. Wenn man sich das ausmalt, wie das sein muss, so was zu erfahren ... und doch können sie mit der Beerdigung kaum länger warten, als jetzt übers Wochenende, länger hat das ja nicht Zeit. Ich merke, wie mir übel wird, will Kaffee machen gehen, muss mich auf den Boden knien, noch bevor ich in der Küche bin. Die Maserung im Holzparkett verschwimmt, ich kann's nicht kontrollieren, muss die Augen schließen, tappe weiter, in die Küche raus. Chromstahl, ruhiger als Holz. Okay. Ich glaube mich zu fassen, fülle Kaffee ein und Wasser nach, doch als der Boiler gurgelt, ist das Elend nicht mehr aufzuhalten und ich muss mich übergeben. Magenbrei verstopft das Becken. Seit mir Lydia Farfalle warmgemacht hat, fällt mir auf, hab ich noch kaum etwas gegessen. Alles will jetzt raus, ich würge nochmals, warte auf Erschöpfung, kalter Schweiß auf meiner Stirn.

Zurück am Tisch, ohne Kaffee, doch zittrig wie ein Greis, geh ich die Trauerseiten nochmals durch, diesmal sorgfältig, mit dem Finger. In den Sonntagsblättern: nichts. Doch dann, in der Lokalzeitung vom Samstag, fällt mir etwas auf, ein kurzer Abschnitt, eine Liste, kleingedruckt und eingeklemmt zwischen den größeren Anzeigen, *Todesfälle* steht darüber. Noch bevor ich richtig hinschau, sticht der Name mir ins Auge:

12. August 1999 – Fischlin Milo, geb. 1995, von Gruobis, in Hohwand, Grand Hotel Hohwand. Trauergottesdienst am Montag, 16. August, um 10:30 Uhr in der Pfarrkirche St. Christoph, Gruobis. Stille Beisetzung.

Vorhin war es der Magenkrampf, der mir Tränen in die Augen drückte, jetzt, hier, kommen sie von selbst: erst warm, dann kühler, übers Kinn, und wieder neue, wieder warme. Erstmals ist es nicht mehr Angst, die in mir hochsteigt, sondern – Trauer. Ich sehe den Bub vor mir, doch nicht den triefend nassen, toten, schlaffen, sondern wie er dasteht, in seinem Matrosenshirt, wie er mich durch die schwarzen Fransen still beäugt, zu mir hintippelt, seine kleine Hand ausstreckt, das Brot will, das ich ihm hinhalte. Diesen Bub habe ich getötet.

Mit der Zeit werd ich es lernen. Anfälle wie diesen wird es geben, immer wieder, doch dann gehen sie vorbei, wie jetzt. Kein Schmerz kann so groß sein, dass er nicht aufhört, irgendwann, schlussendlich. Wenn das Hirn konstant dieselbe Information bekommt, dann wird sie irgendwann gar nicht mehr wahrgenommen, wird ignoriert. Das ist bei Kopfweh so, bei Straßenlärm, sogar bei Tinnitus; das wird bei mir nicht anders sein. Ich lege die Zeitungen weg, schneuze die Nase, stehe auf, öffne das Fenster, atme durch. Der Seespiegel ist blind, der Himmel schwer, die Sonne unauffindbar. Tretboote, Raddampfer, Segler, auch der Wald dahinter und die Berge: Nichts wirft einen Schatten. Ein Gewitter vielleicht noch, dann war's das wohl mit diesem Sommer. Wenn Zanetti mich noch einmal bräuchte, hätt er sich gemeldet. Sicher hat er Lydia noch mal befragt, und ihre Mutter, die direkt Betroffenen. Am Freitag, nehm ich an. Bestimmt. Doch Neues gibt es nichts, nein, nein, sonst hätte ich davon gehört. Und was soll es auch Neues geben? Wenn sie nur dabei bleibt, Lydia, bei dem, was sie gesagt hat, auch der Mutter gegenüber. Und das muss sie ja. Sie muss. Sie muss ja auch glaubwürdig bleiben. Was sie sagen könnte, allenfalls, ist, dass sie ihn, den Bub, nur deshalb aus den Augen ließ, weil da ein Mann am Ufer saß, von dem sie annahm, dass er es schon sehen würde, wenn der Kleine allzu nah am Wasser wär. Das könnte sein, aber selbst dann – selbst wenn sie so was sagt, wird sich die Mutter, wenn schon, höchstens melden, um sich bei mir zu bedanken, irgendwann die nächsten Tage. Und wenn nicht? Wenn nichts passiert? Wenn ich jetzt überhaupt nichts höre, auch nicht mehr von Lydia? Dann ist die Sache wohl erledigt, mindestens für mich, dann kann ich sie vielleicht einmal vergessen.

Will und werd ich aber nicht. Ich werde Lydia nicht vergessen, und sie mich ganz sicher auch nicht. Dieser Unfall und was danach kam, gehört ja nicht zusammen, muss man auseinanderhalten. Das muss unser Ziel sein, dass wir das jetzt auseinanderhalten. Jetzt vielleicht noch nicht, doch eines Tages muss das möglich sein. Dass sie mich jetzt nicht wieder anruft, nicht sofort, das ist ja klar. Jetzt hat sie anderes zu tun, jetzt ist erst die Beerdigung. Hätt ich erwarten dürfen, dass sie mich dazu einlädt? Nein, nein. Das kann sie ja nicht selbst entscheiden. *Stille Beisetzung,* was heißt das? Im Familienkreis, wahrscheinlich. Heißt wohl, dass da niemand außer ihnen selbst dabei sein soll, auch ich nicht, der den Bub fast noch gerettet hat. Fast noch gerettet. Das ist wohl der Grund, weshalb sie keine große Anzeige geschaltet haben, nur so eine kurze amtliche Mitteilung. Die ist wohl obligatorisch. Allerdings: Warum sind Ort und Datum und die Uhrzeit drauf? Für wen soll das denn relevant sein, wenn nicht für jemand wie mich, für Leute, die man nicht persönlich einlädt, weitere Bekannte? – Ich geh hin, ich will dabei sein. Dann seh ich, was los ist, und der Rest ergibt sich, wird sich weisen. Oder ist das unanständig? Mach ich mich damit suspekt? Nein, überhaupt nicht, keineswegs. Das ist ja nur normal, dass ich nach alldem auch dabei sein will. Ich muss mich ja nicht wichtig machen, bleib dann schön im Hintergrund. Und Lydia, zumindest sie, sie muss doch hoffen, dass ich komme? Vielleicht ruft sie ja doch noch an.

Ich schalte den Fernseher ein. Es wird was Ernstes diskutiert.

«Und stimmt es», fragt der Moderator, «dass das kommende Jahrtausend nicht schon an Silvester anfängt, sondern erst ein Jahr danach?»

«Dem ist so», sagt ein Physiker, «doch ich verstehe, dass die Leute dieses Jahr schon feiern wollen.»

Eine Orientalistin – so ist sie betitelt – hält die Willkür jeden Datums fest: «Wir wissen nicht, wann Jesus lebte, wann und wo er auf die Welt kam, nicht mal, ob's ihn wirklich gab, deshalb ist diese Rechnerei im Grund haltlos, reine Willkür.»

«Das ist aber dicke Post!» Der Moderator schaut sich um, gespielt empört, nach Widerspruch.

Wie langweilig muss einem sein, frag ich mich, dass man so was schaut? Ich geh ins Bad, spüle den Mund aus. Auf dem Wäschezuber liegt das Hemd, verschmiert und angerissen, das ich letzten Donnerstag und auch am nächsten Morgen trug. Zum Glück saß ich schon hinterm Tisch, als Xenia und der Vater kamen. Anziehn werd ich das nie mehr – ich stopf es in den Abfallkübel und die Hose gleich dazu. Dann lass ich Badewasser laufen, knipse mir die Nägel, zieh mich aus und steh mit einem Fuß schon drin, als vorne etwas klingelt. Telefon? Ja, Telefon. Ich hüpfe hin, reib mir den Fuß, will abheben – und zögere. Das Telefon schellt noch einmal, und noch einmal, und noch einmal. Keine Nummer angezeigt. Es schellt ein viertes, fünftes Mal, wird gleich verstummen. Ich heb ab.

«Herr Zünd?»

«Ja, Zünd.»

«Hier ist Zanetti. Guten Tag, Herr Zünd – ich weiß, wir haben Sonntag, trotzdem schnell: Ich brauche was fürs Protokoll. Sind Sie bereit? Nur eine Frage.»

«Ja», sag ich, gefasst aufs Schlimmste.

«Ist der Bub gerannt? Ist er gerannt?»

«Gerannt? Das weiß ich –»

«– nicht? Das sagte Fräulein Fischlin, jedenfalls.»

«Ja, ja», sag ich, «gerannt, ja, ja.»

«Sie haben ihn gesehen, wie er rannte? Haben Sie, Herr Zünd?»

«Ich habe ... erst, als es zu spät war. Es war schon zu spät, als ich ihn kommen sah.»

«In Richtung See. In Ihre Richtung, oder?»

«Ja, zu spät.»

«Zu Ihnen hin, Herr Zünd? Ist er zu Ihnen hingerannt?»

«Das weiß ich nicht», sag ich. «Er ist vorbeigerannt, er ...»

«Rannte?»

«Ja. Ist irgendetwas nachgerannt. Dem Schwan vielleicht, der vor dem Ufer war. Ich war ja selbst am Lesen», sage ich, «weiß nicht genau, wieso er plötzlich weggerannt ist.»

«Aber dass er weggerannt ist, wissen Sie?»

«Ja, doch, ja, ja. Das hat ja auch Frau Fischlin ...»

«Ihre Freundin?»

«Ja, hat Lydia – hat Lydia ja auch gesagt, dass er auf einmal ...»

«... weggerannt ist, ja, genau, das sagte sie. Nur war sie sich da plötzlich nicht mehr sicher, als wir nochmals fragten. Wie Sie sicher wissen, haben wir noch mal mit ihr gesprochen – auch mit ihrer Mutter –, und da war das plötzlich nicht mehr klar. Die Mutter wollte das nicht glauben, dass der Bub gerannt sei; der sei nie gerannt, solang sie wisse, und ganz sicher nicht ins Wasser, davor hätt er nämlich Angst, schon immer Angst gehabt, angeblich. Und dann sagte Ihre Freundin, so genau hätt sie's auch nicht gesehen, ob er jetzt gerannt sei und wohin genau, denn als ihr Telefon geklingelt habe, hätte sie darauf geschaut, nicht auf den Bub, einen Moment, und dann sei er schon weg gewesen, erst bei Ihrem Schrei, Herr Zünd, hätt sie dann wieder hingeschaut, erst dann, so sagte sie – zu spät. Ob er gerannt sei und warum, warum er gestürzt sei, sagte sie, das wüssten höchstens Sie, Herr Zünd. Und deshalb rufe ich kurz an. Wir brauchen das fürs Protokoll.»

«Ich weiß es auch nicht», sage ich, «es tut mir wirklich leid, ich sah ihn erst ...»

«Dann lassen wir's so stehen. Eigentlich ging's nur darum, ob wir das stehenlassen können. Gut, Herr Zünd, ich danke Ihnen, wünsche Ihnen alles Gute. Schauen Sie zu Ihrer Freundin.»

Ich sag ja – was soll ich sagen – und schon hat er aufgelegt.

Zurück im Bad ist alles weiß vom Dampf, der Spiegel und das Fenster, und die Wanne schon halbvoll. Ich steig mit einem Fuß hinein – noch viel zu heiß –, steh auf den andern, wechsle hin und her, halte die Hand unter den Strahl und dreh den rechten Hahn zurück – noch heißer, falsch – warum passiert mir das? Schon wieder, wie schon im Café? Ist mir davor in drei Jahrzehnten nie passiert, warum erst jetzt? Ich drehe links, dann wieder rechts, bis die so eingestellte Mischung Badetemperatur verspricht. Ich warte, starre meine roten Füße an. Sie wirken groß. Mich schwindelt von den heißen Schwaden, besser setz ich mich hinein – geht nicht, es brennt schon an den Knien. Also erst mal auf den Rand. Der Wasserstrahl verschwindet ohne Spritzer zwischen meinen Beinen, dick und hart, mit dumpfem Rauschen, fast als wär er fest montiert. Mir wird jetzt nur noch schwindliger, ich lass mich in die Wanne gleiten, alles gurgelt, mir wird schwarz.

Als ich aufwache, läuft das Wasser immer noch, steht mir am Kinn. Als Kind, mit vier, fünf Jahren, bin ich mal beim Baden weggerutscht, lag plötzlich auf dem Rücken, mit dem Kopf ganz unter Wasser, hab gestrampelt und gerudert, panisch, bis dann Mama – wohl zufällig, auch wenn sie das stets bestritt –, bis irgendwann dann Mama reinkam, schrie, mir untern Rücken griff, mich hochriss, grade noch rechtzeitig. Das passiert dann später nicht mehr, wenn man etwas größer ist, und trotzdem schreck ich hoch, wie ich das Wasser in den Ohren spüre, muss ich raus hier und ins Bett, am besten gleich direkt ins Bett.

Der Schlaf ist ja die letzte Zuflucht, wenn man am Verzweifeln ist. Man weint ins Kissen, weint und wartet, wartet auf den Punkt, an dem man einschläft, nichts mehr wissen wird, den Punkt, der meistens dann erst kommt, wenn man sich förmlich krümmt vor Schmerz, der ganze Körper schreit: *Es ist nicht wahr, nicht wahr, es darf nicht wahr sein,* wenn man keine Luft mehr hat und keine Tränen mehr, die man noch aus sich zwängen könnte, nichts, wenn man den Kampf aufgeben muss, der Krampf sich in der Kehle löst und man erschöpft die Wahrheit atmet, dann – dann endlich kommt der Punkt, an dem man einschläft. Dann. Erst dann.

Ich sehe rote Flecken, schwarze Flecken, sehe in der Schwärze etwas stehen – diesen Bär. Der Bär steht da, steht im Museum, steht so nah vor mir, dass ich nur seine Fratze sehen kann, die Schnauze, hässlich aufgerissen, tote Augen, schockgefroren, im Scheinwerferglanz des Autos. Zwischen uns, die Glaswand, die ist weg; er steht direkt vor mir: Schorf auf der Nase, schlaffe Lefzen um die gebleckten gelben Zähne, Zahnfleisch, schwarz wie altes Leder, und dahinter einen Wulst, die Zunge, fleckig, grau belegt. Die Zunge muss ich – kann nicht anders –, muss ich ganz genau betrachten, bis in ihre feinsten Schründe, und je näher ich sie sehe, desto mehr löst sich der graue Firn jetzt auf, wird glibberig, verflüssigt sich zu Schleim, wirft Blasen, und die Zunge zuckt, läuft an, erst blau, dann violett, dann braun, ich kann sie sogar riechen, rieche Fäulnis, die den Rachen hochsteigt, was ja heißt: Das Tier taut auf, und ich, ich liege in ihm drin, in seinem faulig braunen Fleisch, das glänzt und schimmert, wenn ein Herzschlag seine schwarzen Adern füllt, ja, ja, es lebt, sein Fleisch pulsiert, ich gleite auf der Zunge hin, sie wölbt sich, bäumt sich auf und schiebt mich weiter, weiter, wellengleich, hinein, hinab und in den Schlund. Ich wehre mich, will mich festkrallen, aber es gibt keinen Halt, nur Schleim, nur dicken, schweren Schleim und ausweglose Enge, die mich packt und mein Gefühl erstickt. Ich gebe auf, ich atme aus und lass mich in die Schwärze drücken.

Dann kehrt das Gefühl zurück, es kriecht die Beine hoch und ins Geschlecht, den Bauch, die Brust, den Kopf. Ich brauche Luft, bekomme keine: Um mich rum ist alles Fleisch. Der Druck wächst wieder an, doch jetzt von unten, zwängt mich rauf, zurück; das Tier, das mich verschlungen hat, es würgt mich wieder hoch, ich werde durchgewalkt, hinausgeschleudert, ausgekotzt ins grelle Licht.

Die Nachttischlampe brennt; ich muss im Schlaf nach ihr gegriffen haben. Gehe raus aufs Klo, gehe zum Kühlschrank, trinke ein Glas Milch, ein zweites, pinkle noch einmal und lege mich zurück ins Bett. Wenn ich da morgen hinwill, wirklich will, zu der Beerdigung, dann sollte ich geschlafen haben, ein paar Stunden wenigstens.

Ich lösch das Licht und warte, bis die roten Flecken ruhiger werden. Dunkler werden sie, lösen sich auf, sie fließen ineinander, mischen sich zu einem weichen, warmen, tiefen, dunklen Rot, das da liegt wie ein großes Kissen. Dankbar leg ich mich hinein, versuch mich darin zu verlieren, nichts zu denken, ruhig zu atmen, und langsam gelingt es mir. Das Kissen hebt und senkt sich mit dem Atem, wiegt mich hin und her, es bauscht sich auf und sinkt zusammen, rauf und runter, vor, zurück. So will ich auf den Morgen warten, doch – dann hört das Schaukeln auf, das Kissen fällt in sich zusammen, und es ist kein Kissen mehr. Es spannt sich straff, mit einem Ruck, ist plötzlich feucht und kalt und narbig, zuckt und zittert unter mir. Ich will es halten, es umarmen, doch es windet sich, schlüpft weg, entgleitet mir, schnellt in den Abgrund. Diesen Abgrund kenne ich. Ein Schwall von faulem Dampf steigt auf, und alles ist jetzt wieder Fleisch, glänzt braun und schwarz und pocht voll Blut, und dieses rote Kissen, das mich eben noch getragen hat, das war die Zunge. Das ist sie. Sie lauert tief im Dunkel, suhlt sich in dem schleimig schwarzen Loch; ich weiß nicht, ob ich sie noch sehe, aber riechen kann ich sie.

Dann schiebt sie sich ganz langsam vor, sie rollt sich vor mir auf, sie geifert, zittert, lockt mich, lädt mich ein, sie legt sich vor mich hin, ich könnte mich von ihr ablecken lassen, mich in ihre Schmiere werfen, und ich weiß nicht, ob ich soll. Bei allem Ekel weiß ich nicht, ob ich mich ihr ergeben soll, mich auf sie legen, schlucken lassen, hoffen, dass ich noch einmal erbrochen werde, wie vorhin. Wenn nicht? Ich habe solche Angst. Ich komm hier anders gar nicht raus. Ich muss da noch mal durch – sie wartet –, muss noch mal in diesen Schlund; es bleibt mir gar nicht anderes. Ich muss; ich will nicht, doch ich muss, und während ich so mit mir ringe, in den Abgrund starre, starr vor Angst, nicht einmal blinzeln kann, da wird die Sicht diffus, wird neblig: All das Fleisch um mich herum, der Muskel, der da vor mir liegt und zuckt, verschwimmt in weißem Dunst, und es geht eine ganze Weile, bis ich merke, dass der Dunst mein Atem ist, mein eigener Atem, der das Scheibenglas beschlägt, die Glaswand des Museums, dass ich gegen diese Glaswand atme, draußen stehe, unnerreichbar, draußen und in Sicherheit. Ich weiß: Mir kann nichts mehr passieren, hier kann er mir nichts mehr tun, der Bär, ich kann jetzt sogar wieder näher ran, ganz an die Scheibe, sehen, wie er nach mir lechzt – er allerdings, er rührt sich nicht, steht steif und eingefroren da; ich muss laut lachen – wie er aussieht! Wie er seine Fresse aufreißt, dabei hört man ihn nicht mal, wie er stumpfsinnig durch das Glas starrt, wütend, aber derart harmlos, derart hilflos, derart – tot! Er ist ja tot, der Bär ist tot! Die Augen reglos, dürr die Nüstern, und die Zunge, die grad noch – wo ist sie? Nirgends mehr zu sehen, nirgends, wohl herausgeschnitten, 1904, als er geschossen wurde, ausgestopft. So steht der da, und dieser Traum: der war nichts als ein fauler Zauber.

Denke ich. Doch bin ich wach? Im Gegensatz zu vorhin, als ich panisch nach der Lampe griff, mich raus ins Licht geschleudert fand, bleibt jetzt – jetzt, wo ich triumphiere – alles düster, alles trüb. Ich wische meinen Atem weg und starre in den toten Fang, unsicher, ob er wirklich tot ist, ob sich wirklich nichts mehr regt. Dann, irgendwann, regt sich doch etwas. Zuerst ist es nur ein Fleck, ein satter, tiefer, schwarzer Fleck, der sich jetzt in dem Schlund abzeichnet, schwärzer noch als dieser selbst. Der Fleck, er kriecht den Rachen hoch, er breitet sich gleichmäßig aus, wie Tinte auf Papier, sehr rasch, sehr schwarz und flüssig – nein, lebendig. Das ist keine Flüssigkeit, die aus dem Bärenrachen steigt, das ist ein glänzend schwarzer Strom aus lauter blinkend schwarzen Punkten, ein lebendiges Gewusel, das sich rasch verläuft, in Fäden, und gleichzeitig stärker anschwillt, immer stärker, dicker, schneller, ein rasanter Strom aus – was? Aus Tausenden von kleinen Tieren, Käfern, Spinnen, Asseln, Wanzen, Würmern, Raupen, Tausendfüßlern. Überall sind sie auf einmal, krabbeln in die Gaumenhöhle, links und rechts die Wände hoch; sie fallen in die Kieferkuhle, kriechen in die Lefzen, schlüpfen zwischen gelben Zähne durch, sie stecken fest und türmen sich, bedrängt von noch mehr Kleingetier, Geziefer, das sich hocharbeitet, aus dem Schlund strömt, unablässig – eine stille Eruption. Schon wird die Schnauze überschwemmt von dieser knisternd schwarzen Masse, die sich in den Pelz ergießt, einsickert und daraus hervorquillt; überall fängt's an zu knistern, wie wenn jetzt der ganze Schädel aufgebrochen wär, von einer Kruste überzogen würde, die dann selbst gleich wieder aufplatzt, neuer, schwarzer Masse weicht. Von überall kommt das Geziefer, aus dem Fang, dringt aus den Nüstern, purzelt aus den Augenlidern. Stück für Stück erobert es den Schädel, bis er ganz verschwindet, bis das letzte Krabbelwesen in die letzte Lücke schlüpft. Es strömen sicher noch mehr nach, sie überwuchern wohl im Nu den ganzen, hünenhaften Leib – doch davon kann ich nichts erkennen, weil er ja im Dunkeln steht, ich sehe nur den schwarzen Kopf im grellen, weißen Autolicht. Er wächst jetzt weiter an, wird überlagert, dieser Kopf, so dick, dass er kaum noch Konturen hat. Er funkelt wie ein Bienenschwarm. Und doch: Er kann nicht ewig wachsen, denk ich, träum ich, halb bewusst, der tote Bär wird irgendwann von innen aufgefressen sein, die Därme leer, der Magen trocken. Dann wird auch der Ungezieferrest die Bruthöhle verlassen, wird sich seinen Weg durch den Kadaver graben, ihn zerlegen, alles Fleisch zerfasern, an den Knochen nagen, bis sie weiß sind und dann schließlich, selber tot, verhungert, vom Skelett abfallen. Allerdings: So weit ist es noch lange nicht, das Knistern, Knacken, wenn auch leise, hört nicht auf, noch immer wühlt sich, wo man hinschaut, etwas aus dem Kopf empor, noch immer zappelt, wimmelt es, blitzen Insektenpanzer auf und winken Fühler aus dem Schwarm. Ich warte, bis sich nichts mehr regt, das ist mein Plan, doch immer dann, wenn scheinbar Stille eintritt, eine glänzend geisterhafte Stille, die mich aus dem

Dunkel anstarrt wie aus abertausend Augen, immer dann – dann wispert's wieder, da, wo ich's zuletzt erwarte. Diesen schwarzen Monsterkopf, am liebsten würd ich ihn zertrümmern, hätt ich einen Stock, dann könnt ich; was wär das für eine Lust! So richtig auf ihn einzudreschen, dass es platzt, das Drecksgeschwür, so draufzuhauen, dass es spritzt! Ich habe aber keinen Stock; ich habe nur die bloße Hand, und damit wag ich nicht zu schlagen. Ekel schiebt sich vor die Wut, und außerdem ist da die Scheibe, die mich von dem Haufen trennt. Was kann ich tun? Das Licht anmachen. So wie vorher! Es wird hell.

Ein rasendes Gewusel bricht jetzt aus, der Schwarm gerät in Panik, alles flieht davon und will zurück, will in den Kopf hinein, wird förmlich von ihm eingesogen, rieselt weg, durch kleine Krater. Ja, der ganze schwarze Teppich sinkt zusammen, wird jetzt dünner, löst sich auf, als ob jemand von innen an den Fäden zöge. Das Getier zerstiebt, verschwindet, gibt im Zickzack etwas frei – ich rechne mit dem Grässlichsten –, etwas, das ich zuerst nicht ganz erkennen kann, dann nicht mehr will und schließlich doch erkennen muss: Zum Vorschein kommt kein Tierkadaver, kein zerfressenes Gesicht, nicht das des Bären, sondern – meins.

Ich will wegschauen. Ich kann nicht. Mein Nacken ist genauso steif wie jener gegenüber – der, der mein Gesicht trägt. Mein Gesicht! Ich frage mich, ich m u s s mich fragen, ob nicht unter dieser Haut noch irgendwo ein Tierchen zuckt, ob nicht die Nasenflügel zittern, ob die Nasenhaare wirklich Haare sind, nicht Beinchen, Fühler, ob sich aus den Augenwinkeln, zwischen diesen blassen Lippen nichts hervorschiebt, wirklich nichts, kein schwarzes Köpfchen, irgendwo – doch das Gesicht bleibt ruhig, bleibt völlig ruhig, bleibt völlig ausdruckslos. Die ausdruckslose Ruhe ist es, die mich in den Wahnsinn treibt. Die Augen – diese, meine Augen! – schauen unentwegt auf mich; ich blinzle, blinzle noch einmal, doch sie, sie bleiben kalt und starr. Ja, wissen diese Augen nicht, was los ist, hinter ihnen brütet? Was meuchlings an ihnen frisst? Sind sie denn tot? Das kann nicht sein, es sind ja meine Augen, meine! Bin ich etwa selber tot? Ich flehe um ein Lebenszeichen, irgendeine Regung – Ekel, Angst, all das, was ich doch fühle –, doch mein Spiegelbild bleibt still. Ich spüre, wie die Angst mich lähmt. Ich will die Hände vors Gesicht, vor meine Augen schlagen, doch ich kann nicht, sie sind festgefroren. Ich will das nicht sehen, will die Augen schließen, meine Augen, vor dem eigenen Tod verschließen, doch sie bleiben aufgesperrt. Die Lähmung kriecht in meinen Kopf. Nach ihr, ich weiß es, kommt die Fäulnis, wird in mir aufsteigen, mich zersetzen, ganz, von innen raus, wird sich das knisternde Gewimmel über mich hermachen. Was ist das? Ein Kratzen? Ich will schlucken. Geht nicht. Etwas kratzt. Die Tierchen. Beißen, ganz zubeißen, beißen – Beißen geht! Das kann ich noch! Ich beiße auf die Zähne, dass der Schmerz mir in die Schläfen sticht. Das Spiegelbild bleibt unbewegt. Es darf nichts durch! Zubeißen! Nichts! Nur nicht nachgeben! Nicht nachgeben! Irrsinnig vor Angst ramm ich die Zähne aufeinander, ineinander, bis sie sich verkeilen, bis sie knirschen und zersplittern, krachend aus dem Kiefer brechen.

Als der Morgenlärm mich aufweckt, ist es 8:21 Uhr. Wann ist die Beerdigung? Halb zehn, glaub ich; vierzig Minuten bis nach Gruobis – müsste reichen. Viertel vor hier weg. Okay. Mein T-Shirt ist ganz durchgeschwitzt, die Backenknochen tun mir weh, und was ich schlucke, schmeckt metallisch. Zähneputzen vor dem Spiegel geht nicht, sofort wieder Brechreiz, also steig ich in die Dusche, halt mich an der Stange fest und putze meine Zähne so, mit warmem Wasser im Gesicht. Soll ich hingehen, soll ich wirklich? Ja, ich will, ja, doch, ich will. Viel schlimmer kann's ja nicht mehr werden.

6

Die Fahrt nach Gruobis ist sehr schön; kein Wunder, dass der Uferweg in einem Lied verewigt ist. Hat man die Stadt mal hinter sich, löst sich der Morgenstau rasch auf, zumindest in der Auswärtsrichtung. Am Museum bin ich schon vorbei, hab's nicht einmal bemerkt – das ist ja doch ein gutes Zeichen. Jetzt, hier, unterwegs, geht es mir deutlich besser als vorhin. Die tiefen Nieselwolken nehmen einem zwar die Aussicht, aber immerhin sieht man dadurch auch all die Häuserhalden nicht, die sich so gerne *Dörfer* nennen, aber doch im Grunde bloß Ableger sind, ja, Metastasen einer Stadt, die planlos wuchert. Man stellt sich die Buchten vor, wie sie einst, sanfte, blaue Finger, diese Landschaft streichelten, das grüne Land, das eines Tages wieder grün und leer sein wird, nach uns, wenn wir mal alle weg sind. Jetzt ist gar nichts grün und blau, doch grad das graue Einerlei lässt Raum für was auch immer man sich vorstellt, was mal war, was sein wird. Rechterhand, jenseits des Sees, da wär jetzt die Hohwand zu sehen; wär sie, ist sie aber nicht.

Es herbstelt, sagen doch die Leute an so Tagen. *Fertig Sommer*. Meteorologisch ist das nicht haltbar, sagt Thomas Würmli, hat er mir mal selbst gesagt, der Wetterfrosch vom TV, der ins gleiche Gymi ging wie ich und dessen Prominentenstatus ich wohl demnächst auch erreiche, wenn's so weitergeht mit *Nature*. Zweimal sind wir uns schon übern Weg gelaufen, dieses Jahr, an *Cervelat-Aufläufen*, wie so Partys dann bei denen heißen, die nicht eingeladen sind. Ja, jedenfalls, sagt Thomas Würmli, kann man von so einem Tag, von einem Wettersturz wie diesem, nicht auf die Entwicklung schließen, die das Wetter danach nimmt, nicht über Wochen jedenfalls.

Ich fühl mich, ja, viel besser, Regentag hin oder her. Das Metronom der Scheibenwischer – eines der beruhigendsten Geräusche, besser als Musik. Und überhaupt, das schlechte Wetter, anders als so oft behauptet, ist es ja ein Stimmungsmacher: garstig draußen, friedlich drinnen. Umso friedlicher sogar, je garstiger es draußen ist, man rückt zusammen, hat sich lieb, das Herz geht einem auf, es öffnet sich für Mitleid, Selbstmitleid, man darf sich dann als Opfer fühlen, Opfer höherer Gewalt. Ich hör dem Schweibenwischer zu, lasse mich ins Polster sinken, so weit das denn geht auf einem harten, deutschen Autositz.

Just bei der Beatrice-Kapelle, wo damals die Königin von Schweden in den See gestürzt ist, just da komm ich von der Spur ab – bin wohl ganz kurz eingenickt. Ich raff mich auf, ich muss aufpassen, darf nicht allzu weit rechts fahren. Zwar sieht man die Hügel nicht, die von der Königin (dem Berg) herunterrollen, doch mir ist, als würden sie mich von der Fahrbahn drängen, in den See hinaus. Gäb's keine Planken, rechts, man wüsste kaum, wo jetzt die Straße aufhört und der See beginnt, so grau verwischt ist alles, so diffus. Der Nieselregen ist es, der die Sicht verwischt, und die Gedanken. Konzentration jetzt! Ich muss mich jetzt endlich konzentrieren: auf die Straße und die Rolle, die ich gleich zu spielen habe.

Ich hab ihn ja retten wollen. Hab ich wirklich, ja, das stimmt. Mir tut's unendlich leid, dass mir das nicht gelungen ist. Stimmt auch. Was wird die Mutter also sagen? *Ich bin Ihnen sehr zu Dank verpflichtet,* wird sie sagen. *Machen Sie sich keine Vorwürfe; die mach ich meiner Tochter auch nicht. Vorwürfe sind nutzlos, und sie machen nichts rückgängig. Sie, Herr Zünd,* so etwas wird sie sagen, *wollten meinen Milo retten, was Sie konnten, taten Sie. Das werd ich Ihnen nie vergessen. Wenn Sie möchten,* wird sie sagen, *bleiben wir doch in Kontakt. Sie waren ja der Letzte, der ihn in den Armen hielt, Milo, als er noch lebte, Sie, Herr Zünd. Ich würde Ihnen eines Tages gerne auch was Gutes tun, wenn's uns dann wieder bessergeht. Ich hoffe, Sie verstehen ...* Nun, so etwas wird sie vielleicht sagen. Oder aber sie sagt nichts, vielleicht steht sie nur da und weint. Vielleicht beachtet sie mich gar nicht, schüttelt mir nur kurz die Hand. Gut möglich, dass mich niemand anspricht, niemand außer Lydia.

Ich habe Launacht hinter mir, die Bucht umrundet, keine Ahnung, wie ich ihr begegnen soll. Wie sie mir wohl begegnen wird? Der schwarze Kaschmir kratzt am Hals, obwohl ich mich nicht mal rasiert hab. War ein Fehler, dieser Pulli, doch was hätt ich nehmen sollen? Schwarze Hemden hab ich keine, und ein Polo – auch nicht gut. Das trübe Wetter hat getäuscht. Ich lass die Fensterscheibe runter. Was wie kühler Nebel aussieht, fühlt sich an wie Zuckerwatte. Ich recke meinen Hals zum Spiegel, schaue, ob ich Pusteln habe. Wie ein Nerd seh ich ja aus, wie dieser Moderator gestern, gar nicht wie ein Trauergast. Die Nässe sprüht wie Gischt ins Auto. *Kannst ruhig gehen. Vielen Dank.* Vielleicht hätt ich mich eben doch noch melden sollen, im Voraus, statt ungebeten aufzutauchen.

Kurz vor Gruobis steigt die Straße an, dreht sich vom Ufer weg und schlängelt sich zwischen den Hügeln über einen kleinen Pass. Erst wenn man auf der Kuppe ist, sieht man hinunter auf das Dorf. Es liegt direkt am See, klimatisch von der Königin geschützt, weshalb die erst noch voralpine Landschaft (Kirschbäume und Kühe) überraschend schnell mediterran wird (Palmen, Pensionäre). Davon ist bei diesem Nebel allerdings nichts zu erkennen. Nur der Kirchturm ragt heraus.

09:22 sagt das Display.

Neun? Ich greife nach der Zeitung, die ich mitgenommen habe, halte sie vors Lenkrad, stelle fest, dass da *10:30* steht. Jetzt muss ich eine Stunde warten. Statt ins Dorf hinunter fahr ich oben an den Straßenrand. Ich dreh den Motor ab. Noch eine Stunde, eine ganze Stunde. Jetzt kann ich mich vorbereiten. Wo? Zur Kirche will ich nicht. Als Erster da sein und mit allen reden müssen, den Verwandten, nein, das will ich sicher nicht. Ich werde jedes Aufsehen vermeiden, Lydia still begrüßen, zwei, drei Worte mit der Mutter wechseln, wenn es sich ergibt – und sonst halt ich mich schön zurück. Hier stehen bleiben, allerdings, halb auf der Straße, auf der Kuppe, das geht auch nicht, bei dem Nebel. Kaffee trinken, irgendwo? Doch wer weiß, wo die andern sind, die treffen sich vielleicht schon vorher, schwarzgekleidet, so wie ich, dann sprechen sie mich an, gerade weil sie mich nicht kennen – nein. Der Kirchturm ist jetzt auch verschwunden; außer den Umrissen eines Kirschbaums sieht man gar nichts mehr. Rechts unten allerdings, wo, wie ich weiß, ein kleines Tal verläuft, noch vor dem See – da leuchtet etwas, leuchtet gelblich durch den Nebel, eine Wolke, so sieht's aus, die in dem Tal gelandet ist, ein Ufo, das sein überirdisch gelb-diffuses Licht verströmt. Das Treibhaus ist das, oder *Tropenhaus*, wie es vermarktet wird.

In Gruobis wachsen nicht nur Palmen, Feigen- und Zitronenbäume; es wird auch Exotisches, ja eben, Tropisches gezüchtet: Avocados, Cherimoyas, Guaven, Litschis und Bananen, dazu Kaffee, Pfeffer, Fisch: Tilapia, der *Lachs der Tropen*. Dies nicht dank des Mikroklimas, sondern dank der Erdgaspipeline, die von Zeebrugge in Holland runter nach La Spezia führt und dabei eben hier vorbeikommt. Hier wird das Erdgas verdichtet, es entsteht Abwärme, und weil die nicht bloß verpuffen soll, hat man das Tropenhaus gebaut. Es profitieren mehrere: Die Produzentin, Transitgas, muss sich nicht um die Wärme kümmern, die lokalen Supermärkte haben Öko-Tropenfrüchte und der Kurort Gruobis eine Attraktion für jedermann, ein Paradies, wo sich die Kinder wie im Dschungel fühlen können und die Rentner wie im Urlaub. So zumindest stell ich mir das vor; ich war noch gar nie drin. Als das Projekt vor knapp zehn Jahren ausgeschrieben wurde, bot ich meine Unterstützung an, als *Landschaftsarchitekt/Berater* (sic!), obwohl ich Praktikant war und mich die Stadtgärtnerei gerade erst beschäftigt hatte. Immerhin, so dachte ich, sei das ja Landschaftsschutzgebiet hier, da sei *Umsicht angezeigt*, schrieb ich an den Gemeinderat. Der allerdings beschied mir dann, dass man auf mich und meinen Rat – ich war ja damals keine zwanzig – eigentlich verzichten könne.

So war das. Ich fahre weiter, langsam, nur ein kurzes Stück, dann bieg ich auf ein schmales Sträßchen ein, das rechts hinunterführt. Das Schild, ein großes Palmenblatt, ist auch bei Nebel auszumachen, und mit jedem Meter glüht die gelbe Wolke heller auf. Ich habe dieses Wellendach aus Glas natürlich schon gesehen, auf diversen Zeitungsbildern, doch die Wirkung, die so ein Gebäude dann in echt entfaltet, die erfasst ein Foto nicht. Es sei, so hieß es damals, *perfekt in die Landschaft eingebettet*. Ich war nach der Abfuhr nicht mehr wirklich interessiert daran, hab weder die Entstehung mitverfolgt, noch war ich seither da. Die lassen das wohl, dachte ich, so einen Hochbauzeichner machen, günstig, einen aus dem Dorf. Ganz sicher niemanden, der weiß, wie man so einen Großbau in ein Tälchen wie das hier *einbettet*. Jetzt jedoch, wo ich drauf zufahr, wo das Ding Kontur annimmt, jetzt muss ich, nicht ganz ohne Neid, erkennen, dass ja *eingebettet* fast noch untertrieben ist: Das Glashaus, das hier vor mir steht, ist nicht nur perfekt *eingebettet* in diese Moränenlandschaft – es wächst gleichsam draus hervor. Wie eine Gauß'sche Glockenkurve schwingt es sich vom Boden auf, erreicht den Höhepunkt, und sinkt dann wieder ab aufs weiche Land. *Die Welle*. Immer wenn davon die Rede ist, von diesem Treibhaus, hört man dieses Wort: *die Welle*. Auch nicht ganz korrekt, wie ich jetzt sehe: Vielmehr gleicht der Bau den Hügeln, die hier in der Eiszeit aufgefaltet worden sind. Ein transparenter Hügel, das ist er, erhebt sich derart logisch, derart elegant aus der Umgebung, dass man glauben könnte, einer von den echten Hügeln sei mit Baggern abgetragen worden und durch Glas ersetzt.

Ich parke vor dem Eingang, zwischen zwei Pick-ups der Gärtnerei und einem dunkelgrünen Mini. Abgesehen davon ist der Parkplatz leer, kein Mensch in Sicht. Sieht wirklich wie ein Ufo aus, das Glashaus, in dem gelben Dampf, und was man durch die strahlend trübe Aura sieht, als Silhouetten, sind tatsächlich Aliens, Exoten, fremde Lebensformen: riesige Bananenblätter, hagere Sapeli-Stämme und die langen Wurzelfinger eines Würgefeigenbaums.

Selbst wenn man den Aufenthalt in Treibhäusern gewohnt ist, muss man sich doch jedes Mal erst an die warme Feuchtigkeit gewöhnen. Hier jedoch ist schon die Luft im Freien derart regensatt, dass ich, als sich die Glastür schließt, kaum einen Unterschied bemerke. Allerdings, was für ein Duft! Die rote Erde, all die Blüten, nektarvoll, die reifen Früchte, dieser schwere Tropen-Atem ... Und auch hier kein Mensch, der Mahagonitresen unbesetzt. Wahrscheinlich rechnet man am Montagmorgen noch nicht mit Besuch. Ich warte, schau mich um – dann leg ich halt die sechzehn Franken hin, nehm einen grünen Eintrittskleber, drück ihn an die Brust und mach mich auf, den Rundpfad zu erkunden. Im Baumschatten sind die kleinen Tafeln nur noch knapp zu lesen: Averrhoa, Cherimoya, Guanabana, Plumeria ... ob der Kakao wohl hier gedeiht, in diesem Dämmerlicht? Nun ja. Viel wird hier kaum geerntet, aber aus Besuchersicht ist das schon gut gemacht, das muss ich sagen. Wirklich gut gemacht. Obwohl hier nur Nutzpflanzen wachsen, hat man doch den Eindruck eines Dschungels, eines Tropenwalds. Der Weg verzweigt sich immer wieder, führt zu kleinen Ruheplätzen und zurück zum Pflanzenlehrpfad. In der Hallenmitte gibt es eine kleine Hängebrücke, die den Fischteich quert; man kann sich gruseln bei der Vorstellung, da unten schwämmen, wie im Dschungel, hungrige Piranhas. Ich steige auf den kleinen Turm am Ende dieser Hängebrücke. Durch Geäst und Blätterflirren kann man das Café erkennen, eine kleine Lichtung, Rattantischlein, eine Rattanschaukel und zwei runde Palmendächer, Bar und Giftshop, nehm ich an. Ich steige wieder runter, steh am Anfang eines zweiten Pfades, eines *Abenteuerpfades*, wie die Hinweistafel sagt. Der ist für Kinder, offenbar, und folgt den Fetzen aus dem Tagebuch des Forschers *Stanley Morton*, der im Wald verschollen sei und den es jetzt zu suchen gilt. Ich tue das drei Posten lang und lerne, dass der arme Morton eventuell gekidnappt wurde, von Biopiraten, gegen die er sich mit einem Stamm von Indios verbündet hat. Ich setze mich auf eine Kiste, die ihm offenbar gehört hat, und versuche aus der Skizze schlau zu werden, die hier liegt. Die Ablenkung ist mir willkommen, irgendwas muss ich ja tun. Was dieser Halle doch noch fehlt zur Dschungelstimmung, denke ich, sind die Geräusche, Vogelschreie, das Gekeife wilder Affen. Nichts dergleichen hört man; was man hört, ist nur der Zulauf zu dem Teich, und Hummeln, Hunderte, die man wohl zur Bestäubung braucht. Ich bin jetzt sicher zehn Minuten rumspaziert, niemand begegnet, nicht mal einem Gärtner; keine Stimme, nichts, nur Surren, Plätschern. Wenn ich

Pech hab, fällt mir ein, dann ist die Halle offiziell geschlossen, wird grad abgeriegelt, und ich werd den Vormittag hier drin verbringen, ganz allein. Ein Sprinkler geht jetzt an, drei kurze Salven, Wispern im Geäst, geht wieder aus, wohl programmiert. Das ist nur Klimaregulierung; bis zu meinem Sitzplatz kommt kein Tropfen durch das Guavenlaub, die Blätter, die vor meiner Nase tanzen – wieso tanzen sie? Es knirscht.

«Meinst du, die darf man essen?»

Lydia. Steht neben mir. In einem schwarzen Kimono. Ich fahre hoch, als würd ich neben einer Riesenspinne sitzen. Eine Hand hat sie am Baum, biegt einen Ast herunter, einen Ast mit einer Guave dran.

Ich kann nicht einmal hallo sagen, wiederhole bloß die Frage: «Diese Guaven hier meinst du? Ob man die essen darf?»

«Ja, die.» Sie blickt nach oben, zieht am Ast. «Was ... Sebi – ja, was meinst du, Sebi?»

Ich schau ebenfalls hinauf, als müsste ich die Früchte erst noch ganz genau examinieren. «Vorne», sage ich, «am Ausgang gibt es, glaub ich, einen Shop, da kann man sicher welche kaufen. Allerdings schon möglich, dass man sie auch selber pflücken darf. Bezahlen muss man aber sicher.» Dann weiß ich nicht weiter, fall ihr um den Hals, sie lässt es zu, ja, hält mich auch, mit ihrem freien Arm, den anderen in der Höhe, hält den Ast fest und hält mich. Ganz heiß ist ihr Gesicht und rot. Wir stehen da wie nach dem Unfall, Wasser gurgelt, Lydia zittert, feucht von Tropenluft und Schweiß. Ich schließe meine Augen, streiche über ihren

Kimono, den Rücken hoch und runter, ihren Hals, den ausgestreckten Arm, spür ihren Atem und mein Blut.

Sie sagt: «Ich bin so froh, dass du gekommen bist. Ich bin so froh.»

Der Ast schnellt hoch wie eine Peitsche, ihre zweite Hand krallt sich in meinen Pulli, und ich höre, wie die Frucht zu Boden plumpst. Mir ist, als würd mein Herz mitsamt den Blättern in die Höhe rauschen.

«Ich war mir nicht sicher, ob ich kommen sollte», sage ich. «Ob ich …»

«Ich hätt dich drum gebeten, Sebi, hätt dich eingeladen – aber Mama war es lieber, nur im allerengsten Kreis zu sein, mit den Verwandten …»

«Klar. Versteh ich. Und ich muss natürlich nicht …»

«Nein, nein! Jetzt bist du da, zum Glück. Ich bin so froh!» Sie küsst mich. «Wie hast du denn überhaupt gewusst ...?»

«Es war ja in der Zeitung», sag ich.

«Ja. Das war es. Mussten wir. Das hätte Mama nicht gekonnt, weißt du, die alle nicht einladen, Papas Bruder, seine Schwestern, also meinen Onkel, Milos Onkel, meine, Milos Tanten – die hat sie einladen müssen, das war klar, das ging nicht anders, da kam sie nicht drum herum. Das hätte niemand recht verstanden – oder eben schon, weißt du, das konnte sie sich nicht erlauben, nichts zu machen für die Fischlins, keine Anzeige und nichts ... Sie wohnen alle hier in Gruobis, weißt du, Onkel Robi, Tante Margrit, Tante Sibylle auch; mein Vater kommt von hier, weißt du – Sebi, kannst du mir was versprechen?»

Ich weiß nicht, wovon sie redet.

«Kannst du mir etwas versprechen?»

«Klar.» Ich halte ihre Schultern, schau sie an und nicke. «Was?»

«Wenn du mit Mama redest ...» Ihre Brauen ziehen sich zusammen. «Wenn du mit ihr redest, Sebi ...» Sie kämpft mit den Tränen. «... dann ... und bitte red mit ihr ...»

«Mach ich.»

«... dann sag ihr, wie es wirklich war. Sag ihr, dass er bei mir war, dass ich ihn kaum aus den Augen ließ – er lief sonst nie davon, nie, nie! Und wenn nicht du gewesen wärst, wenn du nicht da gesessen hättest, wenn ich nicht gesehen hätte, dass da noch wer anders ist, dann hätt ich ihn nicht losgelassen, dann ...»

Sie fängt zu weinen an, und ich, ich würde mich am liebsten in den roten Sand verkriechen, so wie diese Hummel da, die neben meinem Schuh sitzt, schwarz und rot, *Apis lucrezia*, die surrt und scharrt mit ihren Beinchen, sich um ihre Achse dreht. Die stirbt, die ich wegschubsen muss, bevor sie Lydia auffällt. Ich will was sagen, weiß nicht, was, es wäre alles falsch; ich sage nichts, und das klingt wie ein Vorwurf. Oder wirft sie mir was vor? Will sie mir sagen, dass ich ihn noch hätte stoppen können, müssen? Ich zieh sie zu mir und geb der Hummel einen leichten Schubs. Sie kullert weg, zum Wegrand hin, doch nicht bis unters Laub; sie zappelt weiter, surrt, dreht sich im Kreis.

«Ich hab ihn erst gesehen, als er vorne war, am Mauerrand. Ich wollte nach ihm greifen, aber dafür war es schon zu spät. Er ist gestolpert», sage ich, «hat sich erschrocken, so sah es aus, vielleicht auch, weil ich nach ihm griff, ihn vor dem Sturz bewahren wollte. Außerdem, die Ufermauer, die war voller Sand und rutschig, darauf ist er ausgerutscht. Die ist ja abgerundet, darauf konnte er dann nicht mehr bremsen, und ich hab zu spät geschaut ...»

«Ist er gerannt?»

«Gerannt? Ja, schon. Ich habe ihn ja, wie gesagt, erst dann gesehen, als er schon gestürzt war, quasi, ausgerutscht. Gerannt, ja schon, er muss gerannt sein.»

«Sag ihr das, dass er gerannt ist. Bitte sag ihr das, okay? Er ist sonst nie gerannt, noch nie.»

«Doch, doch gerannt, ja, ja, gerannt. Und klar, ich hätt mein Buch am besten weggelegt, zu ihm geschaut, als du am Telefon warst ...»

«... das hast du gehört, das Telefon?»

«Ja, ja, das hab ich schon gehört, das Klingeln, hab mich umgeschaut ...»

«Weißt du, wer dran war?»

«Nein, wer?»

«Mama.»

Sie hält ihre Hände vors Gesicht, holt Luft, spricht durch die Finger.

«Weißt du, als du auf uns zukamst – noch bevor du dich gesetzt hast –, als ich dich da kommen sah, da hast du so geschaut, als ob du vielleicht etwas sagen möchtest. Wie wenn du da stehen bleiben und ein bisschen plaudern möchtest. Dann hast du dich abgewandt von uns, bist du dagesessen, hast gelesen, doch ich dachte, schaun wir mal, wenn wir hier bleiben, wenn wir diesen Schwan hier füttern, vielleicht kommen wir dann irgendwann doch ins Gespräch, wer weiß? Dann klingelte mein Telefon, und ich, ich muss wohl ... weiß nicht mehr, ich kann es mir nicht mehr erklären, dass ich ihn nicht bei der Hand nahm. Dachte wohl, der bleibt schon hier, wie er ja immer schön bei mir bleibt, und selbst wenn er etwas rumläuft, dann – dann wärst ja du noch da. Vielleicht hab ich sogar gedacht, wenn der da etwas rumspaziert, dann wirst du ihn ja schon bemerken, vielleicht schaust du dann auf ihn, und wenn ich ihn dann wieder hole, kommen wir dann ins Gespräch ... Ich weiß, ich hätt ihn halten sollen, aber – das war sonst nicht nötig, nicht mal Mama fand das nötig, längst nicht immer jedenfalls. Er war ja immerhin schon vier, fast wie ein ganz normaler Bub. Und dann, dann ist er einfach ... Es ist furchtbar, ich weiß nicht, warum.»

«Ich hätte dieses Buch weglegen sollen, ja, das hätte ich. Und auf ihn schauen, statt zu lesen. Wenn ich nur gesehen hätte, dass er da alleine rumspringt ...»

«Hat er doch sonst nie gemacht!»

«Trotzdem, ich hätte schauen können – auf *ihn* schauen statt ins Buch. Das hätte ich ja auch gemacht, das würde jeder machen, aber ich, ich ...»

«Nein, red dir nicht ein, dass du jetzt daran schuld bist, Sebi. Bitte nicht, das darfst du nicht. Wenn jemand etwas dafür kann ... nur was ... Was war das für ein Buch?»

«Wie, was?»

«Das Buch. Was war es denn?»

«Das ich gelesen habe?»

«Ja.»

Sie sucht wohl etwas, das sie ablenkt. «Henry David Thoreau», sag ich.

«Der an diesem Waldsee lebte?»

«Ja, genau.» Sie kennt Thoreau! «Ja, *Walden*, so heißt es, das Buch.»

«Das wollte ich schon immer lesen. Findest du, es lohnt sich?»

«Nun ...»

«Dann kannst du's mir vielleicht mal leihen.»

«Ja. Wobei …» Was ich nicht sage, ist, dass ich es nicht mehr habe, dass es liegen blieb, am See. «Wobei ...» Und dass ich ohnehin nicht mehr drin lesen könnte, jetzt. «Wobei … wobei man sagen muss: So richtig funktioniert das nicht, was er da vorschlägt, in dem Buch. Er hat sein Eremitendasein abgebrochen, nach zwei Jahren.»

«Glaub ich, dass ihm das zu blöd war, so ein Bruder-Klausen-Leben. Ist ja schön und gut, die Schwärmerei für die Natur und so, doch wenn man ihr dann ausgesetzt ist, sieht's wahrscheinlich anders aus. Vielleicht bekam er Zweifel, als es in sein Bett heruntertropfte. So wie hier von diesen Blättern. Oder als die Maden sich in seinem Mehlsack ringelten. Vielleicht ist er auch krank geworden, brauchte Medizin. Bestimmt.»

«Kann sein», sag ich, «ich weiß es nicht. Ich kenne erst den Anfang, nicht den Schluss, weiß nicht, wieso er aufgab. Bislang war er noch begeistert, mehr und mehr, auf jeder Seite, aber ...»

«Klar, das ist schon klar – je mehr man Zweifel hat an etwas, desto mehr verteidigt man's.»

Ich denke: Was für eine Frau. Sie sagt es mit noch nassen Augen; eben noch hat sie geweint, und jetzt, jetzt schneuzt sie sich die Nase und holt nebenbei, mit einer einzigen Bemerkung, einen Transzendentalisten auf den Boden. Was für eine Frau. Das Sprechen tut ihr gut, mir auch. Sie richtet sich die Haare, zupft den Kimono zurecht, blickt auf die Uhr und dann in Richtung Ausgang.

«Langsam sollten wir hinauf.»

Die Hummel liegt noch immer da, halb unter einem dürren Blatt, dreht sich wie eine Kompassnadel. Was meint sie damit, *hinauf*? Wohl rauf ins Dorf, und in die Kirche. Fünf nach zehn. Ich zieh sie an mich, setze meinen linken Fuß beiläufig auf das braune Blatt. Es knackt, und als wir weitergehen, Richtung Café, Arm in Arm, muss ich auf jedes einzelne von diesen braunen Blättern treten, muss ich testen, ob sie knacken – tun sie nicht, sie sind nicht dürr, wie ich gemeint hab, sie sind ledrig –, muss ich mir vorstellen, wie die Hummel unter mir zerplatzt ist, unter meinem Fuß zerplatzt. Wenn sich das nur nicht rächt, denk ich, in einem Traum wie letzte Nacht.

«Dann war das», frage ich, «dein Mini, der da vor der Halle stand?»

«M-hm.»

«Schön grün.»

«Ja, England-Grün. So heißt das, British Racing Green.»

Ich frag mich, ob es auf der Welt noch eine zweite Frau gibt, die sowohl die alten Rennsportfarben als auch H. D. Thoreau kennt. Hätt sie ein anderes Gesicht, nicht dieses feine, offene – sie wäre mir unheimlich.

In dem Café sitzt auch jetzt kein Mensch. Sie lässt mich los und geht voran, geht quer zwischen den Rattantischlein durch; ich bleibe bei dem Laden. Wollte sie nicht eine Guave? Hier gibt's welche, schön drapiert, nebst Cherimoyas, Drachenfrüchten, Litschis und Zitronengras. Sechs zwanzig kosten sie, das Kilo. «Willst du eine?», frage ich.

«Das hab ich doch nur so gesagt, weil ich sonst nichts zu sagen wusste. Und es ist ja niemand da.» Sie steht schon vorne bei der Tür.

Bananen gibt es frisch ab Baum, von einer Riesendolde, die fast bis zur Theke runterhängt. Das müssen hundert Früchte sein, vielleicht noch mehr, fast erntereif. Ich fahre mit der Hand über die Reihen und den Stiel entlang. Bananenbäume sind sehr schön und haben eine Eigenart: Wenn man den grünen Stamm berührt, dann färbt er sich fast wächsern weißlich, etwa so wie unsere Haut, wenn man mit einem Finger draufdrückt. Danach allerdings geht dieser Fleck nicht weg, bleibt wie gemalt – verblüffend, weil bei andern Pflanzen doch das Gegenteil passiert; sie werden grün und speckig, wenn man mit den Fingern drüberfährt. Ich male *L* + *S* in kleinen weißen Lettern auf den Stamm.

«Komm, lass uns gehen. Sollen wir?»

Wir müssen. «Ja, ich komme gleich.» Ich male noch ein Herz drum rum und eil ihr nach, zum Ausgang hin.

«Sag mal, die Frucht auf diesem großen Bild, *Ceci es n'est pas une pomme*, in deinem Atelier, das ist ja …»

«… eine Guave, ja, wie du bemerkt hast.»

«Ja, eine Guave, und auch von derselben Art wie die hier, Longipetiolatum.»

«Kann schon sein. Die war von hier.»

«Von hier? Aus diesem Tropenhaus?»

«Ja ja, ich bin hier öfters, weißt du. Papa hat das ja gebaut.»

«Wie – was gebaut? Das Glashaus?»

«Ja. Er war der Architekt, weißt du.»

«Es ist ein wunderbarer Bau», sag ich, «deswegen kam ich früher. Weil ich es mal sehen wollte. Wollte ich schon immer mal.»

Ich zieh den Eintrittskleber ab und lege ihn zurück zur Kasse. Lydia hat keinen.

«Dass dein Vater das gebaut hat, war mir nicht bekannt. Ist wirklich toll.»

Mit ihm, mit ihrem *Papa* also, hätte ich zu tun gehabt, wenn mir die Gruobiser damals nicht einen Korb gegeben hätten. Lustig, derart klein, die Welt. Dann hätt ich Lydia vielleicht schon damals kennenlernen können, und die Sache mit dem Kind ...

Zwei Männer treten durch die Tür, in Overalls und Gummistiefeln, und nach ihnen eine Frau, die ihren nassen Schirm zuklappt. Sie schauen mich erst fragend an, doch nicken dann sehr freundlich Lydia zu – fast schüchtern, scheint es mir.

«Dann bist du hier wohl Stammgast?»

«Ja, ich komm schon öfters hier vorbei und hole Früchte. Ja, das schon. Die gibt es nirgends so wie hier. Nur ein paar Stunden weg vom Baum, und schon sind sie nicht mehr so schön. Auf Fotos, mein ich, weißt du, da macht so was einen Unterschied.»

Die frische Luft ist angenehm, auch wenn es draußen nicht viel kühler ist und fast genauso feucht. Wie Freunde stehen unsere beiden Autos da, allein zu zweit. Sie geht zu ihrem, ich mit ihr; dann drückt sie mich nochmals.

«Bis gleich.»

Wir steigen ein, ich warte. Sie fährt raus und wendet, fährt davon. Wir haben uns ja gar nicht wirklich abgesprochen, fällt mir auf. Sieht das nicht etwas seltsam aus, wenn wir zu zweit auftauchen? So, als hätte sie mich eingeladen und den andern nichts gesagt? Vielleicht wart ich hier besser kurz, und fahre dann allein zur Kirche. Oder ist ihr das egal? *10:23*. Wie auch immer. Wenn was peinlich wär, dann das: uneingeladen aufzutauchen, und dann sogar noch zu spät. Ich folge ihr also den Hang hoch; sie fährt überraschend schnell.

Das Tropenhaus versinkt im Nebel, fast wie jene Taschenlampe, die ich mal als Kind von einem Boot über die Reling warf, spät nachts, nur weil ich sehen wollte, wie das Licht im See verschwand. *Ich bin so froh, dass du gekommen bist* – ja, froh, das bin ich auch, jetzt sowieso, wenn sie das sagt. Ich muss ja nicht gleich bei ihr stehen, werde mich schön abseits halten, klar, das wird ihr lieber sein. Der Mini biegt rechts ab, doch ich muss warten, weil gleich hinter ihm ein Traktor kommt, wie aus dem Nichts, mit einem Heuanhänger dran. Den kann ich so nicht überholen. Als er endlich ausschert, ist von Lydia nichts mehr zu sehen, dafür treten jetzt die ersten Bauernhäuser aus dem Nebel. Mit den weißgetünchten Sockeln sehn sie aus, als schwebten sie, als würden sie von ihren Dächern wie von Flügeln weggetragen. Vier Minuten. Da, der Dorfplatz. Hier geht's, glaub ich, hoch zur Kirche, dieser kleinen Mauer lang – der Friedhofsmauer, nehm ich an – und dann zu diesem kleinen Parkplatz unter den Kastanienbäumen, wo bereits zwei Autos stehen – drei, der grüne Mini auch.

Ich parke, schaue in den Spiegel, steige aus und will zur Kirche, als ich Lydia sehe: Sie sitzt immer noch im Auto, hat auf mich gewartet, offenbar. Sie wühlt in ihrer Tasche rum, entdeckt mich, macht die Fahrertür auf. Sie trägt eine Sonnenbrille.

«Tut mir leid», sag ich, «der Traktor ...»

«Schon gut, komm, wir gehen rein.»

Sie drückt mir nochmals meine Hände, wirft sich ihre Tasche um, spannt einen Schirm auf, geht voran. Vom Parkplatz führt ein Kiesweg zwischen Rosen zu der Kirche hoch. Wir treten unsern Bußgang an, sie mit erhobnem Kopf, beschirmt, bebrillt, ich mit verschränkten Händen. Als vor uns die Kirche auftaucht, aus dem Nebel, klein und weiß, das Schindeldach, der Zwiebelturm, da kommen uns zwei Leute auf dem Weg entgegen, Schemen erst, dann immer klarer, Mann und Frau, der Mann recht groß, die Frau kaum kleiner, schlank der Mann, die Frau recht kräftig, er mit federnd weichem Schritt, sie etwas steifer, kerzengrade, er mit grauem Seitenscheitel, sie mit hoher Stirn und weiß – nicht irgendeine Frau ist das, und er – sie stehen jetzt vor uns, die Frau streckt ihre Hände aus, «Mama», sagt Lydia, und ich, ich kann – ich kann gar nichts mehr sagen.

Ebenso mein Vater. Während Lydia und ihre Mutter sich sehr lang und fest umarmen, bleiben wir wie angewurzelt stehen, starren vor uns her.

Dann lassen sie sich los, und Lydia sagt: «Das ist Sebastian. Ich weiß nicht mal, wie du noch heißt, ich hab dich nicht einmal gefragt. Wisst ihr, Sebastian war es, der – er war es …»

«Wir kennen uns.» Sagt Xenia. Sagt Lydias Mutter. Xenia. Der Vater nickt. Sie sagt zu ihm: «Ich wusste gar nicht, dass du Sebi …»

«Hab ich nicht, das ist doch Zufall. Oder? Sebi, wie – wie kommst du –?»

«Er war es», fährt Lydia fort, «der …»

Xenia greift zu ihrer Brille.

«… der ihn fast gerettet hätte.» Lydia schaut hin und her, von mir zum Vater und zurück, verwirrt, sie schaut zu ihrer Mutter.

Die starrt in den Himmel, wie wenn sie – mit ihrer Sonnenbrille – durch den Nebel sehen könnte. Alle warten wir darauf, dass sie was tut, mir ihre Hand gibt, sich bedankt, den Zufall anspricht, diesen Wahnsinnszufall, dass wir alle hier zusammen sind. Doch nichts; sie starrt nur in den Nebel, der die letzten Worte, diesen letzten Satz schon lang geschluckt hat. Schließlich senkt sie ihren Kopf, zieht ihre schönen Brauen hoch, weit über ihren Brillenrand, dreht sich zu mir und sagt:

«Ich weiß.»

Wir bleiben alle still, der Vater, Lydia, ich sowieso, als wär's eine Gedenkminute, die nur sie beenden darf.

Das tut sie irgendwann dann auch, sagt, nicht zu mir, zu Lydia:

«Und jetzt habt ihr euch – ?»

«Grad getroffen, erst grad vorhin, wie wir kamen. Ich hab nicht gewusst, dass Sebi da sein würde, und dass ihr …» Sie schaut noch immer hin und her.

Was hab ich Xenia erzählt im Du Lac? Weiß das Lydia? Natürlich nicht, sonst hätte sie – was hab ich Xenia erzählt? Dass ich mich in ein Mädchen – meine Güte, was hab ich erzählt? Sie wird sich fragen, was ich – meine Güte, das ist ihre Mutter! Xenia ist ihre Mutter! Die das Kind gehabt hat! Und der Vater, der – was sagt der Vater? Der sagt überhaupt nichts. Warum sagt der nichts? Warum nicht er? Der sagt doch sonst fast immer was, so was wie: *Ein Familientreffen!* So was würde der doch sagen. Aber nichts, der steht nur da und meidet jeden Blickkontakt. Der steht nur da, für sich allein, wie ich, wir zwei, für uns allein.

«Man wartet auf uns in der Kirche.» Xenia nimmt ihn am Arm.

Zu viert, nebeneinander, treten wir durchs offene Portal. Schon komisch, eigentlich, dass grade Kirchen, die ja Wärme stiften wollen und Geborgenheit – dass grad die Kirchen das nicht tun. Die Kirche St. Christoph ist kühl und leer, es riecht nach feuchtem Kalk, und jeder Ton fällt von den Wänden, von der Decke hart zurück. Die blassen Fresken, stummen Putten: alles leblos ohne Licht. Ganz vorn, vor dem Altar, auf einem Holztisch, liegt der Kindersarg. Ich stütze mich auf eine Sitzbank. Kurz bin ich versucht, jetzt einfach kehrtzumachen, rauszulaufen, heimzufahren, weg von hier. Doch dafür ist es jetzt zu spät. Mein Vater ist ja hier. Mein Vater. Und die Frau, mit der er hier ist, deren Kind hab ich getötet. Deren andres Kind hab ich im Arm gehalten, eben noch. Ich setze mich in diese Bank und atme durch. Das gibt es nicht. Das kann nicht sein, das alles hier. Die andern schreiten zum Altar, ich bleibe, Xenia schaut zurück. Als ob sie wüsste, wer noch fehlt. Ich weiß. Das muss ja gar nichts heißen, sie muss überhaupt nichts wissen. Lydia hat ihr wohl von mir erzählt – ja logisch, musste sie –, doch nicht mehr, als sie selber weiß. Mehr konnte sie ja nicht erzählen, nur, was im Rapport drinsteht. Nicht mehr, das ist's, nicht mehr als das. Ich muss jetzt einfach ruhig bleiben, meinen Part gut spielen, diesen Tag durchstehen, streng nach Drehbuch. Lydia hat ja selbst gesagt, wie froh sie ist, dass ich jetzt hier bin. Auch wenn sie jetzt keine Zeit hat, bei den andern sein muss, klar.

Da vorne stehen sie, haben die Hände auf den Sarg gelegt, das helle, frische Fichtenholz, das sich vom trüben Hintergrund abhebt wie ein Belichtungsfehler. Auch ein Pfarrer ist bei ihnen, der jetzt seine Arme hebt. Die andern fremden Leute, die zuvorderst sitzen, stehen auf – vier Frauen und drei Männer. Xenia schaut noch mal zu mir zurück.

Was hab ich ihr genau gesagt? – Ich hätte mich verliebt. Ja und? Ich hätte darum kämpfen müssen, mich bemerkbar machen, irgend so was – das hat sie gesagt. *Jemand ins Unglück stürzen, einen Konkurrenten* – sie, der Vater, ihre Worte waren das, nicht meine, ich hab nichts gesagt. Um Aufmerksamkeit kämpfen, das vielleicht, das habe ich gesagt.

Das wollte sie ja hören, unbedingt, hat x-mal nachgefragt, *wie meinst du das, ins Unglück stürzen*? Ich hab nur genickt dazu. Sie hat das völlig falsch verstanden. Wie sie's wohl verstanden hat? Sie kann ja gar nicht wissen, wie es wirklich war. Woher denn auch? Nicht mal Zanetti weiß Bescheid, sonst hätte er nicht nachgefragt. Nicht mal, um wen es ging, weiß sie, nicht mal, wo ich sie kennenlernte. Woher sollte sie auch wissen, dass es ihre Tochter war, in die ich mich verliebt hab? Ihre Tochter. Lydia, ihre Tochter. Heißt das – nein, wieso? Das heißt ja nicht, dass sie noch mehr erzählt hat, Lydia ihrer Mutter, nein, wieso, wieso auch? Sicher nicht. Sie hat ja eben selbst gesagt, dass sie allein gekommen sei, dass wir uns auf dem Parkplatz erst begegnet seien, ganz zufällig, erst grad vorhin. Ganz zufällig. So hat das geklungen, und so war es ja im Grunde auch. Sie hat ja sonst gar nichts gesagt, zum Glück, von dem, was sonst noch war – nein, nein, davon merkt niemand was, davon hat niemand was gemerkt.

Jetzt schaut der Vater auch zurück.

Was ist, soll ich nach vorne kommen? Warten sie auf mich? Ich will mich ganz diskret dazugesellen, doch die Lederschuhe klacken, hallen durch die leeren Reihen, so dass jetzt der Pfarrer, ein betagtes, dürres Männchen, aufschaut, und mit ihm die andern Leute: Ehepaare, zwei, so scheint es, beide über fünfzig, dann ein blonder Mann, der jünger wirkt – vielleicht weil er das enge Hemd bis auf die Brust geöffnet hat –, und schließlich eine etwas feste, ungefähr gleich alte Frau, die sicher nicht zu ihm gehört. Der Vater steht für sich allein, auch er, nicht neben Xenia. Ich gehe nicht bis zu dem Sarg hin. Jetzt durch diesen Schieber schauen, nein, das kann ich wirklich nicht. Ich seh ihn ja schon sonst vor mir, wie er mich anstarrt, himmelblau, und panisch, durch die schwarzen Strähnen – das wird schwer genug sein, dieses Bild je wieder zu vergessen; wenn ich ihn jetzt sähe ... Obwohl: Sicher sieht er anders aus, sieht er jetzt friedlich aus, bestimmt hat er die Augen jetzt geschlossen, wie im Schlaf, stell ich mir vor. Seine Verwandten jedenfalls, die keine Sonnenbrillen tragen, wirken sehr gefasst, als sich ihr Blick vom Kasten zu mir hebt.

Ich kann hier nicht so stehen bleiben, schleiche um den Sarg herum und um die Leute, wie ein Hund. Sie drehn sich alle um nach mir. Ich will nur nicken, doch der jüngste Mann streckt mir die Hand hin:

«Fischlin.»

Die zwei Paare tun's ihm gleich: Ebnöter-Fischlin, Amstutz-Fischlin. Xenias Schwester, offenbar, stellt sich als Katja von Arx vor. Wer i c h bin, wissen sie wohl nicht, so fragend, wie sie mich jetzt mustern; es wird wohl erwartet, dass ich mich vorstelle, nur, als was? Als Sohn von Alois Zünd? Als Lydias – nein, das nicht – als Unfallhelfer?

Noch bevor ich etwas sage, hebt der Pfarrer seine Hände, nimmt mir die Entscheidung ab: Wir sollen uns jetzt bitte setzen. Es hebt eine Orgel an. Ich kenne diese Melodie, sie ist sehr schön, doch ungewohnt, zumindest hier, in einer Kirche; lieb und tröstlich ist sie, doch kein Kirchenlied, was anderes. Ich kenne sie, frag mich, woher. Xenia nimmt als Erste Platz, zuvorderst, gleich beim Mittelgang, so nahe bei dem Sarg wie möglich. Lydia steigt an ihr vorbei, ihr schließt sich Xenias Schwester an, und dann erst folgt der Vater, der die Reihe abläuft und von außen reinkommt, sich mit Abstand setzt. Die Fischlins, derweil, sitzen gegenüber in der linken Reihe. Ich will mich zum Vater setzen, das wär eigentlich normal, doch wie ich ihn da sehe, ganz allein, in diese Bank gekauert, diesen sonst so stolzen Mann, da kommt er mir vor wie ein Fremder, ohne dass ich weiß, warum. Ich kann es immer noch nicht fassen, dass er hier ist, in der Kirche, hier, mit diesen fremden Leuten, die er besser kennt als ich. Ich setz mich in die zweite Reihe.

Links vor mir sitzt Lydia und richtet sich den Chignon. Mein Pulli riecht nach Tropenhaus. Um mich ein bisschen zu beruhigen, summe ich die Melodie mit, die die Orgel wiederholt, einlullend schön, in hellem Dur: *M-mhhh*, sie hebt sehr zärtlich an, schwingt sich dann hoch, schwelgt in der Höhe, senkt sich, baut sich wieder auf, und just, wenn man erwartet, dass sie sich zum Ende niederlegt, springt sie noch einmal ganz hinauf, zum schönsten, letzten Gipfelton. Den hält der Organist jetzt aus, bis sich der Pfarrer räuspert und ein Ruck durch beide Reihen geht.

«Im Namen des Allmächtigen. Liebe Brüder, liebe Schwestern, wir nehmen heute hier zusammen Abschied von ...» – er schaut auf den Altar – «vom kleinen Milo, Milo Fischlin, dessen Tod wir nicht verstehen, nicht verstehen können, und den wir auch nicht verstehen müssen. Gott, der gütige Vater, hat sein Kind zu sich zurückgerufen, und wir dürfen dankbar sein, dass es in seinen Händen ist. Der Herr sei mit Euch.»

«Und mit Deinem Geiste.»

Ich frage mich, was das wohl bedeutet.

«Gütiger Vater im Himmel, Du hast uns Deinen eigenen Sohn geschenkt, der für uns am Kreuz gestorben ist und uns zum ewigen Leben führt. Wir glauben an Dich und vertrauen Dir, Deiner Weisheit, Deiner Liebe und Gnade. Gott, unser Herr, erbarme Dich.»

Ich murmle mit: «Herr, erbarme Dich.»

«Jesus Christus, unser Retter, der Du unsere Sünden auf Dich nimmst, erhöre uns und erbarme Dich.»

Wir murmeln: «Christus, erbarme Dich.»

Der Pfarrer schaut zu der Kerze hoch, die neben ihm steht und die Kirche erhellt.

«Du bist als Licht in die Welt gekommen, Herr, als Licht, das uns allen leuchtet. Der kleine Milo kehrt zurück, zur Quelle des Lichts, zurück zu Dir, wo es keine Trauer gibt, kein Leid, keine Sorge mehr und keinen Schmerz.»

Er hält kurz inne, sammelt sich, tritt hinter dem Altar hervor und wankt zum Ambon runter, neben dem der aufgebahrte Sarg steht. Schön ist er, der Sarg; ich kann die Kiefer riechen, glaube ich. Sehr hell und frisch, das Holz, rundum gesprenkelt, wie mit – Totenflecken. Auf der Kinderhaut, gibt's die da auch? Ich rieche Lydias Hals.

Der Pfarrer schlägt die Bibel auf. Kein Helfer hier, kein Ministrant; er hält die Messe ganz allein, verschwindet fast in seiner Kasel.

«Aus dem Evangelium des heiligen Johannes: *Voller Trauer blieb Maria vor dem Grabe Jesu stehen. Als sie in die Kammer schaute, sah sie da zwei weiße Engel, ganz genau an jener Stelle, wo ihr Herr gelegen hatte. Warum weinest du, Maria?, fragten nun die beiden Engel. Weil sie meinen Herrn gestohlen haben, sagte sie zu ihnen. Als Maria sich umdrehte, sah sie Jesus vor sich stehen, aber ohne es zu wissen. Warum weinest du, Maria, und wen suchst du?, fragte er. Maria hielt ihn für den Gärtner. Hast du meinen Herrn genommen?, fragte sie, dann sage mir, wo er jetzt ist, ich will ihn holen. Jesus sprach zu ihr: Maria! Da erkannte sie ihn wieder und erschrak. Sie rief: Mein Meister! Jesus aber sagte zu ihr: Rühre mich nicht an, Maria, ich bin noch nicht aufgefahren. Gehe aber hin zu meinen Brüdern und tu ihnen kund: Ich fahre auf zu meinem Vater, der auch euer Vater ist, zu meinem Gott und eurem Gott! Maria Magdalena lief zu ihnen und tat ihnen kund: Ich habe unsern Herrn gesehen! Und sie sagte ihnen alles, wie er es gesprochen hatte.* Das Wort Gottes», sagt der Pfarrer.

Und der Vater: «Dank sei Gott.» Der Vater! Woher kennt er das? Und warum sitzt er da allein für sich, nicht neben Xenia? Das wird ja kein Geheimnis sein, dass er und sie zusammen sind. Fortwährend reibt er sich die Schläfen, legt den Kopf in seine Hände. Irgendwas stimmt nicht mit ihm. Normalerweise ist e r es, der andern Leuten Halt gibt, in Momenten wie jetzt diesem grad, doch heute scheint er schlechter dran als irgendwer. Er tut mir leid. Und ist mir peinlich, irgendwie. Ich hätt mich zu ihm setzen sollen, das wär nur normal gewesen. Jetzt noch wechseln? Wäre komisch. Ob er weiß, warum ich hier bin? Hat ihm das jemand erzählt? Mein Gott, das ist komplett verrückt.

«Bevor wir Milo», sagt der Pfarrer, wieder oben am Altar, «jetzt ganz dem Schöpfer anvertrauen, der ihn uns geschenkt hat und der ihn jetzt wieder zu sich nimmt, bevor wir seine Seele in das Reich des Friedens ziehen lassen, wollen wir uns alle noch einmal erinnern, wer er war.»

Er nickt nach links, und Milos jüngster Onkel tritt ans Rednerpult, wo er das Mikrofon verstellt, obwohl es ausgeschaltet ist.

«Ja, Milo», hebt er an, «er war ein unerwartetes Geschenk. Für meine Schwägerin Xenia – und für uns alle, die wir hier sind. Milo kam erst spät zu uns – zu spät für meinen Bruder, der ja nur ein halbes Jahr davor so tragisch umgekommen ist. So war es Emil nicht vergönnt, den Sohn, von dessen Existenz er, als er starb, nicht einmal wusste, noch in seinem Arm zu halten. Wir hingegen dürfen dankbar sein, dass wir ihn kennenlernten, und wenn wir jetzt an ihn denken, denken wir gleichzeitig auch an Emil, seinen Vater, der ihn damals leider nicht mehr sah, doch jetzt im Himmel sehen wird.»

Xenia lehnt sich leicht zurück, schaut hinter Lydias Rücken kurz zum Vater, glaub ich, durch die Brille. Der hat sein Gesicht in beiden Händen – kann es sein? –, er schluchzt.

«Wir haben Milo», sagt der Onkel, «... ich hab ihn nicht oft gesehen. Doch wenn Xenia ihn einmal mitbrachte, haben wir gestaunt – ich spreche auch für meine Schwestern –, haben wir gestaunt, was für ein aufgewecktes Kind er war. Er hatte seine – Eigenart, und mit den schwarzen Haaren sah man ihm den Fischlin nicht gleich an, doch wie er um den Tisch gehüpft ist, letzten Herbst, im Rössli, ihr erinnert euch, wie er gelacht hat, wie er bei uns allen einmal auf den Knien sitzen wollte: Da war er schon fast wie Emil, der auch nie ruhig sitzen konnte, und der alle für sich einnahm ...»

Vaters Schultern heben sich und sacken stotternd wieder ab. Erst vor drei Tagen hab ich ihn und Xenia gesehen, erst drei Tage ist das her, nicht mehr. Er war nervös, das war er, doch auch froh, so schien es, dass es klappte, dass er mir die neue Frau jetzt endlich, endlich zeigen konnte. Erst drei Tage ist das her, und jetzt sitzt er hier in der Kirche – in der Kirche, wo er wohl, wie ich, seit Mamas Tod nie war –, sitzt hier in dieser dunklen Kirche, wieder mit uns beiden, mir und Xenia, schluchzt vor sich hin, so wie er nicht mal damals schluchzte, an Mamas Beerdigung. Ich kann das fast nicht sehen, doch dem Onkel, dem blasierten Kerl, der sich nach jedem zweiten Satz durch seine blonde Mähne fährt, dem kann ich auch nicht folgen, wenn der Vater vor mir schluchzt, unmöglich.

«.... so ein lieber Bub war er ...»

Ich lege meinen Kopf zurück. Hoch oben, auf dem Deckenfresko, trägt der heilige Christoph seinen kleinen Schützling durch die Fluten. Nicht sehr heilig sieht er aus, viel eher wie ein *homme sauvage*, ein bärtig-zotteliger Hüne mit entflammtem, wildem Blick. Die Waden spannen sich, als würde er auf spitzen Steinen gehen, und tatsächlich: Dieser Fluss, den er da furtet, ist kein Fluss, kein friedlicher Mäanderlauf, ein Sturzbach ist das, schäumend, spritzend, bis zur Brust des Mannes hoch, der sich mit seiner einen Hand an einem großen Fels festhält. Im biblischen Judäa, glaube ich, gibt's keine solchen Bäche, aber hier, unweit der Kirche, schießen sie vom Berg herunter, Triftbach, Klammbach, Rämisbach.

«... ganz anders, aber doch ein Fischlin, und wir hatten

ihn sehr gern.»

Der Vater schlottert immer noch; ich schaue wieder hoch zur Decke. Irgendetwas an dem Bild ist komisch, anders als man's kennt. Nicht dass ich öfters Heilige studieren würde, ganz und gar nicht, aber Sankt Christophorus, die Szene, die ist mir vertraut – nur eben anders, nicht wie hier. Der Wilhelm-Tell-Verschnitt, der hier so mutig durch die Schnellen stampft, der hat den einen Arm am Fels, den anderen weit ausgestreckt – zeigt in die Ferne, in den Himmel. Sehr unüblich, denn er hält doch sonst das Kind auf seiner Schulter, hält es fest an seinen Beinchen, reicht ihm seine starke Hand. Ganz anders dieser Christoph hier: Dem scheint das Jesulein egal, der kleine Babygott, statt zu ihm hoch blickt er zum Horizont.

«... er führt uns hier zusammen und wird uns noch lang zusammenhalten ...»

Auch das Jesuskind ist komisch: Es hält sich kein bisschen fest, greift weder in den Schopf des Hünen noch um dessen starken Hals. Stattdessen sitzt es aufrecht da, in einer Position, in der es eigentlich gleich fallen müsste. Das scheint ihm egal zu sein. Statt um Christophorus hat es die Arme um die Welt gelegt, hält einen Globus fest, an den es zärtlich seinen kleinen Kopf legt. Klar, wenn es die Kugel hält, dann kann es sich nicht selbst festhalten – das ist sicher nicht nur hier so, sondern auch auf andern Bildern. Doch was komisch ist: Es streckt die Kugel nicht dem Träger hin, auch nicht dem Bildbetrachter, sondern hält sie fest an sich gedrückt und wendet sich damit zur Seite – wie ein Kind mit einem Spielball, den es nicht hergeben will.

«Der Tod hat nicht das letzte Wort!»

Es ist der Pfarrer, der mich aus dem Himmel holt, ins Hier und Jetzt.

«Wir sind dem Tod nicht ausgeliefert, müssen uns vor ihm nicht fürchten, vielmehr sind wir aufgehoben in gerechter Ewigkeit.»

Man sieht es ihnen an, dass sie verwandt sind, diese Fischlins. Dieser Onkel in dem engen Hemd und seine beiden Schwestern: Alle haben sie dieselbe Haltung, wirken tänzerisch sogar im Sitzen, mit gereckten Köpfen. Und sehr blond sind sie, wie Lydia, die Fischlins – nur der Bub nicht. Wieder seh ich ihn vor mir. *Den Fischlin sah man ihm nicht an.* Wie kann er nur so etwas sagen? Vielleicht sind ja dunkle Haare typisch für das Down-Syndrom. Vielleicht. Erstaunlich sind sie schon. Zumal ja nicht nur alle Fischlins blond sind, sondern Xenia auch, das heißt: wohl blond gewesen ist, wie ihre Schwester heute noch. Das sieht man auch daran, dass ihre Haare eher weiß sind; die vom Vater, früher schwarz, jetzt grau. Stocksteif sitzt sie auf ihrem Platz, die weiße Xenia von Arx. Was für ein Name, und wieso – wieso denn eigentlich von Arx? Wenn sie doch Lydias Mutter ist, dann müsste sie doch Fischlin heißen? Mädchennamen konnten Frauen damals ja noch nicht behalten. Oder trägt sie ihn erst wieder, seit ihr Mann gestorben ist? Das wäre dann recht pietätslos – immerhin ist dieser Emil Fischlin, wie der Onkel sagte, und auch Lydia, verunfallt, Kletterunfall, glaube ich. Mir klebt der Pulli immer noch am Rücken; er fängt an zu kratzen.

«Auch wir Sünder hoffen, dereinst einzugehen in Dein

Reich. Die Hoffnung darauf tröstet uns.»

Wo wir jetzt stehen in der Messe, und wie lange das noch dauert – keine Ahnung habe ich. Der Pfarrer ruft zu den Fürbitten. Xenia erhebt sich, Lydia folgt ihr, Xenias Schwester auch, die Fischlins von der andern Seite, alle treten jetzt nach vorn, bis auf den Vater und auf mich.

«Gott, nimm jetzt unsere Bitten an.»

Der Onkel, der schon vorher sprach, beginnt: «Ich wünsche mir, dass Milo jetzt mit Emil bei Dir ist.»

«Wir bitten Dich, erhöre uns.»

Mein Pulli juckt, der Vater heult; ich sehe seine Schultern zittern.

«Gott», sagt eine Fischlin-Tante, «hilf uns, dass wir diese Welt so sehen können wie ein Kind.»

«Wir bitten Dich, erhöre uns.»

Ich höre weg, bis Lydia kommt. Sie hat den Kopf gesenkt und spricht kaum hörbar:

«Lass uns nicht verzweifeln.»

Diesmal stimme ich mit ein: «Wir bitten Dich, erhöre uns.»

Dann, ganz zum Schluss, kommt Xenia. Sie lässt sich Zeit; es sieht fast aus, als würde sie sich ihren Satz noch einmal überlegen wollen. Auf das Redepult gestützt, greift sie an ihre Sonnenbrille, nimmt sie aber doch nicht ab und geht dann, ohne was zu sagen, einfach weg, an ihren Platz.

Der Pfarrer scheint verdutzt; es bleibt ihm nichts als nur noch anzufügen: «Darum bitten wir durch Christus, unseren auferstandenen Sohn.»

Die Orgel hebt zur selben Melodie an, aber jetzt in Moll.

So klingt sie ungewohnt, und doch: Ich kenne sie von irgendwo.

Das Jesuskind hat schwarze Haare, dicke, schwarze Strähnen – ungewohnt auch das, sonst sind die doch meist golden, lockig, engelhaft. Sehr komisch, dieses Fresko, von der Landschaft bis zu den Figuren. Aber was ist hier nicht komisch – alles ist hier komisch, und mein Pulli beißt so arg, dass ich mich demnächst blutig kratzen werde. Immerhin, der Vater ist jetzt ruhig, scheint sich beruhigt zu haben. Dieser Anfall – so etwas hab ich bei ihm noch nie gesehen. Bald vier Jahre ist es her, seit er zum ersten Mal erwähnt hat, dass es jemand Neues gebe, eine Frau, die bei ihm sei. Die Karte, die er mir geschickt hat, war von der Hohwand, ja klar. Ich war ja damals in den Staaten, in Ridgefield, bei Edwin Bye. Der Vater war wohl ziemlich einsam; das war ja die Zeit, als er im Hotel wohnte, nur im Hotel. Diese Karte hab ich noch, *meine Begleiterin* schrieb er, so hat er Xenia genannt. Und dann hat es noch einmal Jahre – ganze vier! – gedauert, bis ich sie dann endlich kennenlernte, kennenlernen durfte. Sie haben so vertraut gewirkt, die beiden, im Café du Lac. Der Vater war vielleicht gehemmt, am Anfang, doch man konnte sehen, dass sie sich sehr nahe waren. Ja, so haben sie gewirkt, als ob sie sich sehr nahe wären. Jetzt, hier, sieht's ganz anders aus.

«Lasset uns beten», sagt der Pfarrer. «Gott, der Herr, er sei mit Euch ...»

Wir murmeln: «... und mit Deinem Geiste.»

Er: «Erhebet eure Herzen.»

Wir: «Wir haben sie beim Herrn.»

In Wahrheit heb ich nur den Kopf, und nicht mal das nützt jetzt noch was. Da vorne liegt der Bub im Sarg, da oben schaut er von der Decke. Als die Kommunion ansteht, beschließ ich, einfach mitzuspielen. Dass ich längst nicht mehr dabei bin, in der Kirche, weiß hier niemand – nur der Vater, und der ist ja selbst schon lange ausgetreten. Was macht er? Er strafft sein Revers, so wie er es öfters tut – ein Zeichen, dass er wieder ruhig ist und bereit für das, was kommt.

Der Pfarrer hält die Hostie hoch. Sie zittert so, wie wenn er eine Kriegskennmarke brechen müsste, eine dieser Scheiben aus Metall, die man im Militär trägt. Gleich wird er den Wein verschütten.

«Das hier ist der Kelch des neuen Bundes, der auf ewig währt ...»

Ich sehe keine roten Flecken.

«... zur Vergebung eurer Sünden.»

Wie er zittert! Ist wohl Weißwein.

«Deinen Tod verkünden wir ...»

Die Fischlins sprechen mit dem Pfarrer.

«... bis Du kommst in Herrlichkeit.»

Nur sie sind mit dem Text vertraut; die andern hinken hintendrein. So schwillt das Murmeln jeweils an, links draußen, und verebbt vor mir.

«Durch ihn und mit ihm und in ihm ...»

Durch ihn ... was heißt das, wer ist e r? Es klingt, als meinte er den Bub.

«Schau nicht auf unsere Sünden, Herr ...»

«Lamm Gottes», schwillt es an, verebbt, «Du nimmst

hinweg die Sünde der Welt ...»

Das kenn ich.

«... gib uns Deinen Frieden.»

Xenias Stimme hört man unter allen, warm und weich und tief. Als ob sie spüren könnte, dass mein Blick auf ihr ruht, steht sie auf, dreht sich noch einmal nach mir um, tritt in den Gang, und alle andern, auch der Vater, folgen ihr.

Es ist das erste Mal seit meiner Gymi-Zeit, dass ich das mache. Ich kann mich erinnern, wie ich damals Pfarrer Steudler fragte, ob ich Hostien essen dürfe, wenn ich Vegetarier sei. Er fand's nicht lustig, schmiss mich raus – genau, was ich erreichen wollte. Lydia steht vor dem Pfarrer; sie ist Vegetarierin. Ich schäme mich für den Gedanken, hoffe jetzt auf einen kurzen Blick von ihr, als sie zurückkommt, lautlos zu den Bänken schreitet, doch sie hat den Kopf gesenkt. Ich schäme mich für meine Wünsche, schäme mich dafür, dass ich selbst jetzt noch, hier, an dieser Messe, an so etwas denken kann, ich schäme mich so sehr, wie ich mich überhaupt noch nie geschämt hab, aber Scham ist immerhin erträglicher als Angst, und Angst muss ich jetzt wirklich nicht mehr haben, demnächst sind wir hier am Ende. Sehr lang kann es nicht mehr dauern.

«Der Leib Christi.»

«Amen.» Die Beerdigung, und dann ist Schluss – dann kommt vielleicht ein neuer Anfang. Ich bin jetzt mit allen hier verbunden, der Familie, gleich doppelt, über Lydia, den Vater – und, ja, über Milo –, das muss ich ja nicht vergessen, nur bereuen muss ich es, bereuen, dann wird alles gut.

Wir sind zurück in unseren Bänken, und die Orgel spielt so sanft, dass man den Regen hören kann – es schüttet richtig, unterdessen, rauscht über dem Kirchendach.

«Herr, unser barmherziger Gott, wir haben das Mahl Deines Sohnes gefeiert, der für uns gestorben ist.»

Im Nacken meines Vaters kräuseln sich die grauen Stoppelhaare; Lydia richtet ihren Knoten. Sie, sie hätt ich so erwartet wie den Vater, aufgelöst. Für sie muss es am schlimmsten sein. Es hat niemand mit ihr gesprochen, seit wir hier sind, nicht ein Wort.

«Es segne euch der allmächtige Gott, der Vater, der Sohn und der Heilige Geist. Gehet hin in Frieden.»

Wenn wir könnten! Erst noch die Beerdigung. Wahrscheinlich hat das alte Männchen diesen Satz so oft gesagt, dass er ihn automatisch bringt. Er geht um den Altar herum, mit winzig kleinen Schritten, schlurfend wie eine Japanerin – ein Wunder, denke ich, dass er nicht über seine Kasel stolpert – und bleibt vor dem Sargtisch stehen.

«Gott des Lebens, segne ...» – er liest ab von einem Blatt Papier – «die Seele Milo Fischlins, der am elften März geboren wurde, 1995, hier getauft in Gruobis, bei St. Christoph, und gestorben ist am zwölften August 1999.»

Er schaut zu den Fischlins hin, die beiden Schwager treten vor und heben jetzt den Sarg auf eine Trage aus dem gleichem Holz, die unterm Tisch bereitgestellt war. Wie ein Engadiner Schlitten sieht das aus, der Vater weint, und auch mir kommen jetzt die Tränen, rasch und reichlich, unaufhaltsam, wie aus einer warmen Wolke – wie am See, so fühlt sich's an, als Milo plötzlich hinter mir stand, Lydia ihn alleine ließ, er auf mich zukam, ohne Angst.

Der Sarg wird durch den Gang getragen, zu derselben Orgelmelodie, und jetzt erkenn ich sie: Die Ente, meine gelbe Ente. Die am Kopf des Kinderbetts hing, halb so groß wie ich damals, die in dem flachen, weichen Bauch ein hartes Etwas hatte, eine Schnur zwischen den roten Füßen, an der Mama ziehen musste – Mama musste daran ziehen, auch als ich es selber konnte – und erst, wenn ich zugedeckt war, Füße, Beine, Arme, Schultern, erst dann zog sie an der Schnur, und dann kam diese Melodie, so sanft, so ruhig, so lieb: *M-mhhh* ... Ein Schlaflied spielt der Organist! Jemand muss ihn gebeten haben, diese Melodie zu spielen. Sicher hatte Milo auch so eine aufziehbare Ente, so ein Einschlaftier wie ich. Ja, ja, das ist die Melodie. Ich schlucke runter, was ich kann.

Der Pfarrer schlurft an uns vorbei, er schwingt ein Weihrauchfässchen, trägt ein spitzes Kreuz vor seiner Brust. Die Bahrenträger folgen ihm, der junge Onkel trägt die Kerze. Auch die andern stehen auf – ich schließe mich der Reihe an. Dass sie mich weinen sehen, das macht nichts; sie weinen selber auch: Den Frauen fließt die Schminke weg, der Vater meidet meinen Blick, und Lydia senkt den Kopf fast in das Lilienbouquet, das sie trägt. Nur Xenia sieht man nichts an, durch ihre schwarze Sonnenbrille.

Draußen läuten Glocken, von der Orgel hört man gleich nichts mehr. Wir machen halt, unter dem Vordach, und der Onkel rennt zurück. Als er mit Regenschirmen wiederkommt und sie an uns verteilt, da geht der Pfarrer schon den Kiesweg runter, ganz allein im Regen, hat die Pause nicht bemerkt. Die beiden Fischlin-Frauen teilen sich je einen großen Schirm mit ihren Gatten an der Bahre, Lydia und Xenia und ihre Schwester haben kleine, und der Onkel braucht den seinen, um die Kerze abzuschirmen. Bleibt noch ein Schirm – bleibt der Vater. Er soll ihn ruhig nehmen; ich bin froh, dass er sich nicht umschaut – nach mir –, um ihn mir anzubieten. Wie er seine Arme vor der Brust verschränkt, den Kopf einzieht. Der Vater! Oberst Alois Zünd! Für sich allein, in sich gekehrt, gekauert müsste man fast sagen. Sicher hat er ja den Bub gekannt, klar, seit er Xenia kennt, seit er – mit ihr zusammen ist. Seither hat er ja offenbar bei ihr gewohnt, auf der Hohwand, auch wenn er mir das nie gesagt hat. Eingeladen hat er mich auch nicht mehr, nicht mehr so wie früher, als er manchmal schrieb: *Ich bin im Guardalej, im Weißen Rössli, in der Post, im Styria, komm doch vorbei, wenn du mal Zeit hast.* So was hat er seither nie geschrieben, nicht von der Hohwand. Den Bub, den hat er sicher oft gesehen, oft um sich gehabt; vielleicht hat er mit ihm gespielt, hat ihn zum Wandern mitgenommen ... Kann ich mir ganz gut vorstellen, wie er für den Kleinen einen Wanderstab schnitzt, schön verziert, wie ich ihn damals hatte, wie er ihm den Wald erklärt, die Kühe, warum sie so faul rumliegen, mit den Kiefern mahlen, so wie er es damals mir erklärt hat. Das muss ihm gefallen haben, auch wenn Milo wohl nicht viel verstand, ja, das gefiel ihm sicher, ihm, der ja so gerne auch ein Großkind hätte, wie er sagt. Ja, sicher hatte er ihn gern, und trotzdem – es ist widerlich. Selbst Mamas Tod trug er mit Fassung, mit mehr Würde als den hier. Verzweifelt war er damals, ja, mehr noch als ich, so kam's mir vor, gab seinen Job deswegen auf, die ganze Militärkarriere, hat mit niemand mehr gesprochen, wohl am wenigsten mit mir; wir teilten uns unser Leid im Stillen, das Entsetzen über das, was uns passiert war, uns verband, wir haben viel geweint damals – doch nicht so wie jetzt hier, vor allen, längst nicht so wie er jetzt hier. So hab ich ihn noch nie gesehen, und er macht mir Angst, er macht mir mehr Angst, als ich sonst schon habe.

Emil Fischlins Grab ist anders als die andern in der Reihe: einfach nur ein Kalksteinblock, ganz roh und völlig unbehauen. Oben wird er schmaler – wie ein Kopf sieht's aus – und ihm zu Füßen wachsen Alpenrosenbüsche, einer links und einer rechts. Sie decken seine Ecken ab, womit er wie ein Kreuz dasteht. Das Ganze ist drauf angelegt, nach purem Zufall auszusehen, doch das ist es sicher nicht. Jemand muss diese beiden Büsche regelmäßig so beschneiden, und der Kalk, der wird geschrubbt; er ist ganz frei vom Schlafmoos, das die Nachbargräber überzieht. Der Name und die Lebensdaten – er wär gleich alt wie mein Vater – wurden in den Stein gemeißelt, in derselben Jugendstilschrift, die man auf der Speisekarte im Café du Lac sieht und am Briefkasten bei Lydia. Sieht fast so aus, als hätte er sein eigenes Grab entworfen, Emil Fischlin, doch das kann nicht sein; er ist ja offenbar verunfallt. 1994 – und jetzt legt man seinen Sohn zu ihm, der in dem Jahr darauf zur Welt kam.

Wie von selbst hat sich ein Kreis gebildet um den kleinen Sarg, und wie von selbst werd ich – wird auch der Vater – aus dem Kreis verdrängt. Die beiden Onkel an der Bahre warten auf ein Zeichen, doch der Pfarrer steht noch still am Grab, in sich und ins Gebet versunken. Wenn ich mich ein bisschen strecke, kann ich in die Grube sehen; quer über das frische Loch hat man zwei Seile hingelegt. Vom großen Sarg, der irgendwo da unten sein muss, sieht man nichts, vielleicht liegt er auch nebenan. Verrottet kann er noch nicht sein nach nur fünf Jahren, denke ich, zumindest, wenn es Kiefer ist ...

«Das Grab», sagt jetzt der Pfarrer, dreht sich um, «lehrt uns, dass wir, wie Jesus, erst hinab ins Dunkel müssen, um hinauf ins Licht zu steigen.»

Er hebt seine Hand, die beiden Träger holen sich die Seile, ziehen sie, so sanft es geht, unter den aufgebahrten Sarg. Es windet, regnet immer stärker, meine Haare kleben fest. Ich müsste nur jemand antippen, jemand vor mir, Lydia; sie würde ihren Schirm schon teilen, denkt von sich aus nicht daran, nicht hier, nicht jetzt, an diesem Grab. Egal, wenn es nur bald vorbei ist, und der Wind, der dreht ja schon: Im Westen, Richtung Pontius, verdampft das Grau, wird heller, dünner – das hier ist die letzte Traufe, wie man's kennt vor Wetterwechseln. Nur ein paar Minuten noch. Der Sarg, er schwankt, als sie ihn auf den Seilen von der Bahre heben, rasch über die Grube lenken und hinuntersinken lassen, Stück für Stück, bis er verschwindet. Mir macht's gar nicht mehr viel aus, wenn nur der Vater nicht schon wieder heulen würde – was zum Teufel? Gut, vielleicht war er ja für den Kleinen auch fast wie ein Vater, nach dem Tod von Emil Fischlin, dann – dann ist es ja verständlich, dass ihn das berührt, das ist ja klar. Doch warum derart heftig? Doch nicht so, ist das normal? Es ist ja doch ein Unterschied, ob man für so ein Kind, für diesen kleinen, tapsigen Matrosen, der mich fragend angeschaut hat mit den schmalen, blauen Augen, die selbst dann noch offen blieben, als der kleine Kopf zurücksank, der, vom Schielen abgesehen, gar nicht mal so anders aussah als das Jesuskind vorhin, ein bisschen sogar fast wie ich, wie ich auf alten Kinderfotos, ob man für so einen Bub nur eine Art Ersatz war für den Vater, oder ob man selbst –

Als mich der junge Onkel fragt, ob alles gut sei, knie ich wieder. Alle stehen um mich rum und schauen auf mich runter, nur den Vater seh ich nicht, und Xenia – doch da, zu zweit am Grab. Mir wird jetzt auch noch übel, doch ich kann den Brechreiz kontrollieren, finde wieder die Balance. Ich wische nasse Kiesel weg, die noch an meinem Anzug kleben, geb dem Pfarrer zu verstehen, dass er ruhig fortfahren soll. Er aber wartet, bis ich stehe, wartet mit dem Kopf aufs Kreuz gestützt, das er umklammert hält. Dann macht er, ohne etwas zu dem Zwischenfall zu sagen, weiter, bückt sich, nimmt den Wasserwedel und besprengt damit das Grab. Er murmelt etwas, unverständlich, ich zumindest weiß nicht, was. Mein Kopf schmerzt wie ein roter Pickel, der kurz vor dem Platzen steht.

«Geht's wieder?»

Es ist Xenias Schwester – sie hält mir den Schirm hin, und auch Lydia ist irgendwo, ich kann ihr Parfüm riechen, mit der feuchten Gartenerde und dem Blut in meinem Mund vermischt.

Es geht nicht. Nein, es geht nicht mehr. Ich gehe in die Knie, damit ich keine Antwort geben muss, und laufe einfach weg, gekrümmt, wie wenn ich Magenkrämpfe hätte. Laufe bis zur Friedhofsmauer, beuge mich vornüber. Unter mir liegt Gruobis, liegt der See, dahinter, gräulich, die Hohwand. Sie tritt nur langsam aus dem Nebel, ein verhangenes Trapez.

«O Herr, gib ihm die ewige Ruhe.»

Jetzt hör ich den Pfarrer wieder, selbst hier draußen, dank dem Wind. Ich muss mich nicht einmal umdrehen.

«Und dein Licht, es leuchte ihm.»

Ich zieh den nassen Kittel aus und zupfe an dem Kaschmir, doch er saugt sich sofort wieder fest. Der Regen schlägt mir ins Gesicht und auf die dicken Feigenblätter, die über die Mauer schauen. Gegen Westen hellt es auf; das ist der allerletzte Guss. Die glauben wohl, ich sei von Sinnen, hier im Regen auszuharren. Stimmt ja auch, sie haben recht. Ich höre sie ums Grab rum schreiten, einer nach dem andern, Schritt um Schritt, behutsam auf dem Kies. Wenn sie pausieren, nimmt wohl jemand grad den Wedel, weiht das Grab.

Ich sollte mich anschließen. Was sie denken mögen? Ich kann nicht.

Sie bleiben stehen, ich bleib hier. Der Regen lässt jetzt endlich nach, erschöpft sich, wird davongeblasen. Außer ein paar Autos, die die ersten Häuser gelb einfärben und die letzten rot, ist es vollkommen still im Dorf, leblos. Ein ganz normaler Arbeitstag, doch hier arbeitet keiner mehr; die fahren alle in die Stadt.

Sie schweigen lang; ich spüre ihre Blicke, spüre sie im Rücken. Soll ich doch noch mal zurück? Der Kies beginnt erneut zu knirschen. War's das jetzt? Sie gehen weg. Ich stütz mich wieder auf die Mauer, tu, als hätt ich nichts bemerkt. Ja, ja, sie gehen weg vom Grab, wobei – ich höre sie zwar gehen, aber jemand kommt hierher. Ich kratze Moos vom Mauerstein. Der Vater? Jemand kommt zu mir. Mit harten, festen Schritten. Kurzen Schritten. Das ist nicht der Vater. Und wenn doch? Ich kann nicht reden. Nicht mit ihm, ich weiß nicht was. Die Schritte kommen näher. Kurze, feste Schritte. Lydia? Auch nicht mit ihr, ich kann nicht mehr. Ich weiß nicht, was ich denken soll, geschweige denn, was reden, tun. Die Schritte stoppen.

«So, zufrieden?»

Xenia steht neben mir. Sie schaut über den See hinaus, starrt an das Viereck der Hohwand, das dunkel vor dem Horizont steht.

«Du machst dir die Hände schmutzig.»

Mit dem Moos? Ich höre auf.

«Schon wieder.»

«Wie?»

«Die Hände. Schmutzig. Solltest sie dann waschen; Lydia mag das nicht, so schwarze Nägel. Läuft es mit ihr? Wie geplant? Bekommst du jetzt die Aufmerksamkeit, die du dir von ihr erhofft hast? Hast ja tapfer drum gekämpft.»

Die Nässe kriecht mir in die Brust und ins Geschlecht. Ich zittere.

«Wie war das? Wie hast du gesagt? *Gestoßen* hast du ihn, nicht wahr, mit diesen hier Händen hier, *ins Unglück*. Das kann man wohl sagen, Sebi. Prima hast du das gesagt. Und jetzt, was sagst du jetzt? Nichts mehr?»

Wie lange will sie mich jetzt quälen? Wann ruft sie die Polizei, den Vater? Sie weiß alles. Alles.

«Du brauchst eine Auszeit, Sebi. Einen Ort, um nachzudenken.»

Meine Zähne klappern, was ich nur vom Hörensagen kannte.

«So was hakt man nicht so einfach ab, an einem Vormittag.»

Ich presse meine Augen zu, als könnt ich sie davor verschließen, was in meinem Kopf vorgeht.

«Ich kenne einen solchen Ort.»

Ich will nicht wissen, was sie meint.

«Los, mach die Augen auf. Schau, dort.»

7

Dort, auf der Kante der Hohwand, ganz vorn am Abgrund, brennt ein Licht. Es kommt und geht, glüht auf, verglimmt, fast wie ein Wetterwarnsignal.

«Siehst du das Licht?»

Ja, sehe ich, doch alles andere bleibt trüb, der Himmel und die Wand darunter. Weder sieht man das Hotel, noch kann man sonst etwas erkennen.

Die Hohwand – sie ist ja eine Art Vorbau der Alpenkette, eine Halbinsel im See, ein Monolith aus schroffem Kalk, der von der Form her einer Faust gleicht, die frontal nach Norden stößt. Die Nordwand gibt dem Berg den Namen. Sie fällt senkrecht in den See, liegt übers ganze Jahr im Schatten, und zieht doch Touristen an: Vom Hotel (das, wenn man beim Bild der Faust bleibt, auf den Knöcheln liegt) führt ostwärts ein Spazierweg in die Wand, der sogenannte *Wandweg*, in den Fels gesprengt, fünfhundert Meter hoch über dem See. Er endet bei der *Felskapelle*, einer kleinen Höhle kombiniert mit einer Aussichtsplattform.

Hier sieht man von alldem nichts; die Wand ist gleichförmig und schwarz, nur oben glüht unregelmäßig dieses Licht auf, das sie meint. Wenn es kurz wegbleibt, wenn man glaubt, der Nebel hätte es erstickt, dann geht es plötzlich wieder an, genau an dieser selben Stelle. Ich hab keine Ahnung, was es ist. Jetzt blendet's mich sogar.

«Siehst du's?»

«Ich – ja. Es leuchtet etwas ...»

«Leuchtet nicht, es spiegelt nur. Glasscheiben in der Sonne.»

Sonne? Jetzt erst sehe ich den Riss, der durch die Wolkendecke läuft, ein feiner Faden, wie aus Gold.

«Das Hotel?»

«Das ist weiter rechts.»

«Was – ist es dann?»

«Das wirst du sehen.»

Mich friert's, während mir der Kopf glüht. Was ist dieses Licht, was meint sie?

«Das Hotel, das ist schon voll, doch nebenan ist Platz für dich.»

«Da, wo das Licht blinkt?»

«Ja, genau.»

Das Licht wird kräftiger, nervöser, fächert aus, springt in den See, läuft rüber bis an unser Ufer, schimmert, zuckt genau vor uns.

«Vielleicht willst du ja einen deiner Trampelpfade bauen – für das Hotel, Sebi. Wär das was?»

Sie sagt es spöttisch, *Trampelpfad*, doch klingen tut's wie ein Befehl.

«Ja, das wär schön», sag ich, «auf diesem Berg. Das wäre wirklich schön. Da könnte man ... gleich in die Wand, am besten direkt in die Wand, obwohl – den gibt's ja schon, nicht wahr, den Weg vom Hotel in die Wand, ins Grüne, oder besser: Schwarze, direkt in die Wand hinein, den gibt's ja schon, den Wandweg, oder, da kam mir jemand zuvor.»

«Mein seliger Großvater, ja, Albrecht von Arx, vor hundert Jahren. Hundertvier, genau gesagt. Das war noch eine Leistung, damals.»

«Allerdings», sag ich, «das war es. Deshalb käme ich zu spät. Da braucht wohl niemand mehr so einen Steg, wie ich ihn machen könnte, das wär lächerlich ...»

«Doch, doch. Dem Wandweg lang, genau. Genau.»

Sie schaut die ganze Zeit zum Berg.

«Den muss man sowieso sanieren, Betonstützen, was weiß ich. Wir müssen ihn ja ständig sperren, weil der Fels nicht richtig hält.»

«Kein Wunder», sage ich als Witz, verzweifelt drum bemüht, unser Gespräch woanders hinzulenken, so zu tun, als würden wir hier ganz normal ein bisschen plaudern, «bei den dicken Amis, die da täglich auf dem Weg rumwackeln! Ist noch keiner abgestürzt?»

«Mein Mann kam in der Wand ums Leben. Hat das Lydia nicht erzählt?»

Ich schlucke. «Nein, das wusst ich nicht. O Gott, das ist ja – in der Wand? So nah beim Hotel? Das ist schrecklich», sage ich, «das tut mir leid. Das wusst ich nicht. Das tut mir leid.»

«Nun, das muss dir nicht leidtun, Sebi.»

Ich kann nichts mehr sagen, kratze Moos weg, kratze meine Arme, kratze meinen Nacken wund, was jetzt? Ich halt es nicht mehr aus, sie soll doch endlich etwas sagen! Stumm bleibt sie, wie diese Wand. Ich schau mich um. Wir sind allein. Der Friedhof leer, niemand und nichts, nur Dampf, der aus den Gräbern steigt.

«Wir haben uns verstanden, oder?»

Nein, verstanden hab ich nichts, doch sie soll sagen, was sie will! Nur das, nur sagen, was ich tun soll. Ich tu alles, das ist klar, was immer sie jetzt von mir will, wenn sie es nur für sich behält, wenn sie nur nicht dem Vater – wie viel weiß er? Vielleicht weiß er nichts. Wie Lydia, die weiß ja auch nichts. Nein, sie sagt niemandem was, wenn ich jetzt mache, was sie will …

«Hm?»

«Was? Auf die Hohwand?»

«M-hm.»

«Und einen Steg vom Hotel …»

«… zu der Felskapelle, ja genau. Die kennst du?»

«Nun, ich war als Kind –»

«Dein Vater kann sie dir dann zeigen. Oder Lydia, haha.»

Der Wind zerreißt die Wolken vor der Sonne; mir ist heiß und kalt. Wenn man die Augen zukneift, sieht man eine feine Linie – sie führt vom Hotel zu dem Licht und weiter in die Wand hinein.

«Dann würd ich – auf dem Wandweg bauen?»

«Statt des Wandwegs, ja, genau. Du kannst den Wandweg neu erfinden!»

«Gut. Ja, klar. Ja, warum nicht. Der endet aber dann …»

«Bei der Kapelle.»

«… nicht in der Natur. Das wär dann nicht *Nature directe*, entspricht nicht ganz meiner Idee …»

«Entspricht nicht ganz deiner Idee?» Der säuerliche Ton frisst sich in ihre Miene. «Das ist schade. Aber, weißt du, Sebi, die sind mir egal, deine *Ideen*. Vielleicht solltest du die ohnehin mal gründlich überdenken; siehst ja, wo sie dich hinbringen.»

Sie starrt in die Wand, als könnte sie den Steg schon vor sich sehen.

«Der Kanton wird das bezahlen, was es dann auch kosten mag. Der zahlt ja immer, wenn der Wandweg ausgebessert werden muss. Das lieben die Politiker, so etwas, ein Prestige-Projekt.»

«Prestige-Projekt ... ich weiß nicht ... dieser Weg, der Steg, der würde dann – am Ende wäre die Kapelle, ein Touristenort?»

«Genau. Hab ich mich unklar ausgedrückt?»

«Nein, nur –»

«Du hast dann alle Zeit, dir das genau zu überlegen. Kannst es gleich vor Ort studieren.»

«Alle Zeit – nicht wirklich. In zwei Wochen muss ich im Tessin sein, Ligornetto, dann in Teufen, beides ist schon unterschrieben, und dann Ende Jahr in Finnland, und ...»

«Die werden warten müssen, Sebi, deine anderen Kunden.»

«Warten?»

«Jetzt heißt's: zur Hohwand.»

Das Licht, es funkelt immer stärker. Ich will meine Knie beruhigen, doch je mehr ich mich anstrenge, desto stärker schlottern sie.

«Du kannst dich ja entschuldigen, mit einem Unfall oder so. Das kommt der Wahrheit ja recht nahe, oder, Sebi, meinst du nicht?»

Ich lache, weiß gar nicht warum. Ja, ja, das stimmt, da hat sie recht, man findet immer einen Grund. Ich könnte ja ein Bein gebrochen haben, oder auch den Kopf. «Ja, ja, das stimmt, das ist schon wahr.»

«Dann sind wir uns jetzt einig, Sebi?»

«Über diesen Steg? Ja, ja –»

«Darüber, dass du bei uns bleibst, bis er gebaut ist.»

«Wie? Ja, ja.»

«Dann darf ich dich anmelden, Sebi?»

«Was? Ja, klar. Ich meine – wo?»

Ihr Blick bleibt in die Wand gebohrt; sie starrt zu diesem Licht hinauf, als wäre es das Auge Gottes. Sie hat einen Plan für mich. Mich fröstelt, mitten im August.

«Ich kann das machen, diesen Steg, wenn das der Wunsch ist, klar, okay.»

Das Licht verschwindet hinter Schleiern, blinzelt zwischendurch hervor.

«Sehr gut. Dann lass uns gehen, Sebi.»

«Jetzt?»

«Ja, jetzt.»

«Dann müsste ich ...»

«Du nimmst die Ausfahrt Siten-Süd, und dann, im Kreisel drin, Hohwand.»

Jetzt plötzlich fängt der Lichtpunkt Feuer, flammt auf, setzt den Berg in Brand. Die Nebelschleier werden aufgerissen wie ein Bühnenvorhang. Links und rechts des Berges schichten sich die Wolken hoch und höher, wachsen in den schweren Himmel, drücken ihn empor, er schwankt – bis eine Axt aus Licht ihn spaltet und die Wolkentürme fällt. Das ganze Lufthaus bricht entzwei, zersplittert, kracht in sich zusammen. Schatten fliegen in die Landschaft, Wolken poltern in den See, und schließlich werden alle Trümmer weggerollt, in einem Wisch, von einer Strahlenhand, die alles Grau mit Grüngold überzieht. Das Hotel ist jetzt sichtbar: strahlend weiß steht's oben auf dem Kamm.

Als ich mich von dem Schauspiel lösen kann, ist Xenia nicht mehr da. Ich hetze quer über den Friedhof, zu der Kirche – niemand hier –, den Kiesweg runter, zu den Autos. Nur mein Wagen steht noch da, mit welken Blättern vollgeklebt.

Ich fahre schnell, zu schnell, es blitzt, vielleicht war das auch nur die Sonne, fahre um den See, so schnell ich kann, und blenden tut's mich auch, das Gold fließt auf die Straße; ich fahre auf der Autobahn nach Westen, um die Stadt rum, Richtung Süden, muss die Blende runterklappen, bleibe auf der linken Spur, kein Mini, nirgends, auch kein Siebner, wie ihn ja mein Vater fährt, wenn er denn fährt, vielleicht fährt sie, vielleicht ist sie die Erste, Xenia, die er ans Steuer lässt; Amstad; in Haris hat es Surfer; ich muss auf den Mini achten, oder hab ich ihn schon überholt?, ich weiß ja nicht einmal, wann sie aus Gruobis weg sind, habe gar nichts richtig abgemacht; sie waren alle weg, auf einmal, derart lang blieb ich da stehen, vorne an dem Mauerrand, hat sie mich stehenlassen; niemand hat nach mir, nach ihr gerufen, nicht der Pfarrer, nicht der Vater, auch nicht Lydia, niemand. Jetzt – jetzt muss ich raus. Hier ist der Kreisel:

Siten Zentrum
Industrie
Flugplatz
Hohwand

Hier ist das Rollfeld; hier war ich als Kind mit Mama, um dem Vater zuzuwinken oder um ihn abzuholen; dreimal bin ich mitgeflogen, zweimal in der Alouette und einmal in dem Superpuma, Mama war dagegen, immer; es half nichts, wenn wir ihr sagten, dass ein Heli sicher sei, viel sicherer, sagt die Statistik, als ihr roter Fiat Panda – da, da oben, ist er das? Zwei Kehren über mir, der Mini, zwischen diesen ersten Tannen; könnte sein, ich schalte runter, Vorsicht bei dem nassen Laub; jetzt Achtung, Tunnel, Postautos, hier gibt es Postautos und Hirsche, damit muss man immer rechnen; schalte wieder rauf, geb Gas, der Motor heult, der Knüppel zittert, oder ist das meine Hand? Schon möglich, dass das Lydia war, sie fährt ja sicher auch da hoch; und wieder runter, hin und her, der See liegt schon weit unter mir, er flackert durch die Stämme, und das Auto über mir – ist weg, ein Auto war's auf jeden Fall; der nächste Tunnel, gleich noch einer, Serpentinen winden sich den Berg hoch, durch den lichten Wald, dann strecken sie sich über Weiden; flacher jetzt, auch hier kein Mini, und kein Siebner, nirgendwo, stattdessen plötzlich wieder Nebel, dicke Schwaden unterhalb des Bergkamms, Lärchen, Findlinge, und schließlich eine große Tafel mit ins Holz geschnitzten Lettern:

Hohwand Grand Hotel & Spa

Ich fahre rein in eine Wolke, die man vorher gar nicht sah, die sich hinterm Berg versteckt, die alles einhüllt, auch die Autos, die am rechten Rand geparkt sind. Licht hat keines mehr von ihnen; Licht kommt nur von gegenüber, bläulich, ah, das Hallenbad, und vorn, die Hotelsilhouette. Bei dem letzten freien Parkfeld fahr ich raus und halte an.

Kein Mensch hier auf dem Vorplatz, nur den Brunnen hör ich leise plätschern. Ich hab sie wohl überholt – oder: ich hab sie missverstanden. Erst als ich das Licht abdrehe, seh ich bis zum Hotelentree; Säulen treten aus dem Nebel, eine große Drehtür, die den Lüsterglanz ins Freie schaufelt – schaufeln würde, wenn da jemand käme, doch es kommt niemand. Nicht mal ein Portier steht da. Ich bleibe eine Weile sitzen, lausche nach Motorenbrummen, einer Wagentür, vergeblich. Schließlich nehme ich den Kittel, kämme mich und steige aus.

Die Bergluft klatscht mir ins Gesicht, feuchtweiß, sie riecht nach Lärchennadeln. Ja, das ist der erste Herbsttag. Statt zum Hotel gehe ich ein Stück zurück, zum Hallenbad. Die blauen Scheiben sind beschlagen; Autos tauchen keine auf.

Ich kehre um, gehe zum Brunnen, schöpfe Wasser von dem Strahl, der dick aus einem Fischmund schießt, und nehme ein paar kalte Schlucke. Schatten kommen durch die Drehtür – da, ich seh sie nur verschwinden, eine ganze Schar von Leuten, schemenhaft, schwarzweiß gekleidet, fliehend wie ein Rudel Tiere. Angestellte, nehm ich an. Wie war das, was hat Lydia gesagt? Wie hat sie sie genannt, die

Angestellten? *Ouvriers*. Sie hasten dem Hotel entlang, verlieren sich sogleich im Nebel.

Kühl ist es, ich bin ganz nass. Ich kann ja fragen, ob sie hier sind – oder drinnen auf sie warten.

Die Rezeptionistin nickt mir zu, als würde sie mich kennen. Ich schau mich im Foyer um: derselbe reine Jugendstil wie im Du Lac, der Villa Fischlin. An der einen Wand zwei Hodler, vis-à-vis ein Henri Rousseau, direkt über dem Kamin, ein Tiger, sturmumtost, in Panik. Originale? Nicht unmöglich. Oder dann Kopien, wie man sie so gut nur selten sieht. Im Fond der Halle, schön symmetrisch, schwingen sich zwei freie Treppen in den ersten Stock hinauf. Dazwischen, hinter einer großen Flügeltür, hört man Klavier.

«Die Herrschaften sind schon beim Essen.»

Die Rezeptionistin lächelt.

«Gleich da hinten in dem Saal, ganz vorne rechts, direkt am Fenster. Ihren Autoschlüssel dürfen Sie mir geben, wenn das recht ist, dann parkieren wir den Wagen in der Tiefgarage, ja?»

Sie hat mich offenbar erwartet, scheint zu wissen, wer ich bin. Ich gebe meinen Schlüssel ab, sie kommt mit mir, hält mir die Tür auf, und das dumpfe Klimpern – vom Klavier und vom Geschirr – wird klar. Die Aussicht raubt mir kurz den Atem: Keine Spur von Nebel hier, auf dieser Seite des Hotels, der Berg staut alle Wolken auf, und eine Glasfront gibt den Blick frei auf das Gold des Sees hinunter, übers grüne Mittelland und in den endlos blauen Himmel. Außer frischen Brötchen wurde offenbar noch nichts serviert. Die Hotelgäste mustern mich wie einen Klassenneuling, ihre Hände in den Schoß gelegt – als hätten sie auf mich gewartet, nicht bloß auf ihr Mittagessen. Vorne rechts – ja, da, tatsächlich, vorn am Fenster sitzen sie, zu dritt nur, Xenia mit dem Vater, und daneben Lydia. Sie haben mir den vierten Platz, den Platz mit Aussicht, freigehalten. Also, ich muss jetzt da hin.

«So, hast du uns gefunden, Sebi?»

Xenias Frage ist schon alles, was sie zur Begrüßung sagt. Der Vater bleibt in sich versunken, wie schon in der Kirchenbank, und Lydia scheint sich zwar zu freuen, doch sie sagt nichts, wirkt nervös. Die Erste, die dann wirklich mit mir spricht, ist eine Kellnerin. Ich nehme Menü II, ohne gehört zu haben, was es ist.

Es wird das stillste Mittagessen, das ich je erdulden musste – mit dem ganzen Saal im Rücken, der mir zuschaut, wie ich meine Eglifilets klein zerteile. Schließlich tu ich's Lydia gleich und schieb die Hälfte untern Reis. Der Weiße, den der Vater wohl bestellt hat, eine ganze Flasche – dessen Ursprungsrebberg man von hier aus sehen kann, am See –, der wird in unsern Gläsern warm; wir haben nicht mal angestoßen. Als der Pianist «Another Shade of Blue» improvisiert, weist Xenia ihm mit einem Wink an, bitte seinen Platz zu räumen.

«Lydia wird dir zeigen, wo du wohnen kannst, Sebastian. Gell, Liebes, zeigst du ihm den Bunker? Ganz zuhinterst ist jetzt frei; die Ouvriers sind informiert.»

«Den Bunker, meinst du –?»

«Ja, den Bunker. Das Hotel ist ausgebucht.»

«Das ... »

«Ausgebucht. Doch. Ausgebucht.»

Sie schaut zu mir, zu Lydia; die guckt komplett verständnislos, als hätte sie nicht recht gehört, was ihre Mutter von ihr will.

«Der Bunker ...»

«Ja, da gibt's jetzt Platz. Verstehst du, Lydia, alles klar?»

«Der Bunker, Sebi ... heißt nur so. Der Bunker ist das Personalhaus. Hab ich dir davon erzählt?» Sie gibt sich Mühe, ruhig zu bleiben. «Früher war er halt ein Bunker, deshalb nennen wir ihn so. Mein Vater hat ihn umgebaut, damals, als Annex zum Hotel, und jetzt ...» – sie schaut zu Xenia – «... jetzt scheint es, dass das Hotel voll ist; im Sommer ist hier Hauptsaison. Deshalb – doch vielleicht willst du lieber ...»

«Nein, er freut sich drauf, nicht wahr? Wir haben das ja schon besprochen.»

Xenia trinkt ihr Wasser aus.

«Ja, ja», beeil ich mich zu sagen, «so was find ich interessant, die Nutzung alter Bausubstanz. Wenn jemand wie Emil Fischlin daraus etwas Neues macht, sich diese Umgestaltung zutraut, dann find ich das äußerst spannend – eigentlich fast noch ein bisschen interessanter als das Hotel, wenn ich das so sagen darf. Das Hotel hier, das ja ein Prunkstück ist, bitte versteht mich richtig ...»

Xenia steht auf, der Vater auch, und sie verschwinden wortlos.

Lydia faltet ihre Serviette, legt sie auf den Tisch, hebt sie gleich wieder auf und tupfte sich damit ihre Lippen ab.

«Dein Vater scheint sehr mitgenommen. Bist du wegen ihm hier oben?»

«Nein, ich –»

«Wegen mir?»

«Ja, auch, ich –»

«Oder wegen deinem Steg? Willst du hier wirklich einen bauen?»

Offenbar hat Xenia ihr das erzählt; es ist ihr ernst.

«Ja, warum nicht», sag ich, «wenn ich was anderes verschieben kann … schön ist es ja hier oben schon.» Ich schaue auf den See hinunter.

«Und warum im Bunker? Warum willst du denn im Bunker wohnen? Macht dir das denn gar nichts aus?»

«Nein, gar nicht, wieso sollte es? Ich hab ihn noch nicht mal gesehen.»

«Du wirst staunen. Aber eben, ich versteh nicht, was das soll.»

Ich auch nicht, würde ich gern sagen, sage aber: «Was? Der Wandweg?»

«Das versteh ich auch nicht wirklich – ist das nicht ein bisschen komisch? *Nature directe*, sagtest du, und jetzt geht's direkt zur Kapelle, zur Touristenfalle – echt? Und willst du deshalb in den Bunker? Weil der Weg da dran vorbeiführt?»

Ich kann nur die Schultern heben.

«Wie du willst – ich zeig ihn dir.»

Sie legt die Serviette weg, steht auf und führt mich aus dem Saal; kein Gast, der sich nicht nach uns umdreht.

Ein paar Schritte durch die Lobby, und wir sind erneut im Nebel. Allerdings frisst ihn die Sonne auf, er wird allmählich dünner, wie der Dunst auf einer Autoscheibe, wenn die Heizung angeht. Es wird wärmer, Schritt für Schritt. Wir gehen erst dem Hotel lang, und dann den Hang zum Bergkamm hoch: denselben Weg, auf dem ich vorher diese Angestellten sah.

«Ich nehm nicht an, dass jemand da ist, um die Zeit», sagt Lydia. «Die Ouvriers sind an der Arbeit.»

Ich versuch mich zu erinnern, was sie über sie gesagt hat.

«Und vielleicht willst du ja dann doch anderswo logieren, Sebi.»

«Nun», sag ich, «das seh ich dann.»

«Ja, wirst du. Aber, Sebi ...»

«Was?»

Sie bleibt in einer Kehre stehen.

«Aber was? Was, Lydia?»

«Du weißt schon, Sebi ... weißt du schon, dass ich hier auch ein Zimmer habe? Vorn, im Hotel, meine ich. Da kannst du, wenn du Lust hast – wenn du möchtest, gern auch übernachten. Jederzeit, gib nur Bescheid.»

«Das ist –», sag ich, «das wäre wohl ...»

«... noch etwas früh, ich weiß, zu früh. Und sicher wird bald etwas frei im Hotel.»

«Sicher, danke, ja. Jetzt bin ich aber doch gespannt auf diesen Bunker, den dein Vater ...»

«Er wird dir gefallen, glaube ich, so wie das Tropenhaus. Die Grundidee ist ziemlich ähnlich – aber du musst selber sehen. Willst du denn hier oben bleiben?»

«Bleiben?»

«Bis der Steg gebaut ist?»

«Weiß ich nicht», sag ich, «das hab ich mir noch gar nicht überlegt. Am Anfang vielleicht schon, bis ich Bescheid weiß ...»

«Gut, ich nämlich auch.»

Sie wartet, hängt sich bei mir ein. Ich schaue zum Hotel hinunter; niemand sieht uns durch den Dunst.

«Ich hätte diese Woche ohnehin noch Ferien gehabt», sag ich, «und wenn sich Xenia wünscht, dass ich hier einen Steg entwerfe, mache ich das gern für sie. Wenn du auch hier bist, dann erst recht, du und mein Vater ...»

«Schon verrückt. Ich kann's noch immer fast nicht glauben.»

«Was?»

«Dass er dein Vater ist.»

«So geht es mir mit deiner Mutter.»

Mittlerweile brennt die Sonne große Löcher in das Weiß.

«Worüber habt ihr denn geredet, auf dem Friedhof, derart lang? Über den Wandweg, dein Projekt?»

Ich nicke.

«Und auch über Milo? Hast du ihr vom See erzählt, hast du erzählt, wie es passiert ist?»

«Habe ich. Ja, Lydia.»

«Und sie, wie hat sie reagiert? Hat sie verstanden, dass er plötzlich – dass ich ihn nicht halten konnte?»

«Ja, das hat sie, Lydia, das hat sie schon verstanden, ja. Sie macht dir wirklich keinen Vorwurf.»

«Nein, ich weiß, das macht sie nicht. Und trotzdem war sie komisch, vorher ...»

Wir sind oben auf dem Bergkamm, und das ganze Panorama tut sich wieder vor uns auf. Ein gelber Bergwegweiser offeriert drei Wandermöglichkeiten:

Felskapelle 20 min

Quellpintli 55 min

Imboden-Ennetwand 3 h

Die untern beiden Zeiger weisen durch den Wald ins Tal hinunter, der zuoberst auf den Wandweg.

Dieser schmiegt sich von Beginn weg an den Fels, duckt sich darunter; linkerhand begleitet ihn ein Stahlgeländer mit zwei Seilen. Krumme, kleine Kiefern klammern sich in den porösen Kalk, der Schwerkraft und dem Wind zum Trotz.

«Ist gleich ums Eck», sagt Lydia.

Es rieselt Wasser aus der Wand; der Weg biegt um ein scharfes Eck.

Was ich dahinter sehe, ist ein – ja, was ist es überhaupt? – *Gebäude* würde man wohl sagen, doch das Wort passt nicht dazu. *Gebäude*, da denkt man an einen Körper, an ein Objekt, und das hier, das ist nichts, eine Erinnerung aus nichts als Glas, die ein tiefschwarzes Loch abdeckt. Bevor ich meinen Mund zubringe und zum Sprechen wieder auf, sagt Lydia:

«Voilà, das ist er. 1940 wurde hier ein Stollen in den Fels getrieben, eine Höhle ausgebrochen, die man dann als Bunker nutzte, als Artilleriefestung. Mit zwei Kanonen, die von hier bis über das Seebecken reichten, Minenwerfern, all dem Schießzeug, was weiß ich, und Unterkünften, Platz für mehr als zwanzig Mann. Du kennst dich damit besser aus, mit deinem Vater, nehm ich an ...»

Sie hält wahrscheinlich nicht grad viel vom Militär, so wie das klingt, sie denkt bestimmt, ich leiste Dienst; das muss ich ihr dann mal erklären. Aber ja, die Lage, die war sicher gut zur Überwachung – man hat ja den ganzen Norden vor sich, hier, bis an die Grenze.

«Jedenfalls, das Militär, es brauchte diesen Bunker nicht mehr, musste ihn *rückbauen*, wie man sagt, so wollte es der Bund. Das Kriegszeugs sollte alles raus, all die Maschinen und Geräte, aber auch die Lüftung und der Generator für den Strom, die ganze Sanitär- und Medizineinrichtung, Liegepritschen, Schränke und die kleine Küche: alles hatte zu verschwinden. Vielleicht war es ihnen peinlich, so viel investiert zu haben, damals, in das *Réduit*, in einen Krieg, der niemals stattfand. Wie auch immer, amtliches Dekret, der Bunker musste weg, auch wenn der Rückbau mindestens so teuer war und noch sinnloser als der Ausbau damals schon. Gleichzeitig gab es keinen Plan, was aus der Höhle werden sollte; sie wär einfach leer gestanden. Da hat Mama sie gekauft, direkt vom Bund, für gutes Geld. Auf Papas Wunsch hin, nicht von sich aus – er war es, der darauf aus war, der daraus was machen wollte, etwas Neues, Eigenes. So suchte er halt einen Grund. Das Personal war ihm egal, das wohnte früher vorn im Hotel – manche jetzt noch, die *Normalen* – in den Budgetzimmern, weißt du, gleich hinter der Rezeption. Doch Papa brauchte einen Vorwand, um den Bunker umzubauen; die Idee ließ ihn nicht los – diese Idee, die du hier siehst.»

Was ich hier sehe, sieht aus wie – genauso wie der Rest der Felswand, steil, verwinkelt, Teil davon, nur dass der nachgebaute Teil nicht aus dem schwarzgrün-schroffen Fels ist, sondern aus poliertem Glas. Dutzende Scheiben, wild verwinkelt, windschief, manche überhängend, werfen die entfernte Landschaft wie ein Puzzle durcheinander und zerknüllen unsere Spiegelbilder, meins und Lydias.

«Siehst du die Linien im Fels?»

Klar seh ich die: Die echte Felswand, links und rechts der künstlichen, besteht aus breiten Bändern, Schichten – Sedimenten, nehm ich an, vor Urzeiten hier aufgehäuft zu einem hübschen Streifenmuster. Dieses Muster setzt sich in der eingefügten Glaswand fort: Die schiefen Scheiben, die in scharfen Kanten münden, Erker bilden, führen die Felsbänder weiter, nehmen deren Winkel auf, sie kragen aus und brechen ab – so wie der Fels, als er noch da war.

«Papa hat die alte Felswand, die schon ganz durchlöchert war mit Luken und Schießscharten, einfach kurzerhand wegsprengen lassen – nur um sie dann wieder nachzubilden, so, wie du's hier siehst. Dass ihm der Bund so was erlaubt hat, kann ich heute noch kaum glauben. Darin war er gut, mein Papa, Leute für sich einzunehmen. Darin war er richtig gut.»

Ich folge den Konturen übers Glas und wieder in den Fels.

«Sie gaben ihm Archivaufnahmen, die er als Vorlage nahm.»

Ich stell mir vor, wie das Gestein die Glaswand wieder überwächst, wie eine Kruste eine Wunde.

«Fotos aus den Dreißigern, da war die Wand noch ganz intakt. Er hätte sie nicht mal gebraucht, er hätte diese Felsstrukturen selber weiterdenken können, neu erfinden, sozusagen. Doch er nahm es sehr genau, wollte ein ganz exaktes Abbild.»

Man muss nahe an die Glaswand, um den Fugenkitt zu sehen – und erst dann sieht man den Wohnraum, der sich hinter ihr verbirgt. Es gibt da eine Leseecke, ohne Sofa, ohne Sessel, dafür mit Sitzsäcken, die wie große, graue Gletschersteine rund um einen Glastisch liegen. Ganz im Schatten liegt der Raum, und dennoch ist er seltsam hell, erfüllt von einem fahlen Blau, das aus dem Nichts zu kommen scheint … Nicht aus dem Nichts, von oben kommt es, aus dem Himmel, durch zwei Böden – selbst die Böden sind aus Glas! Im ersten Stockwerk liegt ein Teppich; es sieht aus, als würd er fliegen.

«Man könnte auch Vitrine sagen anstatt Bunker, das klingt schöner. Und, was ist, gefällt sie dir?»

Ich schaue rauf und runter.

«Gell?»

Trete zurück, damit ich sie erneut in voller Größe sehe. Wenn man sehr genau hinschaut, kann man die Böden schon erkennen, auch von hier, als Linien. Sie setzen links und rechts der Höhle an den Felsschichträndern an und haben Schrägen drin und Stufen, bilden deren Fortlauf nach. Ich frag mich, wie die Platten abgestützt sind, wie das alles hält – von draußen lässt sich das nicht sagen. Sicher hatte diese Höhle schon als Bunker Zwischenböden, aber dicke, betonierte. Sie sind ausgebrochen worden, wie die Zwischenwände auch, um einer Felsstruktur zu weichen, die es so schon einmal gab – dieser Erinnerung aus Glas.

Ein Riesenaufwand war das wohl – man hätte ja den Bunker einfach leeren können, neu einrichten –, eine Riesenarbeit, die dann nicht mal groß gewürdigt wurde. Glaub ich jedenfalls, ich hab bis vorhin nicht mal gewusst, dass hier am Wandweg so was steht. Und das, obwohl das Tropenhaus, das ja ganz ähnlich konzipiert ist, überall gefeiert wurde.

«Wieso», frag ich Lydia, «wieso ist das denn nicht bekannter?»

«Ach, weißt du, es war halt Papas allerletztes Bauprojekt, war noch nicht fertig, als er starb. Und Mama – sie war komisch damals, völlig überdreht, weißt du, das kannst du dir jetzt gar nicht mehr vorstellen, so wie du sie kennst. Es sei denn, du weißt alles schon von Alois, das könnt ja sein, dass er dir alles längst erzählt hat, wie das damals war – hat er?»

«Nein, ich weiß gar nichts», sage ich.

«Na ja, als Milo kam – er kam ja kurz nach Papas Tod zur Welt –, da hat sie sich um ihn gekümmert, nur um ihn, sonst gar nichts mehr. Sie sprach kaum noch, zog sich zurück, war ständig mit dem Bub allein, sprach höchstens noch mit Alois, und so ... was wollte ich grad sagen? So war dann halt niemand hier, um sich den Bunker anzuschauen. Mama wollte keine Presse, es gab überhaupt kein Echo, keinen einzigen Bericht. Ganz anders als beim Tropenhaus, das Papa nur ein Jahr davor gebaut hat, da war alles anders. Das kam in der Tagesschau, das war ein Großereignis damals, als man es eröffnet hat. Papa gefiel das, all die Leute, und er mittendrin, der Star, doch als er starb ...»

Sie zieht mich mit sich, und mir wird jetzt plötzlich wieder klar, was ich hier hinten soll. Ich soll hier wohnen. Hier. Hier drin.

«Komm, Sebi, schauen wir mal rein. Wird niemand da sein, um die Zeit, die Ouvriers sind an der Arbeit.»

Was sagt sie, die *Ouvriers*? Was war mit denen noch einmal – Behinderte, ein Hilfsprojekt? So etwas hat sie doch erwähnt, als sie mir das erklärt hat, mit dem Hotel, der Geburt des Kleinen, an dem Abend nach dem Unfall ... ganz genau dasselbe hat sie mir erzählt, wie eben jetzt, dass ihre Mutter – Xenia – das nicht verkraften konnte, als der Bub mongoloid zur Welt kam, und so kurz, nachdem der Vater ...

«Komm.» Wir gehen ein paar Schritte auf demselben Weg zurück, um dieses Felseneck herum. Dahinter, gut im Fels versteckt, moosüberwachsen wie der Kalk, da gibt es eine Betontür. Wir sind daran vorbeigegangen, ohne dass sie mir auffiel. Der Stahlriegel ist rostig; Lydia klappt stattdessen rechts der Tür ein kleines graues Kästchen auf, tippt einen Code ein, spricht laut mit:

«Eins, acht, fünf, neun.»

Eins, acht, fünf, neun. Hier drinnen soll ich also wohnen. Xenia will es so, und überhaupt hab ich fortwährend das Gefühl, dass sie gleich hinter mir steht, mich in diesen Bunker drängt, es kaum erwarten kann, dass ich ihn kennenlerne, diesen Ort, an dem ich jetzt ja bleiben soll, wofür und für wie lang auch immer. Nach wie vor ist mir nicht klar, ob sie das wirklich ernst meint mit dem Stegprojekt, und warum ich dafür auf der Hohwand sein muss. Egal, ich werde mich nicht sträuben; was sie will, ich bin bereit. Solang ich mache, was sie fordert, wird sie mich wohl nicht – nein, warum sollte sie das sonst verlangen? Ich hab Angst, weiß nicht wovor. Nicht davor, dass sie mich verraten könnte, nein, das will sie nicht, doch sie scheint einen Plan zu haben, wie es weitergehen soll, mit mir, mit Lydia, dem Vater. Die will sie wohl auch hier haben, hier mit mir zusammen, und doch anderswo, im Hotel vorne – bei den Gästen sie, ich hier beim Personal, den *Ouvriers*. Das soll ich sein, ein Ouvrier, ein Bauarbeiter, offenbar – warum? Ich habe keine Ahnung. *Du brauchst eine Auszeit*, hat sie nur gesagt. Warum hier oben? Lieber als in U-Haft, denke ich, das hätte auch sein können.

Quälend langsam, sirrend, quietschend, öffnet sich die Betontür, so schwunglos wie die eines Safes. Sie muss fast eine Tonne schwer sein, gas-, atom- und bombensicher. Als wir endlich drinnen sind – in einem feuchten, kühlen Stollen – geht entlang der Wand eine Serie von runden Leuchten an, tief in die Felswand eingelassen, wie die Augen einer Reihe steinern-schwarzer Höhlenmonster. Leitungsrohre glänzen über uns von kondensiertem Wasser. Nur der Boden ist gepflastert, sonst sind wir im nackten Fels. Die Leuchten eilen uns voraus, von unseren Schritten aktiviert. In ihrem Schein wächst Frauenhaar. Zur Linken gibt es Seitentüren, Blech, alle paar Schritte eine. Was in Stempelschrift darauf steht, lässt sich nur noch schwerlich lesen:

Filterkammer

Magazin

Geschützstand Ost

Geschützstand Nord

Der Stollen führt in eine dunkle, roh belassene Kaverne. An der Wand steht eine Holzbank unter einem Brett mit Haken. Licht kommt nur aus einem Loch, das mittendrin im Boden klafft. Ich trete an den Rand heran: Ein Schacht führt senkrecht, über Sprossen, zwei, drei Meter in die Tiefe, führt, so weit ich sehen kann, in einen großen, hellen Tunnel, der, im Gegensatz zum Stollen, durch den wir gekommen sind, mit Spritzbeton verkleidet ist. Im Schacht brennt eine Neonröhre.

«Da geht's rüber zum Hotel.»

«Wie, unterirdisch?»

«Ja.»

«Wieso?»

«Das weiß ich nicht, der ist schon alt. Den hat das Militär gebaut. Die Ouvriers benutzen ihn. Das brauchst du aber nicht, außer vielleicht bei Regen und im Winter, dann ist er natürlich gut. Doch so lang bleibst du ja kaum hier.»

Sie lächelt, was unheimlich aussieht, in dem Neonlicht, das von unten kommt.

«Falls du ihn benutzen willst – verirren kannst du dich hier nicht. Einfach hier runter und gradaus, achthundert Meter ist er lang. Am Ende siehst du rechts die Hotelküche, aber du gehst links, gehst in die Wäscherei hinein und nimmst den Warenlift ins E. Dann kommst du bei den WCs raus, gleich hinter der Rezeption.»

Ich schaue noch mal in den Schacht. Es riecht nach Wäsche und Frittieröl – und noch nach was anderem, das ich grad nicht benennen kann.

«Apropos Küche, gleich hier hinten hat es auch noch eine – eine kleine. Komm, ich zeig sie dir.»

Wir gehen rechts durch eine Tür und sind in einer Bunkerküche, wie ich sie aus Filmen kenne: grüngetünchte Wände, Holzregale, Bänke und ein Klapptisch, Kippkochkessel an der Wand, mit aufgeklappten Deckeln, leer, eine Kartoffelschälmaschine, ein Holzofen in der Ecke, ein Gasherd mit Dampfabzug, und schließlich, über einem Kasten, ein vergilbtes Bild – der General – und ein bekanntes Schild, in Stempelschrift, wie an den Türen:

Wer nicht schweigt, schadet der Heimat.

Hier hat sich seit sechzig Jahren offenbar nicht viel verändert, nicht einmal das Inventar: zerbeulte Kellen, Messingpfannen, Kaffeekrüge, Blechgeschirr. Alles poliert, alles sehr sauber, und doch hängt was in der Luft, ein Mief, ich kann nicht sagen, was. Vielleicht ist Lydia so oft hier, dass sie sich dran gewöhnt hat – oder sie will's einfach nicht erwähnen.

«Du kannst alles hier benützen» – in dem Kasten, den sie öffnet, ist ein Kühlschrank eingebaut –, «doch sicher isst du lieber vorn. Wenn du was brauchst, frag einfach Dorli.»

«Dorli?»

«Oder Nurja. Du wirst sie später sehen. Komm –»

Zurück in der Kaverne, gibt es vis-à-vis der Küchentür noch eine zweite, ganz aus Glas: Wir treten in den Wohnraum, den man auch durchs Glas von außen sieht. Die nackten Wände – roher Fels –, die Transparenz, das fahle Licht: Sie lassen ihn viel kühler wirken, als er wohl in Wahrheit ist. Man könnte sich im Freien wähnen, wenn nur der

Geruch nicht wär – der ist hier drin nicht etwa schwächer, sondern fast schon penetrant. Nicht mehr die Küche ist es, die man riecht, nicht mehr die Wäscherei, nur noch, und dafür umso stärker, dieses Dritte, Andere … nicht Moder, keine Feuchtigkeit – der Fels, der ist vollkommen trocken, und wo er ans Glas grenzt, sind die Fugen überall gekittet. Auch kein Höhlenfarn hier und kein Moos, scheint alles weggebürstet, nur der fleckig raue Kalk. Und sauber ist es, blitzend sauber. Mama kommt mir in den Sinn, die Zeit, als wir sie ins Spital begleiten mussten, jede Woche, siebter Stock, Onkologie, geradeaus, zuhinterst links. Das ist bald fünfzehn Jahre her, und jetzt erkenn ich den Geruch: Spital.

«Hier riecht es», sage ich, «fast wie in einem ...»

«Ja, ich weiß. Und ich hab's dir gesagt, du musst hier wirklich nicht – du kannst sehr gerne auch bei mir im Hotel wohnen, und es gibt bestimmt bald freie Zimmer …»

«Nein, ich meinte nur – es ist ja schon fantastisch hier, da hat sie schon recht, deine Mutter, wirklich sehr eindrücklich. Nein, ich freu mich drauf, mal hier zu sein, das alles im Detail zu sehen.»

Ich begutachte die Glasfront, die sich in bizarrem Zickzack über die gesamte Breite der gesprengten Wand erstreckt, gefaltet nach Naturgesetzen und mit nichts als Kitt verbunden, transparentem Fensterkitt. Nach oben hin kippt sie nach außen, bis zum ersten Boden, der ja auch aus Glas ist, dann nach innen, und dann weiter oben, wenn ich richtig sehe, wieder raus. Die Kanten der gesprengten Wand. Der Teppich, der mir draußen auffiel, schwebt jetzt über meinem Kopf. Ich frag mich, wer das alles putzt.

«Wer putzt denn dieses ganze Glas?»

«Die Ouvriers, einmal pro Woche. Vielleicht riecht es deshalb grad ein bisschen ...»

Nein, das ist es nicht. Doch was hat sie gesagt, über die Ouvriers, sind das nicht Kranke? Hat sie nicht gesagt, dass Xenia nur noch Kranke eingestellt hat? Die sonst keinen Job mehr finden?

Lydia scheint nervös; schaut auf ihr Handy, das grad kurz gepiepst hat.

«Ach ja, Mama würde gern … sie würde sie dir gern vorstellen. Um halb vier, wenn dir das passt.»

«Wen denn?«

«Ach, halt die Ouvriers. Sie kommen dann vom Hotel gleich hierher, während der Zimmerstunde. Wenn du willst, kannst du hier auf sie warten. Wie gesagt, halb vier. Doch komm, ich zeig dir jetzt das Zimmer, darum geht's ja eigentlich.»

Sie nimmt mich bei der Hand. *Wenn dir das passt* – klar passt es, wieso nicht? Ich warte schließlich nur darauf, dass mir hier jemand sagt – dass Xenia sagt –, wie es jetzt weitergeht.

Wir nehmen eine Wendeltreppe in den ersten Stock, auch sie aus Glas – und eine Doppelhelix: Wechselseitig kann da jemand rauf und jemand anders runter, trotz der schmalen Stufen, ohne sich den Durchgang zu versperren. Eine Konstruktion, die man sonst kaum je sieht, obwohl sie ja sehr schön ist, und dazu noch praktisch.

Oben gibt's noch einmal einen kleinen Tisch und Sitzsäcke; sie liegen auf dem Teppich, der wie eine Insel Zuflucht bietet – rundherum ist alles Glas. Man muss sich konzentrieren, wenn man über diesen Boden geht; die Stufen und die Schrägen, sie sind völlig unberechenbar. Ich stolpere gleich zweimal, kann mir kaum vorstellen, dass man sich an so was irgendwann gewöhnt. Selbst wenn man all die Schrägen kennt, geht man ja jedes Mal ein bisschen anders drüber, sieht sie nicht, sie werfen ja nicht einmal Schatten. Wie im Kabinett des Doktor Caligari fühlt man sich.

«Nachts musst du dann aufpassen», sagt sie, während ich die Fugen prüfe. «Wenn du etwas schlurfst, dann spürst du, wenn was kommt – so machen sie's. Die Zimmer sind hier hinten ...»

Sie geht tiefer in die Höhle rein. Das Glas reicht bis zur Wendeltreppe, danach geht es ohne Durchgangstür in einen schmalen Gang, der sich im gleichen Bogen wie der Stollen krümmt, durch den wir kamen, parallel darüber, nehm ich an, mit betoniertem Boden. Rechterhand gibt's Türen, eine nach der andern, wie im Hotel, doch weil sie aus Blech sind, sehen sie mehr nach Gefängnis aus. Die erste Tür ist offen – man sieht PCs –, alle andern zu. Sie haben keine Nummern, keine Aufschrift, haben nicht mal Schlösser.

«Ganz zuhinterst rechts», sagt Lydia, lässt mich an ihr vorbei.

Ich öffne diese letzte Tür, die Tür zu meinem Zimmer – meiner Klause, so sieht's eher aus: Dieselben grüngetünchten Wände, wie sie auch die Küche hat, ein hölzernes Kajütenbett mit Vichy-Karo-Decken drauf, ein Schreibtisch mit Tischleuchte, eine Holzstabelle, mehr gibt's nicht. Kein Fenster, nur ein Loch, das sich verengt, in eine Scharte mündet – wir sind hier am Höhlenende, ganz zuhinterst rechts, das heißt, gleich unter uns ist wohl der Eingang. Während vorne in dem Glasteil überhaupt nichts dran erinnert, dass dies mal ein Bunker war, ist hier ganz offensichtlich alles noch im Originalzustand.

«Das ist das Aussichtszimmer!», sage ich, bemühe mich zu lächeln.

«Ich hab's dir gesagt!», sagt Lydia, «und noch dazu ist es –»

«Was ist es?»

«Ach. Willst du das wirklich?»

«Ja – ja doch, warum auch nicht. Ich kann ja sonst noch immer ...»

«Ja, gell, sag's mir, Sebi, bitte sag's mir. Auch wenn dir die Ouvriers ... ich hab's dir ja gesagt, du kannst dich einfach melden, wenn du willst.»

«Ich weiß. Ist lieb.» *Ich liebe dich,* das würd ich gerne sagen, aber gleichzeitig wird mir fast schlecht.

«Die Ouvriers ...»

«Ist kein Problem. Ist wirklich kein Problem. Und wie gesagt, ich finde so was spannend, eine Weile lang, im Ernst. Sonst würde ich's dir sagen.»

Sie scheint fast so irritiert wie ich.

«Weißt du», sagt sie, «das sind halt Kammern, so wie man sie damals hatte. Papa dachte, als er vorn das Glashaus baute, dass er hier – aus diesen Unterkünften, aus der Küche und den Schießanlagen – ein Museum machen könnte, um die Glaserei zu zahlen. So ein kleines Kriegsmuseum, weißt du, für Nostalgiker. Der Bund, der hätte sich beteiligt. Aber das war dann kein Thema mehr, als er gestorben ist.»

Was mir hier Angst macht, ist nicht dieses Zimmer, diese Kriegseinrichtung, sondern wie mich Xenia hier einweist – wie einen Rekruten. Ja, wie beim Einrücken komm ich mir hier vor, in ein Zwangslager. Heute Morgen noch, da standen wir im Tropenhaus in Gruobis, haben uns umarmt, so lang wir konnten, Lydia und ich – und jetzt sind wir in diesem Bunker, starren auf ein Militärbett, das kaum Platz für mich allein hat.

«Hat dir Mama denn gesagt, was dich hier drin erwartet, Sebi?»

«Schon – ja, klar. Ja, ja, das hat sie.»

«Wer hier außer dir noch wohnt?»

«Ja, klar, das haben wir besprochen», lüge ich. «Ich weiß Bescheid. Hier gäb's noch Platz für mich, wenn ich hier wohnen will, sagte sie.»

«Das willst du?»

«Ja.»

Sie schaut mich an.

«Und hat sie sich bedankt bei dir?»

«Wofür?»

«Dass du ihn retten wolltest.»

«Ja, auch das. Natürlich. Deshalb hat sie mich ja eingeladen ...»

«... hier in diesen Bunker.»

Mir ist klar, dass das wohl recht absurd klingt, aber klar ist auch, dass Lydia nicht weiß, was ihre Mutter mir gesagt hat, heute Morgen. Dass ich komme, das hat sie gewusst, und dass ich bleiben würde – eine Weile, für den Steg – das schon, doch sonst? Ich glaube, nichts. Sie will mich nicht auffliegen lassen, Xenia, sonst täte sie's. Sonst hätte sie es schon getan. Was will sie dann? Ich weiß es nicht. Vielleicht hat sie mich hier herauf bestellt, weil sie mich grillen will, noch mehr rausfinden? Kann sie nicht. Sie weiß ja eh schon alles, und kann nichts beweisen. Oder kann sie? Nein, wie denn? Das kann sie nicht.

«Und du hast ihr vom See erzählt?» Sie zieht mich in den Gang zurück. «Hast du ihr das gesagt, dass er gerannt ist, in den See gestürzt?»

«Ja, Lydia, das habe ich.»

«Dass ich am Telefon war, auch?»

«Das nicht. Das hab ich nicht gesagt ...»

«Weißt du, mit wem? Mit Mama! Das war Mama, die am Telefon war!»

«Ja, ich weiß, und Xenia weiß ...»

«... dass er gerannt ist, und gestolpert.»

«Ja, und dass du nichts dafür kannst. Niemand kann etwas dafür.»

«Ich weiß auch wirklich nicht, warum er plötzlich weg war, weggerannt ist. Was ihn von mir weggelockt hat. Er war sonst so ängstlich, weißt du.»

Sie sucht meine Hand. «Es muss für dich auch schlimm sein.»

«Ja, das ist es.»

Ich versuch mich abzulenken, lese, was auf einem Schild steht:

Vorsicht Spionage!
1. Kenntnis nur wenn nötig
2. Schweigen können
3. Selbstverantwortung wahrnehmen

Wir sind bei der Wendeltreppe. Lydia deutet in den dritten Stock: «Da oben sind die WCs und Duschräume, aber gell ... du kannst auch vorn im Hotel duschen, wenn du willst, bei mir, im Spa – ruf einfach an, gar kein Problem.» Sie steht mit einem Bein schon auf der Treppe – runter, nicht hinauf. Wieso soll ich ins Hotel rüber, um zu duschen, wenn es hier –

«Ich sollte jetzt dann langsam mal zurück; ich glaube, Mama braucht mich. Um halb vier kommt sie dann rüber, mit den Ouvriers ... ich weiß nicht – bleibst du hier? Kommst du mit mir? Hast du bis dahin was zu tun? Ganz wie du willst. Was ist dir lieber?»

Ob ich hier noch was zu tun hab? Wenn ich's wüsste!, denke ich. Was ich hier will, spielt keine Rolle, eher, was man von mir will, was Xenia will. Das frag ich mich.

«Wir müssen Trauerkarten schreiben, weißt du, das muss auch noch sein ...»

«Schon gut», sag ich, «ich bleibe hier, ich schau mich hier ein bisschen um, bis sie dann kommen, um halb vier.»

«Dann ... gut, dann – sehen wir uns später? Weißt du noch den Eingangscode?»

«Ich glaube, ja: eins, acht, fünf, neun.»

Sie müsste gehen, will nicht wirklich; ich will auch nicht, dass sie geht.

«Sag mal, die Ouvriers – warum französisch? Warum *Ouvriers*?»

«Ach, je sais pas, so nennt sie sie. Klingt halt ein bisschen weniger – ich weiß nicht, vielleicht hatte Mama das von mir, das könnte sein. Ich war ja, weißt du, in Paris, und noch davor in Genf, war an der Ecole Hôtelière ...»

«Du wolltest das Hotel hier übernehmen?»

«Ja, das war mal die Idee. Doch nach zwei Jahren hab ich abgebrochen, kurz nach Papas Tod. War nichts für mich, das Hotelfach. Genauso wenig wie für ihn, deshalb war er ja ständig weg.»

Sie bläst sich ihre Haare aus der Stirn und schaut auf ihre Uhr.

«Und weg – das sollte ich jetzt auch.»

Sie drückt sich an mich, dreht sich ab, wie eine Ballerina, trippelt ohne einen Blick zurück die Doppelwendeltreppe runter. Als würde sie von einem Strudel durch das Glas hinabgezogen, sieht das aus – ich folge ihr. Ich renne runter, Richtung Ausgang, durch die Tür in die Kaverne, höre ihre Schritte durch den Stollen klacken, weit voraus, die Lampen gehen bei mir an und vorne aus – sie ist schon weg.

So geh ich halt zurück, lass mich in einen dieser Säcke plumpsen, schaue in das Blau hinaus. Die Ruhe ist unheimlich. Ich bin ganz allein – nichts hinter mir, nur Fels, und vor mir nur der Himmel. Was es an Geräuschen gäbe, schließt die Glaswand völlig aus. Der Sitzsack schmiegt sich an mich, reagiert auf jede Kopfbewegung. Jedes Mal, wenn ich ausatme, sinke ich ein bisschen tiefer.

Um Punkt 15:30 wach ich auf. Ich höre ein Geräusch. Nur schwach erst, dann allmählich lauter, hinter mir, aus der Kaverne, aus dem Tunnel. Schritte? Ja. Sie kommen. Ich erhebe mich, schüttle den Sitzsack aus, streiche die Kleider und die Haare glatt. Dann tret ich raus in die Kaverne, und es hallt tatsächlich aus dem Schacht, vom Hoteltunnel her. Ich suche nach dem Lichtschalter, suche vergeblich, bis mir wieder einfällt, dass die Lampen automatisch sind und es hier keine hat – nur Neonlicht, das mit den Schritten aus dem Tunnelschacht heraufdringt. Schritte, aber keine Stimmen. Schnell marschieren sie, fast militärisch, wie eine Schwadron. Das Echo ist so laut, dass ich sie jeden Augenblick erwarte, und dann dauert es doch wieder lang, viel länger als gedacht. Es sind ja doch – wie viel? – achthundert Meter vom Hotel hierher; der Schall eilt ihnen weit voraus. Nur Schritte, keine Stimmen, nichts. Ich starre in den Schacht hinunter, frage mich, ob ich nicht doch zurück in die Vitrine soll. Ist irgendwie auch blöd, wie ich hier warte – fast wie ein Besatzer, der auf einem fremden U-Boot in die Ausstiegsluke starrt und auf die Mannschaft wartet, die ihm gleich entgegenklettern wird. Ja, besser wart ich hinten, wo ich eben war, in der Vitrine, setze mich auf einen Sitzsack, blättere in einer Zeitung, so, als ob das alles ganz normal – zu spät, jetzt sind sie da. Es fliegen Schatten durch den Tunnel, Hände greifen nach den Sprossen und der Schacht füllt sich mit Köpfen.

Jener, der zuerst auftaucht, sieht aus wie – wie ein Alien: Er ist sehr klein und dünn, ist zugleich alt und jung, mit kahlem Schrumpfkopf. Ich will hallo zu ihm sagen, als bereits der Nächste kommt, ein struppiger Südländer, der sich wortlos zu dem Kindergreis stellt und sofort zu Boden blickt. Sein Bartgesicht ist wund, es blättert ab, in dicken weißen Schuppen. Nach ihm kommt ein Junge, höchstens sechzehn, ein Tamile, glaub ich, seine Lippen seltsam spöttisch – er hat eine Hasenscharte. Dann die erste Frau, in einem weiten Kleid, blau-gelb gestreift, mit einem Kopftuch aus demselben Stoff, geflochten wie ein Turban. Eine Afrikanerin, doch ihr Gesicht ist weiß, ganz rötlich weiß, wie auch ihr nackter Arm. Ihr zweiter Arm, der – ja, der fehlt. Gleich hinter ihr folgt noch ein Schwarzer, wirklich schwarz, ja, derart schwarz, dass man im Neonlicht von unten erst nur seine Augen sieht. Er wuchtet sich die Sprossen hoch, das eine Bein weit abgespreizt, trägt eine Küchenjacke und darunter einen bunten Rock. Und dann, nach ihm – die Frau nach ihm – ihr Kopf ist wie mit einer Maske, wie mit Pergament bespannt, sie hat kein Haar, hat keine Brauen, nichts als brüchig dünne Haut, und als sie, glaub ich, lächeln will, verzerrt sich ihr Gesicht vor Schmerz. Ich muss mich an die Felswand lehnen. Nach ihr steigt ein dünnes, fahles Mädchen aus dem Tunnelschacht. Die kleinen Blasen, Dutzende, die ihren ganzen Hals bedecken, ihren ganzen Nacken – diese Blasen fallen mir erst auf, als sie sich wieder niederkniet und einer nächsten Frau die Hand reicht, die sich aus dem Loch emporhievt. Einer Frau, so breit und kräftig, dass sie auch ein Mann sein könnte, ziemlich alt, mit hartem Mund und Händen, so unglaublich groß, dass sie das Mädchen beinah wieder in den Schacht zu reißen droht. Ich kenne diese Frau, das ist die

Hünin, neben der ich saß, auf dieser Parkbank bei dem Spielplatz, die mit Lydia redete, ja, ja, das ist sie, muss sie sein. Trotz ihres Buckels überragt sie alle, selbst den Afrikaner, neben den sie sich jetzt stellt, der dasteht wie ein Stammeshäuptling. Während sie noch keucht – niemand wagt, was zu sagen, ich schon gar nicht – folgen ihr zwei Frauen nach. Die erste – maghrebinisch? – sieht fast kindlich aus mit ihrem Kraushaar. Ihre braune Haut hat Flecken, weiße Flecken überall; der größte reicht von ihren Wangen links und rechts bis an ihr Kinn, ein weißes Herz auf dem Gesicht, so sieht es aus wie aufgemalt. Die zweite, sie ist Asiatin, doch jetzt taucht hinter ihr ... o nein – ein Kopf auf, wie ich ihn – ein Riesenkopf, ein Monsterkopf, ein Mann mit einem Monsterkopf, mit einem halben Monsterkopf, müsste man sagen, eigentlich, denn links ist sein Gesicht normal, doch rechts ist es derart geschwollen, derart groß und schwer, dass es den ganzen Kopf zur Schulter zieht und daliegt wie ein voller Sack. Der Mann ist klein und untersetzt; er blinzelt ängstlich, einerseits, während die andere Seite seines Kopfes schläft, zu schlafen scheint, in ihre Wülste eingebettet.

Das ist mir zu viel, eine Zurschaustellung, so würdelos, dass ich sie nicht mehr sehen will. Ich murmle was Entschuldigendes, dreh mich, ich muss hier raus.

Es ist der Häuptling, der mich stoppt. Nicht wirklich stoppt – er steht nur vor mir, nickt in Richtung Tunnelschacht. Ein Mann in Küchenuniform steigt aus dem Loch, mit weißer Mütze, schlaksig, aber sehr gewandt. Er schaut sich um, er sucht jemanden – mich –, und als er mich entdeckt, weiß ich, dass ich hier nicht mehr wegkann, sicher nicht, solang er hier ist, unter seinen Augen nicht. Sie sind so groß wie Pingpongbälle, springen fast aus ihren Höhlen, schmutzig gelb, rot unterlaufen.

«Sebi, meine Ouvriers.»

Gleich neben ihm steht Xenia; ich hab sie nicht einmal bemerkt – sie zieht mich zu sich, während er sich wortlos zu den andern stellt, mit ihnen einen Halbkreis bildet. Xenia nimmt mich am Arm:

«Özkan ...»

Der Schuppenflechten-Mann. Er hält mir seine Hand hin, voller Schorf, es zuckt in seinem Bart. Ich zögere, dann drück ich sie; Ameisen laufen meinen Arm hoch.

«... Jens ...»

Das ist der Kindergreis; er kichert, seine Hand ist knochig.

«... Sundaran ...»

Der andere Junge. Spöttisch grinsen sie sich an, doch er zumindest kann nicht anders, vielleicht sieht er nur so aus.

«... Maiba ...»

So heißt die Albina. Sie reicht mir die eine Hand; hat rosarote Augen, ganz verquollen, schwulstig ...

«... Olugbenga ...»

Vor mir steht der Häuptling – wie ein Häuptling sieht er wirklich aus, in seinem bunt gescheckten Rock, die Arme vor der Brust verschränkt.

«... Ines ...»

Die Dünne mit den Pusteln. Unter ihren langen Strähnen sieht man davon kaum was – wenn sie ihren Kopf senkt, sowieso nicht –, aber spüren kann ich sie: an ihrer Hand, unzählige. Ich trau mich nicht, sie was zu fragen, bleibe aber stehen, denn als Nächstes ist die Maskenfrau dran.

«... Dorli ...»

Ignorieren geht nicht. Sie versucht zu lächeln, wie schon vorher; ich kann's fast nicht sehen, wie sich ihre Haut auf ihren Wangen spannt, gleich rissig wird. Kaum habe ich ihre Hand geschüttelt – trocken wie ein Backpapier –, fällt ihr Gesicht zurück in diesen stillen, ausdruckslosen Zustand. Immerhin kann sie mit ihren Augen lächeln, glaube ich. Es ist ein ruhiges, sanftes Lächeln.

«... Barbara ...»

Das ist die Riesin; sie hat etwas Hölzernes, nicht nur die Art, wie sie mir zunickt, wie sie mir die Hand drückt, auch die Haltung, unterwürfig fast, absurd bei ihrer Körpergröße. Weiter, jetzt – jetzt muss ich mich –

«... Tomás ...»

– jetzt muss ich mich beherrschen, einfach ganz normal sein, ihn normal begrüßen, wie die andern. Ich geb ihm die Hand, versuch mich ganz auf links zu konzentrieren, auf sein richtiges Gesicht. Er könnte Mexikaner sein, zumindest Südamerikaner, hat was Indianisches, ist ziemlich jung, und aufmerksam. Sein Mund bewegt sich, öffnet sich, doch kaum bewegen sich die Wülste auf der andern Seite mit, kaum regt sich darin dieses Auge, fast unmerklich, nur das Lid, kaum merkt man, dass es gar nicht schläft, kann man sich nicht mehr davon lösen, nimmt man diesen Mann nicht mehr als Mensch, sondern als Ungetüm wahr, gutmütig vielleicht, und freundlich, aber doch ein Ungetüm. Wenn er was sagen möchte? Könnte er das? Geht das überhaupt? Sein Mund ist ab der Mitte ganz verzerrt und tief im Fleisch versteckt.

«... Yukiko ...»

Die Japanerin. Sie trägt, wie Ines, eine Schürze, kiekst kaum hörbar zur Begrüßung. Ich bin froh, bei ihr zu sein, weiß nicht, warum sie hier dabei ist. Erst, als wir schon weitergehen, und sie ihren Kopf mitdreht, ins Licht, fällt mir der feine Flaum auf, der sich hinter ihrem Kiefer bis zum Hals hinunterzieht, ein feiner Flaum aus schwarzen Härchen.

«... Nurja ...»

Auch sie mit Schürze; die drei sind wohl Zimmermädchen. Wenn sie nicht die Flecken hätte, wäre sie sehr schön, glaub ich – vielleicht gewöhnt man sich daran, vielleicht sind es dann grad die Flecken, die sie noch mal schöner machen, spezieller, denke ich. Vor allem dieser riesig weiße Fleck in Herzform, mittendrin, auf den spricht man sie sicher an, sagt ihr, sie könne darauf stolz sein. Ja, das würde ich ihr jetzt auch gern sagen, bei ihr stehen bleiben; sie ist hier die Einzige, der ich, zumindest eine Weile, in die Augen schauen kann –

«... und Mirror.»

– nicht wie ihm, dem Koch. Ihm muss man in die Augen schauen, ob man möchte oder nicht, wenn man, wie ich, den Fehler macht und seinen Blick nur ganz kurz streift. Er zielt auf einen Brennpunkt hinter mir und spießt mich förmlich auf, so scharf und stechend ist er, dieser

Blick, so starr und bohrend lang. Er lässt mich zappeln, gnadenlos, wie über einem Folterfeuer.

«Mirror», wiederholt er selbst, «M-I-R-R-O-R. Mirror.»

Es muss die schiere Größe sein, die seinen Augen keinen Platz lässt, sie in eine Richtung zwingt. Die Lider sind zurückgeklappt, von Blut durchsickert, schmerzhaft rot.

«In fact, ich heiße Miroslav, doch lange Zeit ich war in London.»

Er spricht heiser, mit Akzent.

«Da war ich im Fat Ram; vielleicht Sie sind mit diesem Platz bekannt. Für meinen Chef, mein Name war zu lang, er sagte nur noch *Miro* – und das klang wie *mirror*, wie das Wort für Spiegel, quite exactly. Also dachten alle, dass ich heiße so mit Übernamen, und jetzt ist es wirklich so. Ein schöner Name, don't you think?»

Er bleibt der Einzige, der etwas sagt, von all den Ouvriers. Er ist ihr Kommandant, so viel ist klar, deshalb lässt sie ihn reden, und sie weiß, dass ich nicht wegkann, während er mich zappeln lässt. Er wartet – und sagt, ohne dass ich frage:

«Morbus Basedow. Es wird noch schlimmer werden. Too much pressure on the eyes, you know.»

Dann wendet er sich endlich ab und seinen Leuten zu, doch statt sie fortzulassen, führt er sie, wie Xenia, noch einmal vor, in umgekehrter Reihenfolge:

«Vitiligo, Hirsutismus, Morbus Recklinghausen, Acromegalia, Ichthyosis, Epidermolysis, Elephantiasis, Albinismus, CLP, Psoriasis and Progeria – that is us.»

Er zählt die Krankheitsnamen auf, als ginge es um Blumen. Die Japanerin, Yukiko, lächelt. Xenia gibt ihm ein

Zeichen, knöpft sich ihre Jacke zu, bedankt sich in die Runde und legt ihre Hand auf meinen Rücken – so als würde sie mich einer neuen Klasse anvertrauen.

«Gut – dann schöne Zimmerstunde, und dir schönen Nachmittag. Wir essen um halb acht, wenn du dabei sein willst, im Speisesaal.»

Sie geht den Stollen runter, löst die Leuchten aus, ich schau ihr nach. Hab Angst, mich wieder umzudrehen, stell mir vor, wie sie – die Ouvriers – jetzt in dem Licht aussehen. Weiß nicht, was ich sagen soll, ob ich hier angekündigt war, ob ich mich noch erklären muss, ob's etwas zu besprechen gibt, die Hausordnung, das Bad, die Küche … weiß nicht ein und weiß nicht aus; ich hör die Stollentür einrasten, zähl die Lichter rauf und runter: eins, zwei, drei, vier, fünf, sechs, sieben, acht; sieben, sechs, fünf, vier, drei, zwei, eins. Ich hätte ihr nachlaufen sollen, fragen, ob im Hotel vorne vielleicht doch noch etwas frei ist. Oder mich entschuldigen und einfach raus hier, raus und weg. Daran denk ich zum x-ten Mal, doch nützen tut es nichts, ich kann nicht weg, was würde dann passieren? Als wäre ich Rekrut, hat sie mich aufgeboten, eingewiesen, hier, in ihre Kompanie – doch gut, ich werde mitmarschieren, werd mir meinen Sold verdienen, bis – die Lichter gehen aus, die Ouvriers, wo sind sie? Weg.

Ich mache ein paar Schritte in den Stollen, bis das Licht angeht, doch dann geh ich zurück und schaue durch die Tür in die Vitrine. Niemand – auch hier drin ist niemand. Nur dieser Spitalgeruch, der ist noch stärker als zuvor. Ich schaue, ob sich eine dieser Scheiben vielleicht öffnen lässt, doch nichts, natürlich, wie denn auch. Im Freien draußen manövrieren Dohlen, spielen mit dem Wind; sie lassen sich hochtragen, stehen in der Luft, lassen sich fallen, haarscharf an der Wand vorbei. Sie wissen jederzeit, wo diese unsichtbare Mauer ist.

Im Fels hört man jetzt Wasser gurgeln, wohl ein Ablauf aus dem Bad. Ich könnte wieder auf mein Zimmer. Doch wozu? Jemand beginnt ein Lied zu pfeifen, oben, ein sehr schönes Lied, sehr langsam. Ist das nicht das Schlaflied? Doch, das ist dasselbe Schlaflied, das ich in der Kirche hörte, heute Morgen, Milos Lied, da pfeift jemand das Schlaflied –

Mirror. Lässig kommt der Koch die Treppe runter, um die Spindel schlenkernd, fast wie eine Marionette, Zwischenstopp auf jedem Tritt, als hinge er mit den Gedanken oben fest, im ersten Stock. Er kostet jeden Ton aus, schmückt die Melodie mit Tremolos – er ist ein sehr begabter Pfeifer –, wiegt dazu den Kopf und tut, als würde er mich nicht bemerken, bis er auf dem Absatz steht. Er stoppt auf dem vorletzten Ton.

«Und? Fühlen Sie sich schon at home, schon fast bisschen wie zu Hause?»

Kaum nimmt er mich ins Visier, ist seine Nonchalance verpufft. Ich schlage meine Augen nieder, um den seinen auszuweichen.

«Wie zu Hause? Sicher nicht. Ich bin ja grad erst angekommen», sage ich, «und überhaupt ...»

«Und überhaupt?»

«... hab ich nicht vor, hier mein Zuhause einzurichten.»

Wenn man seinen Augen ausweicht, kann man durchaus mit ihm reden. Allerdings nur um den Preis, dass man sich ihm damit ergibt, sich seinen Fragen unterzieht wie einem Polizeiverhör, wie heute Morgen auf dem Friedhof, als mich Xenia verhört hat.

«Das wird aber nötig sein.»

«Wie bitte?»

Ich weiß nicht, warum, doch mir ist sofort klar, dass sie ihn eingeweiht hat, ihren Koch. Dass er – nicht wie der Vater, nicht wie Lydia – genau Bescheid weiß, alles weiß, was sie weiß, und vor allem: was sie mit mir vorhat. Ich versuche, ruhig zu bleiben.

«Warum nötig? Für den Wandweg? Hat sie Ihnen was erzählt?»

Ich spüre ohne aufzuschauen, wie er zu mir rüberstarrt.

«Ich bin noch nicht ganz überzeugt, dass das hier oben Sinn macht», sage ich, «so einen Steg zu bauen. *Nature directe*, heißt es ja, direkt in die Natur, und so was wäre hier ja gar nicht möglich. Außerdem fehlt mir die Zeit; der Auftrag kam sehr unerwartet ...»

Mirror fragt nicht mal, was ich denn meine, was erst recht beweist, dass er im Bild ist, über alles.

«Well, ich glaube, dieser Auftrag zahlt sehr gut, nicht wahr, Herr Zünd? Den sollten Sie schon machen, ich würd sagen. Und Sie wohnen gratis!»

Wie er mit mir spricht. Nicht überheblich, eher kumpelhaft, was ja noch viel absurder ist. Ich bin fast froh, als weitere Ouvriers die Treppe runterkommen, erst der Kindergreis, dann auch sein Freund, der mit der Hasenscharte, und dahinter die Albina. Mirror wendet sich an sie, in seinem Balkanenglisch:

«Did you already replace the bed? I guess the one we had up there, where Mister Zünd will take up quarters, would have been too small for him, wouldn't it, Maiba? Don't you think?»

Er schickt ein Lachen nach, das eigentlich an mich gerichtet ist – sie blickt verlegen weg, hat sich wohl auch noch nicht an ihn gewöhnt.

«Yes, Mr. Mirror, it's all done. Madame had told me so, when she came from the funeral this morning. Small one out, and big one in. It's all prepared for Mr. Zünd.»

Sie redet langsam, tonlos. Ihre Haut ist weißer als die meine, weißer als die eines Weißen.

«Very good, then you can take the small one to the hotel cellar. Sundaran and Jens will help you, right, boys, would you help Maiba?»

Beide, Sundaran und Jens, tief in zwei Säcken sitzend, tun, als ob sie Gameboy spielen würden, schauen aber heimlich her.

«Or maybe Mr. Zünd himself would like to lend a hand, Maiba? You could show him round the basement, if he's interested. Are you?»

Er spricht mit mir. «Wie, was? – Ja, klar.» Ich hab nur *lend a hand* verstanden.

«Upstairs, Mister», sagt Maiba.

«Klar.» Ich laufe hinterher. Ich helfe noch so gern, womit auch immer, wenn ich hier wegkomme, weg von Mirror. Bloß hier weg.

Womit ich helfen soll, das ist ein Kinderbett, stellt sich heraus. Es steht in einer Besenkammer vis-à-vis von meinem Zimmer und muss jetzt die Wendeltreppe und den Tunnelschacht hinunter. Sundaran, der nachgekommen ist, hält es am vordern Ende, ich trage das hintere, und Jens, der Kindergreis, schlüpft wie ein Wiesel neben uns vorbei, gibt Anweisungen, kreischt und lacht. Maiba ist vorangegangen, streckt uns ihren einen Arm entgegen; es geht ohne sie. Der Hoteltunnel, schnurgerade, kommt mir länger vor als unser Hinweg draußen an der Wand. Wir tragen jetzt das Bett zu dritt, ich hinten, die zwei Jungs am Kopf, sie rennen fast, ich schlurfe nur, sonst schlag ich laufend ans Gestell. Mir ist schon klar, was wir hier tragen. Kommt das Tunnelende bald? Ich sehe eine Lifttür, durch die man wohl ins Hotel käme, doch wir gehen daran vorbei. Nach einem scharfen Bogen sieht man endlich rechts die Hotelküche, links die Wäscherei, genau wie's Lydia beschrieben hat. Es riecht nach kaltem Fett – oder nach heißem Chlordampf, je nachdem. Von Menschen hört man überhaupt nichts, nur die Wäschemangel surrt. Was Mirror Keller nannte, liegt am Tunnelende ganz im Dunkeln, hinter einem Lattenrost: ein riesiger Geräteschuppen, mindestens turnhallengroß, den Wänden lang Regale, Werk- und Hobelbänke, eine Säge, Schleif- und Bohr- und Drehmaschinen, mittendrin ein Gabelstapler, ein Traktor mit Pflug und Fräse und ein großer Aufsitzmäher. Auf dem Boden ausgelegt Laubbläser, Trimmer, Kettensägen, alles schön in Reih und Glied, flankiert von einem Heer an weißen Sonnenschirmen, zugeklappt, in Achtungsstellung darauf wartend, dass der Nebel sich verzieht. Tatsächlich schickt die Sonne plötzlich einen Streifen Licht herein. Ich blinzle durch den Staub, seh eine Rampe und ein Hebetor. Hier stellen wir das Bettlein ab. Niemand sagt etwas, nicht mal jetzt.

Als wir zurück im Tunnel sind, kniet Sundaran sich plötzlich nieder, stützt sich mit den Händen auf und ruft:

«Von hier zum Schacht, okay? Du auch! Dann Achtung, fertig, los!»

Er wartet, während Jens schon losrennt, schaut zu mir hoch, nickt mir zu – und rennt dann seinem Kumpel nach. Ich fühle mich verpflichet mitzuspielen, will sie nicht enttäuschen, spurte hintendrein und rutsche prompt schon bei der Küche aus; der Boden hier ist schmierig, und die Kurve enger, als ich dachte. Sundaran ist weg, aber den kleinen Jens, der vor mir hampelt, den hol ich sehr bald schon ein. Als er jedoch nicht etwa aufgibt, sondern eifrig weiterwuselt, unbeirrt, so schnell er kann, lauf ich in kurzem Abstand und in seinem Tempo hinterher. So kommen wir zu zweit am Schacht an. Sundaran erwartet uns – sichtlich enttäuscht, dass ich den Wettkampf nicht ganz ernst genommen habe. Jens hält ihm die Hand hin wie ein Sportler, doch er freut sich nicht. Wahrscheinlich ist er diesen Gang schon hundertmal so abgerannt und hat sich jetzt erhofft, dass er in mir mal einen Gegner fände.

«Ich bin ausgerutscht», sag ich, «und habe deshalb aufgegeben. Nächstes Mal!»

Er mustert mich. «Das nächste Mal ist jetzt – hin und zurück!» Er bückt sich, Jens zählt ab.

Mir bleibt fast nichts, als mitzurennen, dieses Mal nur gegen ihn. Recht lang sind wir auf gleicher Höhe, schießen an Maiba, die uns jetzt entgegenkommt, vorbei, ich links und der Tamile rechts. Kurz vor der Küche, in der Kurve, nehm ich etwas Tempo raus. Er scheint nicht mal daran zu denken, sprintet bis zum Kellereingang, hämmert an den Lattenrost, macht kehrt und ist schon wieder weg. Ich stoß mich von den Latten ab, gewillt, ihn wieder einzuholen, doch er nimmt mir in der Kurve nochmals ein paar Meter ab. Ich komme langsam außer Atem. Damals, an den Schulsporttagen, hab ich alle Sprints gewonnen, aber das hier, das ist anders, das ist fast zehnmal so lang. Das schwarze Viereck in der Flucht des Tunnels wird und wird nicht größer, auch bei vollem Tempo nicht, mit Schritten, die wie Schüsse hallen, während ich von seinen Sneakers kaum ein Quietschen hören kann. Wir nähern uns Maiba wieder. Diesmal kann sie uns nicht sehen, dreht sich auch nicht nach uns um, macht aber plötzlich einen Schritt nach rechts, um aus dem Weg zu gehen. Sundaran, schon fast bei ihr, wird überrascht, kann nur noch bremsen, ich hingegen habe Glück und schieße links an ihm vorbei. Natürlich geb ich sofort auf, wir sind ja ohnehin gleich da.

Vor uns steht Jens im Schacht, turnt auf den Sprossen rum und kommentiert: «Was für ein Rennen, welch ein Kampf! Und doch muss die Entscheidung nun verschoben werden, abermals. Wie sieht es wohl im Inneren der beiden Kontrahenten aus? So etwas muss zermürbend sein!»

Wie es in Sundaran aussieht, das ist nicht schwierig zu erraten – doch er sagt kein Wort, auch zu Maiba nicht, die ihn gebremst hat. Ganz im Gegenteil: Als Jens und ich schon wieder durch den Schacht sind, bleibt er selbst noch darin stehen, hilft der schweren Frau hinauf. Sie muss sich ganz auf ihn verlassen, kann sich mit dem einen Arm ja nirgends halten oder stützen. Tritt für Tritt zieht er sie hoch.

«Oh, thank you, thank you, Mr. Zünd», sagt sie, als sie dann oben ist.

Ich schäme mich. Das kleine Bett, das hätten sie allein geschafft, und statt im Tunnel rumzurennen hätt ich besser ihr geholfen.

Mirror – ist zum Glück nicht da, als wir in die Vitrine kommen. Sofort stürzen sich die beiden Jungs wieder auf ihre Gameboys, und ich – ja, wohin soll ich? Maiba wartet neben mir, denkt wohl, sie müsse für mich da sein.

«Tell me if you need something, just tell me, Mr. Zünd, okay?»

«I will», sag ich, «that's very kind.» Und weil ich sonst grad nichts mehr weiß: «How did you lose your arm, Maiba?»

Sie sagt nichts darauf, zerschneidet mit der flachen Hand die Luft. Sie sieht sehr traurig aus – nicht wegen meiner Frage, nehm ich an, die kennt sie sicher zur Genüge – eher, glaub ich, wegen Milo. Vielleicht hat sie ihn gehütet, war vielleicht sein Kindermädchen ... oder sie ist immer so.

Als sie nach oben geht, sagt Sundaran, auf seinen Gameboy starrend: «In Simbabwe ist das so. Sie hacken Arme ab von weißen Frauen. Mit Machete – zack.»

«Nicht von den Weißen», korrigiert ihn Jens und drückt wie wild herum, «nur von den weißen Schwarzen. Die sie auch noch vergewaltigen – das macht unsterblich, glauben sie.» Er kichert, doch ich weiß inzwischen, dass er das fast immer tut, egal, worum es grade geht.

«Wo habt ihr das denn her», frag ich, «wisst ihr das von Maiba selbst?»

«Frag Mirror. Er hat's uns erzählt. Erzählt's dir sicher gern nochmals. Er kann dir viel erzählen, noch ganz andere Sachen. Er weiß alles.»

Aber Mirror, Gott sei Dank, ist weg, und ich bin hundemüde. In mein Zimmer? Wo das Bettlein stand? Ich könnte weinen, heulen. Steig die Treppe hoch und hoffe, vorne einen Platz zu finden, möglichst vorne, ganz am Glas, wo man hinaus ins Freie sieht. Da aber liegt und döst jemand – der Türke; wie hieß er noch mal? Auf seiner Brust liegt eine Zeitung, vorne drauf ein nacktes Mädchen. Schuppenflechte wuchert über seinen Bart, klebt darin fest, hängt an den Stoppeln, dick und weiß, wie alter Haferflockenbrei. Er schnarcht, und jeder Atemzug lässt das entblößte Mädchen zittern.

Ich geh in den zweiten Stock, doch Säcke gibt's hier keine mehr. Gar keine Sitzgelegenheit, nur diesen Wasch- und Duschraum, von dem Lydia gesprochen hat. Ich stoße die Metalltür auf, ohne die Klinke zu berühren. Vor dem langen Spiegel und dem Waschtrog stehen Barbara, die Riesin, und Yukiko – beide sind daran, sich zu rasieren. «Pardon, falsche Tür», sag ich und stelle fest: Es gibt nur die, kein Frauen- oder Männerschild.

Dann also doch aufs Zimmer; etwas anderes bleibt mir nicht übrig. Hoffentlich ist niemand auf dem Gang. Ganz hinten rechts. Okay. Der Streifen Gold, der am Zimmerboden liegt – das muss die Tageszeit sein: Durch die Scharte finden jetzt tatsächlich ein paar Sonnenstrahlen. Fast wie eine Art Lichtschranke schneiden sie den Raum entzwei. Ich trete an die Wand und stecke meinen Kopf ins Loch hinein. Man sieht von hier den Wandweg, bis nach vorn, bis zu dem Bergwegweiser. Er steht schwarz im Gegenlicht, fast wie die Finger einer Schwurhand.

Müde bin ich, schrecklich müde, setze mich in dieses Stockbett, auf die untere Matratze. Wandere den Boden ab, die kleinen Pickel im Zement. Der Streifen Licht wird schmaler, immer schmaler, bis er ganz erlischt – und doch, dahinter, vis-à-vis, bleibt eine bleiche Stelle, bleicher als der grüne Boden sonst, ein bleiches Rechteck, scharf umrandet. Was ist das? Das Kinderbett. Da drüben stand das Kinderbett. Ich leg mich auf der Pritsche hin; das Bettzeug, es ist steif und frisch. Das war ja komisch, vorhin, als mir Lydia das Zimmer zeigte. Hat sie nicht verstehen können, dass ich hier bin, nicht bei ihr. Wie soll sie auch? Kann sie ja gar nicht. Wenn ich's selbst nicht mal verstehe. Vielleicht ist das alles gut so, vielleicht muss das alles sein. Ach, Lydia, was soll ich tun? Das Kissen ist so dick und weich, das ist ein neues, glaube ich. Das muss ein neues Kissen sein. Ich darf jetzt nicht den Kopf verlieren. Einfach nicht den Kopf verlieren. Einfach nicht den Kopf. Den Kopf.

Kaum schlafe ich, versammeln sich die Ouvriers an meinem Bett. Ich sehe sie nur schwarz umrissen, schemenhaft im Gegenlicht, und trotzdem weiß ich ihre Namen: Olugbenga, links, der Häuptling, neben ihm Maiba, dann die fleckig-schöne Nurja und Ines mit den Pusteln, Sundaran und Jens, Yukiko, Özkan, so hieß er, der Türke, Barbara, Tomás, der Monsterkopf, die maskenhafte Dorli und ganz rechts, der Chef von allen, Mirror. Stumm, wie schwarze Schachfiguren, stehen sie vor meinem Bett. Ich möchte sie wegwinken, doch ich kann nicht, kann den Arm nicht heben. Möchte mich aufrichten, doch die Decke liegt wie Blei auf mir. Anschreien will ich sie, *geht weg!*, ich kann nicht; bring den Mund nicht auf. Sie treten an mein Bett heran, erst Mirror, dann die anderen, sie beugen sich herunter, und dann stürzen sie sich auf mich – nein, sie stürzen durch die Zimmerwand.

8

Es ist Nacht, als ich erwache. Auf dem Boden liegt jetzt Silber, nicht mehr Gold – der Mond scheint rein. Nur langsam kann ich mich erinnern: Ich war eingeladen, sollte ins Hotel zum Abendessen, bin dann aber eingeschlafen, offenbar noch in den Kleidern. An der Decke prangen Sterne. Drei, zwei große und ein kleiner. Die sind wirklich da, das sind Leuchtsterne, diese Phosphordinger, wie man sie für Kinder kauft. Mir fällt jetzt wieder ein, wo ich hier bin: in einem Kinderzimmer. Diese Sterne haben sie vergessen, die sind hiergeblieben.

Wie spät ist es? Schon halb sechs. Die Zeiger meiner Armbanduhr sind außer den drei Sternen und dem Mondschein alles, was ich sehe. Erst nach einer Weile zeichnet sich das Stockbett über mir ab, dann der Stuhl, der kleine Tisch. Ich taste nach der Lampe, knips sie an und reibe mir die Augen: eine Zelle ist das, eine leere, kahle Betonzelle. Noch vor einem Tag war sie wohl voll mit Spielzeug, Bilderbüchern, Zeichnungen und Kuscheltieren. Außer Sternen nichts mehr da. Mein Pulli ist noch immer feucht; ich hab geschwitzt im Schlaf, geträumt. Was Frisches hab ich nicht – ich hab rein gar nichts hier, ich muss hier weg, zum Auto, in die Stadt hinunter. Ich kann wiederkommen, wenn das sein muss, doch ich brauche Zeug, ich brauche Kleider, meinen Laptop, all die Unterlagen, und ich brauche einen klaren Kopf. Hier werd ich nicht zu Sinnen kommen, nicht in dieser Zelle, nicht in dieser Höhle, dieser Hölle, diesem Aussätzigen-Heim. Der Traum von vorhin flackert auf, ich rücke von der Wand weg, setz mich auf den Bettrand, stehe auf. Der Autoschlüssel, wo ist der? Den habe ich ja abgegeben. Was ich habe, ist das Handy. Ich will Lydias Nummer wählen, breche aber wieder ab – um diese Zeit muss sie ja schlafen.

Draußen auf dem Flur ist es noch dunkler als in meiner Kammer. Einen Schalter find ich nicht, doch als ich weitertappe, springen Lampen an, wie in dem Stollen. Hinter einer Tür schnarcht jemand laut – vielleicht der Türke, oder Barbara, oder Tomás. Ich bete, dass sich keine dieser Türen öffnet, grade jetzt. Dann bin ich vorne, auf dem Glas. Auch wenn kein Licht von unten hochdringt, bleibt der Boden transparent – man steht quasi im freien Raum, so fühlt sich's an, und tritt ins Leere. Weit hinter der Glaswand und weit unter mir, da glänzt der See, sieht aus wie Alufolie, im Mondlicht, glatt und glitzerig.

Dann klingelt es – mein Telefon. Natürlich ist es Lydia, ich hab sie also doch geweckt, und wecke gleich das ganze Haus, das Klingeln hallt aus allen Ecken. Nichts wie weg, die Treppe runter, durchs Wohnzimmer, die Kaverne, in den Stollen, schwarz und kalt, die Leuchten gehen jeweils erst an, wenn ich schon daran vorbei bin, so, als würd mir jemand folgen, weiter klingelt's, schneller, schneller, bis die Betontür in Sicht kommt und ich das Signal verliere – oder sie hat aufgelegt.

Die Tür geht automatisch auf. Vormorgendlicher Seewind drängt herein, treibt Blätter vor sich her. Ich trete raus, ich bin im Freien, auf dem Wandweg, an der Luft. Die Tür geht langsam wieder zu, ein leises Sirren hinter mir, ein Quietschen und zuletzt ein Klick. Den Code, den hab ich schon vergessen, aber das ist auch egal, vielleicht komm ich ja gar nicht wieder. Jetzt hab ich Empfang, jetzt kann ich Lydia anrufen, schnell. Sie hat ein SMS geschickt, nein, vier – drei gestern Abend schon:

19:18 Sebi, kommst du? Wir sind alle hier im Saal.

20:46 Sebi – kannst auch noch aufs Dessert kommen.

21:15 Huhu, Sebi, alles klar bei dir?

Und jetzt grad: *Sebi, was ist los?*

Ich wähle nochmals ihre Nummer, stolpere der Wand entlang. Der Morgen dämmert hinter mir und lässt den See rot werden. Sie geht nicht mehr ran, doch als ich vorn bin, beim Wegweiser – seh ich sie. Sie kommt die letzten Kehren rauf, nicht weniger gehetzt als ich.

«Was ist los, Sebi, was ist los? Es ist erst sechs! Was machst du hier? Wo warst du gestern Abend, Sebi?»

«Ich hab grad versucht, dich zu erreichen», sag ich.

«Ja, ich weiß, ich wollte ...»

«Aber kein Empfang. Es gibt da hinten null Empfang. Es tut mir leid. Ich wollte dich – ich wollte dich nicht wecken, und schon gar nicht ...»

«Schon okay. Okay. Ich konnte sowieso nicht schlafen, aber was ist los mit dir? Was machst du hier um diese Zeit? Ich hab mich schon gefragt, ob du –»

Sie fasst mich bei den Händen.

«Ich ... ich hielt's halt nicht mehr aus da drinnen.»

«Warum hast du nichts gesagt? Ich habe dich doch noch gefragt! Ich dachte, das sei so besprochen, zwischen dir und Mama, nicht? Wir hätten schon was finden können, vorn im Hotel. Ganz bestimmt. Ich schaue heute Mittag selbst, und auch bei mir im Zimmer kannst du jederzeit ... das weißt du doch.»

Sie fährt mit ihren Fingern zwischen meine.

«Hab ich schon gedacht. Das hab ich mir ja schon gedacht, dass du da nicht lang bleiben wirst, da hinten, mit den Ouvriers. Ich wollt's dir ja ausreden, aber du hast drauf bestanden, also dachte ich, das sei dein Wunsch?»

Sie streicht mit ihren beiden Händen über meine Oberarme – es ist frisch hier oben, windig, mindestens um diese Zeit. Und während sie sich so bei mir entschuldigt, für die Unterkunft, für alles, was sie gar nicht müsste, während sie von mir erwartet, dass ich dankbar sage, ja, das wär mir lieber, im Hotel, dass ich ihr Angebot annehme, während sie das hören will: dass ich auf keinen Fall noch länger in dem Bunker bleiben kann – hab ich mit einem Mal gar kein Verlangen mehr, mich zu beklagen, fürchte mich sogar davor, bekomme es mit einer Angst zu tun, die unerklärlich ist, so heftig, dass ich kurz davor bin, sofort wieder umzukehren.

«Nein, nein», sag ich, «ist schon gut ... das Zimmer, das ist schon okay. Nur diese feuchten Kleider, darin halt ich's langsam nicht mehr aus, die muss ich wechseln, neue holen, unten in der Stadt, und auch die Unterlagen, die ich brauche, wenn ich hier arbeiten will.»

«Arbeiten? Dann meint ihr das ernst, Mama und du, das mit dem Steg? Dann machst du den jetzt wirklich, vom Hotel zur Kanzel, auf dem Wandweg?»

«Ja», sag ich, «warum auch nicht? Der Ort, der ist spektakulär.»

«Das ist er, aber ...?»

«Außerdem» – ich zögere – «bin ich ja gern hier, vom Projekt mal abgesehen, hier wo du bist, und der Vater.»

Sie hakt sich bei mir ein.

«Ja, gut – komm, schauen wir den Weg mal an. Dann zeig ich dir, wo Papa starb, und kann dir dann erklären ...»

«Was erklären?»

Sie sagt nichts. Egal. Nur schon, so neben ihr zu gehen, ihre Schulter eng an meiner, nimmt mir etwas von der Angst. Als wir dann wieder oben sind, beim Wegweiser und auf dem Bergkamm, fängt der See endgültig Feuer.

«Was erklären, Lydia?»

«Ach, weißt du, Sebi, Milo – ich ...»

Ich hör, dass sie zu weinen anfängt.

«... ich hab nie gewusst, wie ich ihn ... hatte immer Mühe mit ihm. Und er kann doch nichts dafür!»

«Kann nichts dafür? Wofür denn?» Dass er so zur Welt kam, oder was?

Ich ziehe sie an mich; der Wandweg ist jetzt fast zu schmal für zwei. Wir sind vorbei am Bunker, und die Sonne, von der Wand verdeckt, muss aufgegangen sein, der See brennt lichterloh –

«Das weißt du doch. Das wissen alle, Sebi, auch wenn niemand etwas sagt!»

«Was denn?»

Sie sieht fast drollig aus, fast trotzig, wie ein Kind, dem man nicht glaubt.

«Wir brauchen uns nicht anzulügen, wir nicht auch noch, oder, Sebi?»

Wie sie sich jetzt an mich klammert. Wie am Quai, mit aller Kraft. Ich liebe sie. Was will sie sagen?

«Ich will hier kein Theater machen, niemand braucht jetzt noch mehr Drama, tun wir ruhig wie bislang, gut – ich will nur drüber reden können, und mit wem, wenn nicht mit dir? Das muss für dich ja auch ein Schock sein – deinen Vater anzutreffen, auf dem Friedhof, oder? Nicht? Und festzustellen, dass du am Begräbnis deines Bruder bist, und dann auch noch in seinem Zimmer – wolltest du das deshalb, Sebi? Es ist fürchterlich. Mein Gott!»

Ich trete ans Geländer. Sie legt ihre Hand auf meine Schulter. Erste Strahlen fräsen jetzt am Fels entlang und blenden mich. Es schießen Bilder durch mein Hirn, ein ratterndes Kreuzfeuer: hier der Bub, sein schwarzer, nasser Schopf, die himmelblauen Augen, da der Sarg, die fremden, blonden Leute, all die Fischlins und von Arxens, dann der Vater, kauernd, zitternd, in der Kirchenbank, am Grab, am Esstisch im Hotel, die hellen Sterne an der Zimmerdecke und das dunkle Jesuskind.

«Dann haben sie das dir verheimlicht, Sebi? So wie mir? Wie allen?»

Ich bekomme kaum noch Luft, ringe darum, wo nichts als Luft ist, vor mir, unter mir, nur Luft.

«Bis heute? Du hast nichts gewusst?»

Ich beuge mich vornüber. Nein. Er hat ja niemals was gesagt, der Vater. Hat nie was gesagt.

«Woher willst du das wissen?», frag ich.

Darum war er also hier, auf der Hohwand, nur immer hier. Und darum hat er nichts gesagt, mir Xenia nie vorgestellt. Darum. Darum!

«Und warum», frag ich, «warum sollte das so sein? Dir haben sie das so gesagt? Nur dir?»

Sie fährt mir übers Haar.

«Natürlich nicht, das mein ich ja. Niemand hat jemals was gesagt, erst recht nicht mehr, als Papa starb. Dabei war's offensichtlich, mindestens, wenn man es wissen wollte. Komm, wir gehen weiter, Sebi.»

Irgendwo muss ich mich halten. Am Geländer. Jetzt an ihr.

«Ich wollte es schon wissen, doch zu fragen hab ich mich nie getraut. Hab mitgespielt wie alle andern. Alle spielen mit, das hast du ja gesehen, in der Kirche. Aus Respekt vielleicht oder aus Stolz, ich weiß es nicht, egal. Komm, Sebi, komm.»

Wir gehen weiter.

«Aber dir – dir muss ich doch die Wahrheit sagen, oder, Sebi? Dir zumindest, oder nicht? Dich auch noch anzulügen, wäre ja – das wäre ja absurd. Das könnt ich nicht, selbst wenn ich's wollte. Fiel mir schwer genug, die letzten Jahre, diese Lügerei, auch wenn ich Mama schon verstanden habe ...»

Ich komm kaum noch mit.

«Weißt du, er hatte mich sehr gern, Papa, ich war sein Lieblingskind – na ja, schon klar, als einziges. Ich habe ihn vergöttert, und er mich verhätschelt – wenn er da war. So war er zu mir, aber zu Mama konnte er gemein sein. Oft war er ja gar nicht hier, war nicht bei uns, war unterwegs. Baustellen hier, Baustellen da, war wochenlang im Ausland ... fast wie du wohl, Sebi, oder nicht?»

Sie schaut mich lange an.

«War unterwegs, wo immer es ihn hintrieb – und nicht nur beruflich. Das war auch so was, das alle wussten, die es wissen wollten. Ich zumindest wusste es schon damals, schon als kleines Mädchen. So was merkt man, und dann später hab ich es gehört, gelesen, in den Zeitungen sogar. Mein Vater war in jedem Blatt, mit jeder möglichen Begleitung. Emil Fischlin, Architekt, mit Eva Kunz von *10vor10*. Emil Fischlin, Archtitekt, mit Yvonne Meyer, Galeristin. Fischlin hier und Fischlin da, mit dieser, jener, wem auch immer. Immer Frauen, immer schöne. Mich hat's nicht gestört, damals; ich war sehr stolz auf meinen Papa. Hab die Bilder rausgeschnitten, in der Schule rumgezeigt. Für Mama aber war es schlimm. Als Hoteldirektorin, mit Kongressen, Galas, Staatsbanketten, war sie ebenfalls bekannt, stand öfters mal im Rampenlicht. Einmal war Berlusconi da, und hat sich, als sie ihn begrüßte, nach dem Herrn Gemahl erkundigt. Papa stand gleich nebenan und schäkerte mit Stéphanie von Monaco, der Pop-Prinzessin. Kannst dir sicher denken, was der Berlusconi dazu sagte … Das hat Mama sehr getroffen, damals, diese Schäkerei. Und jedenfalls, schon bald darauf kam Alois – kam dann dein Vater.»

Vor uns zieht der Weg sich immer enger um die schwarze Wand – ein Gurt in einem dicken Bauch, so sieht er aus, im Gegenlicht.

«Sie kannte ihn schon vorher – über Papa, glaub ich. Ausgerechnet. Alois und Papa kannten sich vom Militär, die waren Dienstkollegen, Kameraden ... du weißt besser, wie man sagt.»

Sie lässt mich los und geht voran; jetzt ist der Weg wirklich zu schmal.

«Nein», sage ich, «das weiß ich nicht. Ich war selbst nie im Militär. Hab Rücken vorgeschoben, was mein Vater nie verstanden hat. Und nein, von Emil Fischlin hat er nie erzählt, dem Architekten ... auch von deiner Mutter nicht, die hat er mir ja überhaupt erst vor vier Tagen vorgestellt.»

«Am letzten Freitagmorgen? An dem Morgen, als du gehen musstest?»

«Ja, an diesem Morgen, im Café du Lac. Da traf ich sie. Da hat er sie mir vorgestellt.»

«Im Café du Lac?»

«Ja, warum?»

«Das war ein Lieblingsort von Papa. Hat er selber umgebaut.»

Sie dreht sich zu mir um, gleich wieder ab, und als ich nach ihr lange, stoppt sie, greift nach dem Geländer.

«Meine Güte, Sebi, das ist Wahnsinn, was uns da passiert.»

«Ein Wahnsinn, ja – oder ein Wunder», sag ich, stell mich neben sie.

«Weißt du, es ist nicht leicht für mich, das alles so zu akzeptieren.»

«Was – das Unglück?»

«Ja, das auch. Und dass er nicht von Papa war, der Kleine, und dass du – grad du! –, dass du der Sohn von diesem Mann bist, der ihn damals einfach so ersetzt hat, Papa. Einfach so. Ich hatte immer Mühe damit ...» Sie spricht in den Wind hinaus. «... und jetzt, jetzt –»

Ihre Haare flattern, flackern in der Morgensonne.

«Dir darf ich das sagen, oder? Milo – das war immer schwer. Ich wollte ihn gernhaben, wie man einen Bruder gerne hat, doch irgendwie gelang's mir nicht. Dabei war er ja herzig, trotz der Krankheit, wirklich herzig, ja. Doch er war eben nicht mein Bruder, nicht ein ganzer jedenfalls. Er kam zu einer Zeit zur Welt, als Papa erst grad tot war. Das war schrecklich: Alle freuten sich, dass Mama nochmals schwanger war, ich auch, dass Papa uns – wie soll ich sagen – etwas hinterließ. Und dann kam Milo. Wie er war.»

Die ersten Dohlen haben uns entdeckt, sie hängen über uns.

«Er war von Alois, das wussten alle – und verschwiegen es. Jetzt können sie's für sich behalten, bis in alle Ewigkeit. Hast du gemerkt, gestern, in der Kirche, was sie heimlich dachten? Bringen wir es hinter uns, das dachten sie, ist bald vorbei, jetzt können wir dann bald aufhören, mit der Maskerade, gut. Erleichtert waren sie, fast alle, außer Alois und Mama. Und ich selbst – ich war es auch. Als es passiert ist, wusste ich nicht mal, ob ich aus Panik weinte oder aus Erleichterung. So schlimm! Ich weiß es jetzt noch nicht. Du kamst mir wie ein Engel vor, als du den Kleinen retten wolltest – ihn hast du nicht retten können, aber mich, mich vielleicht schon.»

Sie dreht sich um zu mir.

«Oh, tut mir leid, ich darf so was nicht sagen – das muss schrecklich sein für dich, wenn du mich so was sagen hörst. Es tut mir leid, ich kann nicht anders. Mindestens mit dir nicht, Sebi, mindestens mit dir nicht mehr.»

Sie streckt, wie aus Verlegenheit, die Hand nach einer Dohle aus, und erst jetzt sehe ich das Kreuz, auf dem der schwarze Vogel sitzt. Es steht auf einem Felsvorsprung gleich hinter dem Geländer, festgekeilt in einer Spalte und leicht schief, ein simples Eisenkreuz. Davor zwei Alpenrosenbüsche, und am Kreuz selbst, festgeschmiedet, ein gerahmtes, kleines Bild: ein blonder Mann mit breitem Lachen. Lydia bemerkt, wohin ich schaue. Sie sagt nichts dazu. Den Mann erkenne ich auch so, den hab ich öfters mal gesehen, nicht persönlich, in der Zeitung: Emil Fischlin, Architekt, damals berühmt, und jetzt, es ist noch kein Jahrzehnt her, fast vergessen.

«War es hier, wo er ...»

«Ja, hier.»

Die Dohle bleibt auf ihrem Platz, legt bloß den Kopf etwas zur Seite, sieht wohl, dass die hingestreckte Hand nichts Essbares enthält. Lydia kniet sich hin, sie langt durch das Geländer nach dem Kreuz und rückt es wieder ganz ins Lot. Die Dohle flattert auf, kommt aber gleich zurück und setzt sich wieder, auf genau derselben Stelle.

«Vielleicht etwas weiter unten. Niemand weiß, wie weit er kam.»

«Zanetti war es, der das damals ...»

«... untersucht hat, ja. Vergeblich.»

Wenn man sich vorbeugen würde, sähe man vielleicht hinunter, doch ich halte mich zurück.

«Normalerweise traut er sich.» Sie streckt die Hand noch einmal aus.

«Der selbe Vogel?»

«Ja, ich glaube.»

Ich kann ihren Atem spüren, warm, vertraut und dennoch fremd. Für eine Nacht hab ich ihn mit ihr teilen dürfen. Eine Nacht. Es war die schönste meines Leben – und die schlimmste ebenfalls.

«Wir sind gleich bei der Kanzel vorn.»

Der Weg läuft immer enger um den Felsbauch, sinkt in seinen Schatten, wird daraus hervorgedrückt – als ob der Berg lebendig wäre, atmen würde, ein und aus. Ich bin den Weg bestimmt als Kind ein halbes Dutzend mal gegangen, kann mich aber erst erinnern, als wir um den letzten Rank und auf die Kanzelplattform treten. Dieser Vorsprung der Hohwand, ihr äußerster, ist betoniert, ein Halbrund, zehn, zwölf Meter breit. Rückseitig liegt die Felskapelle, eigentlich nur eine Höhle, deren hinterste Vertiefung einen Klappaltar enthält. Die Schnitzerei im Hauptschrein, eine Pietà, wird in den Flügeln von zwei Heiligen flankiert, links Lazarus und rechts Andreas. Von der Höhlendecke hängt die Ampel mit dem roten Licht. Vier Bänke, zum Altar gewandt, sind nur für Pilger da; *No picknick, please!* steht auf den Täfelchen. Ich stelle mir die Rentner vor, die hier ihr Sandwich essen möchten, hin- und hergerissen zwischen Hunger und Hochheiligkeit.

«Es gibt hier ab und zu auch einen Gottesdienst», sagt Lydia.

Wer Seeblick will, kann nirgends sitzen, auch nicht draußen auf der Plattform. Weltabwendung, konsequent.

«Und Trauungen?»

«Wie? Ja, das auch.»

Sie denkt wohl immer noch an vorhin, an den Unfall ihres Vaters, und ich selbst versuche, mich damit von Milo abzulenken. Stell mir vor, wie Emil Fischlin diese Wand hinunterstürzt, den Halt verliert, am Fels aufschlägt, in immer größerer Kadenz, bis in den See, in dem auch Milo – stell's mir vor, noch mal von vorn, wie einen Film, den man zurückspult, stell's mir vor in allen Details, nur um nicht daran zu denken, wie – wie Milo – wie mein Bruder – in demselben See ertrinkt. Ich kann mich nicht mehr retten vor den Bildern, jetzt erst recht nicht mehr, jetzt, wo ich weiß, was ich getan hab, jetzt nicht mehr, jetzt niemals mehr, es gibt jetzt nichts mehr, was mich noch beruhigen könnte, Lydia – sie schiebt mich plötzlich an die Wand, küsst mich und lässt mich nicht mehr los. Ich halte still, bin wie gelähmt – sie auch –, wir bleiben Mund an Mund, so lang, bis uns die Luft ausgeht, oder der Mut. Mir selber beides.

«Komm, wir gehen auf die Plattform», sage ich.

Sie starrt mich an. «Die Plattform?»

«Ja. Die Kanzel. Komm.»

Wir treten raus, noch halb benommen, wissen nicht, wohin mit uns.

Das Halbrund dieser Plattform ragt recht weit über die Wand hinaus, ist aber nur mit Seilen abgesichert, wie der Weg, der hinführt: Pfosten, zwei Stahltrossen, wie ein Boxring. Hoffentlich stabiler.

«Wie ist die denn abgestützt? Stahl oder Beton?»

«Keine Ahnung. Papa wollte sie aus Glas, so wie im Bunker, weißt du, doch das haben sie ihm nicht bewilligt. Sei diskriminierend, hieß es – Höhenangstgeplagte würden sie dann nicht betreten können.»

Lydia bleibt zurück, ich trete ans Geländer.

Don't lean out

Nicht anlehnen

Ne pas se pencher

Vietato sporgersi

Das käm mir auch nicht in den Sinn – selbst wenn ich ganz gerade stehe, zieht es mich gefühlt vornüber. Würd ich mich nach vorne beugen, sähe ich die ganze Wand, wohl auch die Unfallstelle, an der Emil Fischlin abgestürzt ist. So jedoch ist nichts als Leere zwischen mir, hier, und dem See. Die Sonne hüllt sich, kaum erwacht, in eine dicke Wolkendecke; aller Wasserglanz verebbt. Man sieht Kielwasserstreifen, aber keine Boote, nirgendwo – das waren Fischer, nehm ich an, die schon vom Morgenfang zurück sind.

«Wollen wir?»

Wir sollten wohl. Ich gehe hinter Lydia, sie schneuzt sich in ihr Taschentuch. Wir reden nichts, auch nicht beim Kreuz. Die Dohle sitzt noch immer da.

Als sich der Weg verbreitert, nimmt sie mich wie vorher bei der Hand. Ich liebe sie. Wenn ich nur dürfte.

In dem Bunker brennt jetzt Licht; wir gehen stumm daran vorbei. Sie rechnet offenbar damit, dass ich sie zum Hotel begleite.

«Vielleicht willst du», sagt sie, als wir vorne beim Wegweiser sind, «mit deinem Vater Frühstück essen? Er und Mama sind um diese Zeit meist schon im Speisesaal.»

«Es tut mir leid», sag ich, «dass ich verschlafen habe, gestern Abend.»

«Ach. Es war seltsam genug, auch ohne dich, mit nur uns dreien.»

«Habt ihr denn mit mir gerechnet, lang gewartet?»

«Nicht sehr lang. Ich hab versucht, dich zu erreichen, aber eben ...»

«... kein Empfang.»

«Mama hat nachgefragt, bei Mirror, doch der wusste auch nicht mehr. Da haben wir halt angefangen, dachten, dass du später nachkommst.»

«Ich bin einfach eingeschlafen; die Beerdigung und alles, das war ...»

«Schon klar. Macht ja nichts. Wenn du jetzt wirklich diesen Steg baust und hier oben wohnen willst, dann wirst du Mirrors Kochkunst schon noch besser kennenlernen können. Und mich auch, wenn du das willst. Das willst du doch, Sebi – willst du?»

Ich schau mich um. «Ja, unbedingt. Doch zuerst muss ich in die Stadt», sag ich, «muss meine Sachen holen.»

Sie legt ihre Stirn in Fältchen.

«Bringt die denn nicht dein Vater mit?»

«Mein Vater?»

«Ja, ich dachte schon. Er fährt ja ohnehin hinunter, auf den Markt, mit Mirror. Hat er dir denn nichts davon gesagt?»

«Nein, davon hab ich nichts gehört.» Er hat zwar einen Schlüssel zur Mansarde, doch den braucht er nie, schon gar nicht, ohne mich zu fragen. Kleider holen! Nicht mein Vater. «Bist du sicher?»

«Ja, ich glaub. Zumindest haben sie das so besprochen, er und Mama, gestern. Aber frag sie selber. Wenn sie nicht eh schon beim Frühstück sind, dann kommen sie ganz sicher bald.»

Wir gehen dem Hotel entlang; beim Seiteneingang bleibt sie stehen. «Du kommst nicht?»

Ich bin erleichtert – weiß nicht, wie das wirken würde, wenn wir da zu zweit auftauchten.

«Nein, ich mach mich erst mal frisch.»

Sie reibt sich ihre Augen. «Aber später, oder? Ist okay? Das setzt mir alles ziemlich zu. Dir sicher auch. Es ist verrückt.»

Sie drückt mir nochmals fest die Hand, sehr fest, nur das, bevor sie geht. Ich schaue die Fassade hoch und rate, wo das Licht angeht. So richtig hell ist es noch nicht; es scheint fast, als ob sich der Tag die Fortsetzung noch überlegte. Sie wohnt bestimmt mit Seeblick, auf der andern Seite, denke ich, doch dann geht über mir ein Licht an, oben rechts im zweiten Stock. Ich will nicht, dass sie mich hier sieht und trete auch durch diese Tür. Sie führt in einen langen Flur. Fast endlos lang, so scheint es; er durchläuft den ganzen Hotelflügel, überm Tunnel, nehm ich an. Ich sehe einen Lift und überlege kurz, ob ich ihr nach soll. Besser nicht.

Nein, besser nicht. So laufe ich den Flur hinunter, Dutzende von Zimmern lang, muss an *The Shining* denken, bis ich endlich in der Lobby bin.

«Herr Zünd, recht schönen guten Morgen! Vorne rechts, Sie wissen, wo.»

Ich zögere – hier reinzugehen, mich zum Vater hinzusetzen, ihm und Xenia – wie kann ich? Aber es wird wohl erwartet, und tatsächlich: Sie sind da. Der Vater über seinem Kaffee, Xenia scheinbar beschäftigt, mit dem Messer in der Hand. Sie hat mich ganz bestimmt bemerkt, begrüßt mich, noch bevor sie aufschaut.

«Guten Morgen, Sebi. Du hast gut geschlafen, hoffen wir?»

Sie spricht im Plural, doch der Vater wär wohl lieber gar nicht hier. Hat sie ihn eingeweiht? Hat sie? Obwohl ich am Verhungern bin, wird mir fast übel von dem Anblick, Butter, Käse, Gipfeli ...

«Vor allem l a n g hab ich geschlafen», sag ich, «schon am Nachmittag – und bin erst spät nachts aufgewacht. Deshalb hab ich gefehlt am Abend.»

«Kein Problem», sagt Xenia. «Da gibt's noch oft Gelegenheit, mit uns zu essen, keine Sorge. Nächstes Mal schon heute Mittag, oder spätestens am Abend!»

Sie beäugt mich unentwegt – als wären wir im Labor, sie die Forscherin, ich der Proband.

«Ich muss erst runter in die Stadt, ich brauche Kleider, Bürozeugs. Und gibt es Internet hier oben?»

«Kann ich dir mitbringen, alles», höre ich den Vater – bin nicht sicher, ob ich richtig höre. «Kleider bringe ich dir mit. Der Schlüssel passt ja noch, zur Wohnung?»

«Ja, schon, aber –»

«Lass ihn, Sebi, er muss sowieso hinunter. Geht mit Mirror an den Markt, wie jeden Dienstagmorgen. Sag ihm einfach, was du brauchst. Er bringt's.»

Ich stelle mir den Vater vor, wie er in meinen Unterhosen wühlt, versteh die Welt nicht mehr. Wieso spricht sie für ihn? Hat sie ihn eingeweiht? Hat sie das wirklich?

«Nein, ich kann doch selber fahren!», wehr ich mich, «Wieso denn nicht? Das ist ja keine Stunde, in die Stadt hinunter und zurück. Und irgendwann muss ich ja auch ...»

Sie schaut den Vater an, wie er im Kaffee rührt. Das ist die Antwort. Ihre Antwort. Seine auch.

«Am besten machst du eine Liste», schiebt sie nach und winkt dem Kellner.

Sie hat diese Freundlichkeit von Leuten, denen stets gehorcht wird, die nicht mal befehlen müssen. Ich bestelle einen Kaffee, Kugelschreiber und Papier. Und dann notiere ich tatsächlich, Punkt für Punkt, was ich hier brauche: Wäsche, Socken, Hosen, Hemden, T-Shirts, einen Wollpullover – zwei, der Sommer ist vorbei –, den Fleecepullover und den grauen Anzug (müsste auch im Schrank sein). Dann vor allem meinen Laptop (inklusive Ladekabel), alle roten Ordner und den einen grünen mit den Plänen, Planpapier, den Pückler-Muskau, auch das kleine, schwarze Büchlein, all die Post-its auf dem Pult (einfach in eins der Bücher kleben). Dann, im Bad, mein Necessaire – ich muss an die Pariser denken, die im selben Schränklein sind –, das Parfüm links (Eternity), die Puma-Tasche mit dem Sportzeug, Badezeug (der weiße Sack), die Joggingschuhe (beim Eingang), die Oxfords mit der Gummisohle (braun), die hohen Wanderschuhe, zwei Jacketts (eins Cord, eins blau), die Goretexjacke und den Rucksack. Winterstiefel? Ja, wer weiß, die Winterstiefel besser auch. Am Ende zieht sich diese Liste über eine Seite hin.

«Wie soll das gehen?», frag ich in die Mitte, schieb die Liste hin. «Wie soll das ganze Zeug zum Auto?»

«Mirror hilft mir», sagt der Vater in den Kaffee, rührt darin.

Ich lasse mich anstarren und anschweigen, bis der Kellner kommt. Er fragt, ob ich noch etwas möchte.

«Nein, ist gut.» Ich stehe auf. Ich kann mich nicht mal überwinden, einen guten Tag zu wünschen – stehe einfach auf und gehe.

An der Réception schaut man mir nach, ich fange an zu rennen, renne raus, vorbei am Brunnen, auch vorbei am Seiteneingang, rauf zum Bergkamm, zum Wegweiser, und dann – nein, nicht in den Bunker, sondern runter in den Wald. Der ist stockdunkel um die Zeit, ich renne trotzdem weiter, schneller. Wurzeln, dick wie Kinderarme, lassen sich noch kaum erahnen, blindlings fliege ich darüber, spüre, wie die Sohlen meiner Budapester knacken, brechen, auch egal, ist mir egal, nur weg hier, alles sonst egal. Der Pfad wird steiler, führt in eine Schlucht – wohin? – auch das egal, zu diesem Pintli, nehm ich an, und dann den ganzen Berg hinunter, bis nach Ennetwand, ins Tal. Doch so weit komm ich leider nicht, nur bis zu einer runden Tafel:

Closed
Gesperrt
Fermé
Fermato

Mitten auf dem Weg steht sie – rot-weiß umwickelt mit Trassierband, das an Bäumen festgespannt ist, beiderseits den Weg versperrt – ohne Erklärung oder Warnung. Auch an der Verzweigung war nichts angegeben. Gibt's doch nicht! So straff, wie dieses Band gespannt ist, kann es noch nicht lange hier sein, und es wäre nicht mal nötig: Jeder kann die Tafel lesen. Wie wenn sie die Arme ausgebreitet hätte, steht sie da, auf ihrem Ständer, diese Tafel, wie wenn sie partout verhindern wollte, dass hier jemand durchkommt. Ich will drübersteigen – würde das auch tun, wenn ich jetzt statt der Tafel nicht auf einmal Xenia sähe, die den Weg versperrt – und wenn es nicht, ich schaue hoch, zu regnen angefangen hätte. Leise erst, mehr hör- als spürbar, nur als fernes Wispern, dann als Rauschen in den Buchenkronen, und dann doch als Prasseln, das das dichte Blätterdach durchsiebt. Ich will mir meine Schuhe binden, lass es sein, sind eh kaputt. Stattdessen scharr ich Dreck zusammen, forme ihn zu einem Klumpen, schmettere ihn an die Tafel, mache kehrt und stapfe los, ich Idiot, bergauf, zurück.

Viel heller wird es nicht, als ich den Scheißwegweiser wieder sehe, nur noch nasser, glitschiger. Jenseits der Kante ist die Welt verschwunden, alles Grau in Grau. Wo jetzt der See liegt, wo das Land beginnt, der Himmel – keine Ahnung. Wohin soll ich gehen? Bleibt ja nur der Bunker, meine

Zelle; diese ewig feuchten Kleider kann ich nirgends sonst ablegen. Nur der Bunker bleibt, sonst nichts. Ich gehe nicht direkt zum Eingang, sondern noch ums Eck herum – ist alles dunkel, immerhin. Dann eben rein in diesen Kerker. Wenn ich nur den Scheißcode wüsste, 1958, -85, 1859 – jetzt, die Scheißtür ruckelt auf. Mir weht Gestank entgegen, er ist fürchterlich, noch einmal schlimmer, weil ich jetzt nicht mehr an Mama, nicht mehr an Spitalluft denke, sondern an die Ouvriers. Ich zähl die Lampen, bis ich zur Kaverne komme, zwölf sind es. Der Tunnelschacht ist jetzt, wo niemand drin ist, nur ein schwarzes Loch, den müsste man absperren, nicht die Wanderwege, gottverdammt. Am Kleiderhakenbrett hängt außer einer gelben Jacke nichts.

Ich gehe in die Küche. Jemand hat den Ofen eingeheizt, er leuchtet blau und rot, ein letztes Flämmchen züngelt hoch und stirbt. Lichtschalter gibt es keinen, selbstverständlich, nicht mal einen Sensor, oder er erkennt mich nicht, der Scheißsensor. Wen überrascht's. Ich knie mich zu dem Ofen hin, mache das Türchen auf und lege eins der letzten Scheiter nach. Ich habe Hunger, habe Durst. Im Dunkeln tappend, such ich die Regale ab, doch finde nichts; Geschirr hat's für ein Bataillon, nur nichts zu essen, nirgendwo. Dann, endlich, brennt das neue Holz, und endlich: eine Packung Müesli. Aufgeschnitten, schon halb leer. Ich schütte mir die Hand voll, stopfe mehr rein, als ich schlucken kann. Auch H-Milch find ich, wenigstens; ich leere gleich die ganze Tüte, leere auch den Müesli-Beutel. Außer meinem Knuspern und dem Feuerknistern ist es still. Ein Abfallkübel? Nirgends, klar. Was soll ich denn jetzt tun in diesem gottverdammten Scheißverlies? Ins Zimmer rauf, mich aufs Bett legen, warten, bis die Kleider trocken sind, und den Gestank genießen? Den Gestank, der sich derweil genau in diesen Kleidern festsetzt? «Scheißdreck, wirklich», fluch ich laut, «so ein verdammter Herrgottsscheißdreck.»

«Well, well, well.»

Ich fahre rum – da hinten in der Ecke, ganz im Dunkeln, steht jemand und spricht. Jemand, der an der Schälmaschine lehnt, mit überkreuzten Beinen. Jemand, dessen Beine man im Feuerschein sieht, nur die Beine.

«Wieso diese Temperament, Herr Zünd, schmeckt diese Müesli nicht? Dann sollten Sie probieren, was mein Pâtissière Dorli macht – das ist deliziöser als ein Crunch-Light-Müesli, sicherlich, und dieses hier, just by the way, gehört Ines, so glaube ich. Warum Sie gehen nicht vorbei im Hotel, für ein gutes Frühstück? You should try the Streuselkuchen, das ist meine Favourite. Und sicher kann Ihr Vater Ihnen etwas leihen zum Anziehen, bis die Kleider trocken sind. Er wird doch? Das wird er bestimmt.»

Ich habe mich vor Schreck verschluckt, bekomme einen Hustenanfall, spucke Müeslireste aus, die mir im Hals festkleben. «Was – was machen Sie hier, Mirror? Ich –»

«Oh, nichts, ich trinke einen Tee. Soll ich mich für mein Being here entschuldigen? Ich glaube nicht. Mein Tag wird lang genug sein, heute – sicherlich ich bin erlaubt, noch einen Tee hier zu genießen?»

Er stellt eine Tasse ab. Ich hör es nur, kann ihn nicht sehen, auch sein rotes Starren nicht.

«Dass Sie in dieser Art von Wetter nicht noch einmal hinauswollen, that I understand, ist klar. Ist nicht das Wetter für Spaziergang, right? Doch es gibt auch den Tunnel! Either way, die nassen Kleider, those you should get rid of, really, sonst erkälten Sie, Herr Zünd. Ich werde Ihnen Kleider bringen, heute Nachmittag, wenn ich mit Ihrem Vater gehe in die Stadt und auch zu Ihrem Heim. Das werde ich, I promise, aber trotzdem sollten Sie schon wechseln. Es gibt viele Kleider hier, my own, von Özkan, Olugbenga, oder ... ja, die von Tomás, they'll fit you – and he will not mind. Soll ich für Sie was holen gehen ...?»

Sicher nicht, ich winke ab, und Mirror, so devot er tut, bewegt sich nicht aus seinem Schatten.

«You decide, it's up to you, ich will Sie nicht forcieren.»

Es klingt höhnisch.

«Wissen Sie, mein Lieber, meine Ouvriers und ich, wir werden alles tun für Ihr Wellbeing, während Sie sind hier. Das ist sehr wichtig, wissen Sie – ich möchte das betonen –, dass Sie hier zu Hause fühlen, ja? Sie werden ja bis Christmas hier sein, mindestens, so höre ich?»

Ich würde ihm, der unverändert in der dunklen Ecke lehnt, der mich aus seiner Ecke anstarrt, während ich ihn nicht mal sehe – würde ihm am liebsten an die Gurgel springen, diesem Scheißkerl, und ihn zwingen, mir zu sagen, was das alles soll, den Bastard.

«Bis Weihnachten?», frage ich, so beiläufig wie möglich. «Wieso das? Wieso bis Weihnachten?»

«Well, das ist, was ich hab gehört. Sie möchten ja den ganzen Wandweg bauen, so erzählt Madame, vom Hotel bis zur Kanzel, alles neu, a whole new concept, right? Wie sagte sie – *Le tour direct*? Sie müssen mich entschuldigen, my French is not as good as it should be for someone in my job.»

«Nun», sag ich, huste Müeslibrei, «das wär mal die Idee, der Wunsch von Ihrer Chefin, noch nicht mehr. Ich werde mir das überlegen, wenn die Kasse stimmt. Und selbst wenn ich hier so was machen sollte – *Nature directe* heißt das Ding – selbst wenn ich hier so etwas baue, brauche ich kein halbes Jahr, muss ich dafür nicht so lang hier sein. Ich mache die Planung, muss nicht jede Planke selber legen, und das kann ich auch zu Hause.»

«Hmm» – es klingt, als ob der Koch jetzt lächeln würde – «Frau von Arx, das haben Sie vielleicht notiert, ist ziemlich überzeugt, dass Sie hier bleiben sollten, for a while. Und wenn sie überzeugt ist von etwas, dann ist sie überzeugt.»

«Mag sein», sag ich und schiebe mit dem Schuh die Müeslireste weg. «Wenn i c h mal davon überzeugt bin, und die Sache mal geplant, dann dauert das vielleicht sechs Wochen. Sicher nicht ein halbes Jahr.»

«Da mögen Sie recht haben oder nicht, da bin ich kein Expert. But still I'd rather recommend – ich würde Ihnen, wenn ich darf, vorschlagen, dass Sie da mitgehen, was die Chefin sagt, Herr Zünd. Das hat sich – wie sagt man? – bewährt. Financially, da brauchen Sie nicht sorgen, das ist nicht ein Ding. Wenn Madame etwas will, wenn etwas wirklich wichtig ist zu ihr, dann unterstützt sie es mit alle Mittel, ganz egal wie viel. Und dieses Projekt à la Nature –

wenn ich gestern mit ihr sprach – das liegt sehr nah zu ihrem Herzen, das war meine Impression. Das ist sehr wichtig für Madame, dass Sie hierbleiben, Mr. Zünd, in dieser Zeit der Schwierigkeit. Sie sind ja auch der Sohn von Madames zweite Liebe, Mr. Zünd, wenn ich so sagen darf – fast schon ein Freund von der Familie. Das ist sehr wichtig, dass Sie hier sind, after all that happened, Mr. Zünd, with your experience.»

Sein Ton ist unerträglich.

«Und natürlich muss ich einem Specialist wie Ihnen nicht erklären, dass das Terrain hier besonders schwierig ist. Sie kennen das. Sie haben ja die Opportunität gehabt, den Weg zu sehen. Der – wie sagt man, Kalkenstein? –, der ist nicht überall stabil. Sie müssen also beim Construction Work auch Sicherheit einplanen, sonst ein Unfall geht sehr schnell. Das ist auch leider schon passiert, hier.»

«Ja, ich weiß. Ist mir bekannt.»

«Ah, ja, Sie wissen? Woher denn?»

Das Fichtenholz im Ofen knackt, flammt auf und spiegelt sich ganz kurz in Mirrors riesenhaften Augen.

«Also haben Sie gehört von Emil Fischlins Tragedy? Ihr Vater hat Sie das erzählt?»

«Der nicht, der hat nie was erzählt.»

«Dann Lydia?» Er räuspert sich. «Alright. Das war auch tragisch, das – der Kalkenstein, der ist gefährlich, very loose, er fällt sehr schnell. But you know that, no need to tell you ... Jetzt ist es so lang zurück, wir haben uns dazu gewöhnt, es ist nicht mehr so schlimm – ist schlimm genug mit Milo, ist es nicht?» Er räuspert sich erneut. «Dann sind

Sie heute schon im frühen Morgen ... Lydia war auch dabei? Sie hat die Blumen gießen wollen?»

«Blumen gießen? Welche Blumen?»

«Bei dem Kreuz.»

«Die Alpenrosen? Wenn die etwas nicht mehr brauchen, ist es Wasser», sage ich, «nach all den Regentagen neulich. Außerdem, das sind ja quasi wilde Büsche, keine Sträuße. Wasser haben die genug.»

«Ja, ja, das stimmt, of course, Sie sind der Garden Specialist, I see. Ich dachte nur, weil Fräulein Fischlin ... kennen Sie Miss Fischlin gut? Ich dachte, erst seit letzte Woche – sagte mir Madame – seit dieser Unfall war mit Milo?»

«Ja.» Ich scharre Krümel weg. «Ja, ja, genau, seit letztem Donnerstag. Ich war am Quai, als es passiert ist, war zufällig in der Nähe, konnte leider nur noch –»

«– ganz zufällig, ja, in ihrer Nähe, that's what I've heard, too, haha. Und jetzt spazieren Sie mit ihr. Im frühen Morgen. Yes. Aha.»

«Ja, und?», geb ich zurück. «Dafür muss ich mich kaum entschuldigen, genauso wenig wie Sie sich für Ihren Morgentee, nicht wahr?»

«Nicht dafür, nein, Herr Zünd. Das nicht.»

Jetzt schlürft er Tee, der Scheißkerl, der weiß alles, der ist eingeweiht. Manchmal gewinnt das Feuer kurz an Kraft, dann tritt er aus dem Dunkel, sieht es aus, als ob er einen Schritt nach vorne machen würde. Tut er aber nicht, der Feigling: Seine Küchenhosenbeine bleiben still gekreuzt, nur seinen linken Clog, den lässt er an die Ferse schnellen, hin und wieder.

«Wissen Sie, Herr Zünd, ich war schon sehr erstaunt, als Sie hier – may I say so? –, als Sie hier auftauchten. Oder nein, to be precise, ich bin natürlich nicht erstaunt, dass Sie in diese Situation bei Ihrem Vater stehen – that's quite natural, that's only right. Nein, ich war mehr erstaunt, warum und wie Sie hier gekommen sind, auf welche Weise, suddenly. Frau von Arx – kann ich Xenia sagen, Sie sind auch per du mit ihr, nicht wahr? –, sie hat mir das erzählt, Ihre Geschichte, wissen Sie. But as it seems, she doesn't know it all, weil jetzt ich staune doch – dass Sie mit Fräulein Fischlin ...»

«Was?»

«Well, ist es nicht ein bisschen früh, um sechs Uhr zu spazieren gehen?»

Ich vermeide seinen Blick selbst jetzt, wo ich ihn gar nicht sehe.

«Pardon me for being nosey, aber dann – ich wusste nicht, dass Sie Miss Fischlin so gut kennen. Pardon me, dann – hahaha – dann geht ja alles gut für Sie. Dann – hahaha – hahahaha!»

Sein Lachen ist so trocken wie mein Husten.

«Now then, wunderbar! Das ist doch wunderbar! Wenn alles so sich arrangieren lässt? Alright, wieso denn nicht. I get it.»

Mirrors Clog wippt auf und ab; das Feuer flackert hastiger, als ob es auszufressen gälte, was vom Scheit noch übrig ist.

«Dann werden Sie, hahahaha, vielleicht doch etwas länger bleiben, als Sie dachten, am I right? Noch viel, viel länger!»

«Sicher nicht.» Ich weiß nicht, worauf er hinauswill.

«Wieso nicht? Courage, Herr Zünd! Das Grand liegt doch, so wie es scheint, right at your feet, an ihren Füßen! Vielleicht müssen Sie noch Ihre – wie sagt man? – Spuren verdienen? Aber dann Sie können hier einsteigen, quite ideally. Sie sind noch jung, Sie haben die Familie hier, und einen Namen ... You know, Mrs. von Arx, Xenia, as strange as it may sound, if last week didn't happen, well ... you'd be exactly what she likes, a man who fights for what he wants. That's just the kind of man she likes.»

Der Clog klatscht gegen seine Ferse, feucht und rhythmisch, immer schneller.

«Es gab eine Zeit», sagt er, «when I was in the pole position, when I was the go-to man. I've helped her quite a lot, das bin ich doch, I think, erlaubt zu sagen. Als ich kam an Bord, in dreiundneunzig, war hier noch kein Bunker – nicht zum Wohnen, I should say – das war nur Military, alles wie bereit zum Weltenkrieg. Ich bin von London hier gekommen, vom Fat Ram, hab ich gesagt? Zwei Jahre war ich in der City, aber dann es war genug. Zwei Sterne habe ich geholt, das Restaurant berühmt gemacht, but when the press became aware, wenn es um Fotos ging, um Storys, dann es waren Rob and Ray, then they preferred to pose themselves. The owners, you might know. And who could blame them? They just did what worked. Like you, haha. Hahahaha.»

Wir husten beide.

«Anyway. So I came here, zu diesen Ort, der auch gebraucht hat einen Stern. Jetzt es sind zwei, Sie wissen sicher, as a man of taste, auch hier. It wasn't Emil Fischlin, der mich holte – es war Xenia. We clicked right from the start, the two of us, right from the day we met. Not as a couple, mind you – ich hab nicht die looks von Misters Zünd, father and son, unfortunately, und auch nicht die von Mr. Fischlin. Aber als ein Freund und Helfer – so sagt man, nicht wahr? –, als Freund und Helfer sie hat mich gebraucht. Es war auch Not am Mann, damals – so sagt man, Not am Mann, nicht wahr? Herr Emil Fischlin, God bless him, er war nicht eine große Hilfe, wenn es um das Hotel ging. Das Hotel, it was Xenia's. She even used her maiden name to honour her grandfather. Fischlin, meanwhile, had his own agenda. War ein großer Architekt, no doubt, sein Name wird bestehen. Aber auch, ich muss es sagen, er hat Xenia benutzt, hat auch das Grand Hotel benutzt, just to promote his own career. When Xenia had married him, she'd thought that he'd stay here, become a hotelier, or so he'd say. Das hatte er versprochen, so hat Xenia erzählt zu mir. But no. As soon as er war durch mit seine Renovation – das Hotel hat er renoviert, ganz wunderbar, admittedly –, er wollte mehr, and someplace else. Am Anfang nur interior – Sie kennen das Du Lac? –, dann aber er fing an to build his own, aus Glas, die unsichtbaren Häuser, as they called them in the press. He had just one, big, bold idea – glass wherever glass would work – and knew exactly where it would. Auch das schon fast wie Sie, Herr Zünd. The Fuori in Intragna, the Underground-Museum in Tarasp, das Tropenhaus of course. Von dann er war fast nur noch unterwegs, sehr viel im Ausland auch, in Denmark, Sweden,

Holland, Spain, in Portugal, what do I know. Like you, indeed, isn't that funny? His career was much like yours: from here to international. He didn't show much interest in the hotel business, anymore, und auch nicht, wenn ich so erlaubt zu sagen bin – in seine Frau. Wenn er war hier, dann nur, zu übersehen, wie die Arbeit ging am Bunker – then he left again. Wenn ich dazukam, vor acht Jahren, Xenia war auf sich allein, sie musste kümmern über alles. Offiziell sie suchte einen Küchenchef damals, alright, doch eigentlich, so habe ich gemerkt, sie suchte einen Partner, für das Hotel, meine ich. Und ich, ich konnte sehr viel helfen, so viel sage ich mit Stolz.»

Wie aus dem Nichts vollführt er einen Stepptanzschritt mit seinen Clogs – dann kreuzen sich die Beine wieder in exakt derselben Haltung.

«Schauen Sie an das Hotel! Es läuft so gut wie nie bevor. Wir haben ziemlich viel geschafft, zusammen, Xenia und ich. There was a time, you know – ich bin sehr offen gegen Sie, Herr Zünd – für eine Zeit I even thought, I could be more than that, ich könnte sein noch mehr für Xenia als nur ein Partner im Geschäft. Sie war so sehr allein damals. But then your father came, und er hat, wenn ich so erlaubt bin zu sagen, geholfen auch, auf seine Weise. And that's perfectly alright; I'm fine with that, I won't complain.»

Er schlackert wieder mit dem Schuh.

«But what I did hope for myself – auch das ich sage Ihnen offen – ist, dass ich vielleicht einmal selbst führen könnte das Hotel, oder zusammen auch mit ihr, mit Xenia, as business partners. Sie hat auch das überlegt, das weiß ich for a fact, und ich weiß auch, dass Alois – Ihr Vater –, dass er selber das nicht wollte. Aber jetzt sind Sie da, Sie sind jung, und alles ist jetzt möglich. Who knows what the plan may be ...»

Wenn ich das wüsste, denke ich. Er ist tatsächlich eifersüchtig.

«Xenia, she usually lets me in on what she plans. She will. Sie wird mir sagen, was sie plant, was ihre Pläne sind für Sie.»

Es hört sich an wie eine Drohung, oder auch Befürchtung – schwer zu sagen, wenn man sich nicht sieht. Das Holzscheit ist zu einem glimmend roten Mocken abgebrannt. Ich will nachlegen, greife in die Scheiterbeige unterm Ofen.

«Lassen Sie, Herr Zünd, ist es nicht besser dunkel, ist es nicht? Or do you want more light on me?», sagt er und lacht sein Hustenlachen. «In der Hotelküche, wenn ich an die Arbeit gehe, ich hab Licht genug, all day and night. So, if you don't mind, Mr. Zünd ...»

Ich lege das Holzscheit zurück.

«Die Krankheit, die ich habe, Mr. Zünd, heißt Morbus Basedow. Hab ich schon Ihnen so erzählt? In England man sagt Grave's Disease. Ich hatte große Augen schon als Junge, I was *Salamandar*, that's what they would call me. Everybody, nicht nur die Kroaten. Aber eine Diagnosis gab es erst in London, wo ich von dem Krieg geflüchtet bin, in einundneunzig, von Gospić. Ich kam nach England mit ein Kriegsreporter, der mich nahm mit sich, ein britischer Reporter, Stuart, he worked for the *Guardian*. Als er war stationiert in Gospić, er war regulärer Gast in unsere Kafàna; meine Eltern haben jeden Tag gekocht für ihm für viele Wochen, bis es wurde zu gefährlich. Meine Eltern, you should know, they had a restaurant in Gospić. Wenn es explodierte, ich kam von der Stadt zurück, zwei Kilometer weg, ich hörte es. Ich weiß nicht bis zu diesem Tag, ob die Kroaten wollten warten, bis ich weg war, mich zu sparen. Ob sie wollten mich lebendig, wie die vielen anderen, die mit Bajramović wegmussten in den Wald ... what do I care. My mother wasn't raped, I can't complain, my father wasn't tortured. No, I really can't complain. They just went up in flames – I saw them lying there next to each other on the kitchen floor, all black and twisted like two charred french fries.»

Er schlackert.

«That's when it began – when I became aware of how the pain behind the eyes got worse, the pressure from inside. It's called *protrusio bulbi*, *exophtalmus*, *ophthalmopathy*, whatever. Stuart came ten minutes later, he had heard the bang like me. He found me standing in the kitchen, told me I should look away. *Imagine something beautiful,* he said, and close your eyes. I couldn't. *Something dear to you,* he said, but what was dear to me was my two parents crumbling on the floor. That's where it must have started. It's all in the genes, you know, you're born with it, a hormonal misfunction, but dispair can make it worse. The more you fret, the worse it gets, a vicious circle, if you will. So Stuart took me back with him, to London, sent me to St. Mary's. And from there ... sie schickten mich in die – wie sagt ihr? – Klapsmühle?

Sie diagnostizierten mich mit Borderline-Syndrom, mit was man nennt ein Kriegstrauma, you know. Ich bin nur eine Nacht geblieben, bin gleich wieder abgehaut, ohne Papiere, fast kein Geld. In Camden ich hab kochen können, fünfzehn Stunden jeden Tag. Dann wollten sie ein Tournant im Fat Ram, ich nahm den Test – and there I was, employed, can you believe it? Kochen, das war, was ich konnte, von zu Hause schon, of course, I was possessed by it, ich wollte es für meine Eltern tun. Und Stuart – ich sah nur noch zweimal, dann er ging nach Kosovo. Ich las von ihm im *Guardian*, I still have his obituary. Well, anyway, excuse me – in der Küche das war kein Problem, was ich mit meine Augen hatte. Auch wenn sie so schauten wie Ballone, das war ganz egal, auch wenn ich fast gestorben bin, mein Herz und auch mein Thyroid fast explodiert ist von der Hitze. Irgendwann ich ging dann doch zum Doktor, nahm das Risiko – they might have locked me up again – but this time round they got it. Es war auch nicht wirklich schwer zu sehen, very in your face, haha. An obvious case of Grave's Disease. They got it, aber die Behandlung, die war ein Disaster. Ich bekam das radioactive treatment, radioaktives Iod. Es macht die Thyroidendrüse – wie sagt man auf Deutsch? –, es macht die Schildendrüse ganz kaputt. So far, so good, but they forgot to supplement it with Thyroxin, das ist das Hormon, das du dann brauchst, ohne die Schildendrüse. They forgot it, einfach so, sie haben es einfach vergessen, National Health, you know, maybe because I was no citizen. But seriously, my eyes got worse. Bis dann an einem Abend eine Frau von Arx war da zum Dinner, with her husband – that was back when they went out together still – and asked if she could see the chef. Normalerweise würde ich nicht aus der Küche kommen, so was war für Rob and Ray, the owners, wie ich habe schon gesagt. You know them? Fags, they're famous now, but no longer successful, hahaha. But on that evening, then, sie waren beide weg, und unser Maître d' insisted, dass die Lady, eine Hotelière, mich wollte sprechen, unbedingt. Now, you know Xenia, man sagt nicht wirklich gerne nein zu ihr, das war schon damals so wie heute. So I came, reluctantly, ich starrte zu dem Boden – damals ich war noch embarrassed, wissen Sie, Herr Zünd, nicht so wie jetzt – und habe schön erklärt, was Madame wollte wissen über das Menü und wie es war gemacht. Die andern Gäste hörten zu, das ganze Restaurant, und ich, ich traute nicht zu schauen, höchstens vielleicht schnell zu Mr. Fischlin, der war nicht sehr interessiert. Ich redete zum Boden, ich erklärte das Dessert zu ihr, grape icecream in Clematis smoke ... When I was young, we smoked Clematis, wild vines that we had in Gospić, wilde Reben, kennen Sie, ist das hier auch bekannt? Das habe ich erklärt, while Fischlin flirtet with the girls from *Radio One*, die saßen an dem Nebentisch. Und dann sie fragt mich plötzlich: *May I ask, what is it with your eyes?* – Wir gehen in die Küche, sie und ich allein, I guide her through it, tell her how I made it here and what's the problem with my eyes. Ich sage alles zu ihr, so wie ich es jetzt zu Ihnen sage. Und sie sagt: *Ein Arzt! Das ist, was Sie jetzt brauchen, Miroslav, ein richtig guter Arzt, nicht so ein Charlatan vom NHS.* Das war das Wort, das sie gebraucht hat: *Charlatan;* it made me laugh. *Sie müssen zu uns kommen, sagt sie, zu dem schönsten Ort der Welt! Wir haben fünfzehn Punkte im Moment im Gault&Millau, und das ist drei zu wenig, mindestens. Sie sind der Mann, um das zu ändern. Und Sie können auch zum Arzt, ich kenne ein Endocrinologist,* she said, *ein richtiger. Sie sollten mit uns kommen, Miroslav,* hat sie gesagt, *und dann Sie sollten diesen Arzt besuchen. Really, that's what you should do.* The way she looked at me – Sie wissen, wie sie schauen kann, Herr Zünd – ich musste nicht lang denken. Vierzehn Tage später ich war hier.»

Er wechselt das Standbein, wippt mit dem andern Schuh. Er hört nicht auf.

«Der Spezialist, den Xenia hat empohlen, er war wirklich gut, er hat geschafft zu stoppen meine Krankheit für ein paar Monaten. Man kann nicht die Augen zurückbringen, wo sie einmal waren, aber die Hormonen kann man regulieren ziemlich gut. Ich hatte keine Schweißausfälle mehr, and no more palpitations. I was happy, even though I had to work here like a devil, and although I realized how Xenia was suffering. Her man was conquering the world, and conquering the world of women, while she had to run this five-star hotel, run it on her own. Ich habe ihr geholfen, wie ich konnte, sie war meine Patronne, mein Mentor, my saviour, and I – I owed her everything. So I was glad to help, glad to do anything she asked of me, and I was glad about my health. Für fast ein Jahr ich war gesund, but then – dann ging es wieder los.»

Er macht kurz Pause, räuspert sich.

«Sie kannten Fischlin nicht, Sie sagten? Hat Ihr Vater nichts erzählt?»

«Nein. Was denn?»

«Well, die beiden waren in der Army, glaube ich, zusammen, Fischlin und Ihr Vater. Wissen Sie, Herr Zünd, Ihr Vater – darf ich Sie Sebastian nennen?»

«Sebi.»

«Wissen Sie, Sebi, Ihr Vater konnte Emil Fischlin – konnte ihn nicht stehen.»

«Nicht ausstehen?»

«Nicht ausstehen, ja. Wie er das Hotel ignorierte, und noch schlimmer, seine Frau. Wie er sie hat alleingelassen. Wie er kümmerte um alles, außer was war nötig hier.»

«Und?»

«Well, wenn ich nicht total falsch bin, dann die beiden waren old competitors. Wie sagt man? Schoolyard enemies, Sie wissen schon. Ich war natürlich nicht mit ihnen, aber trotzdem glaube ich – ich kenne schon ein bisschen diese Welt, und auch die Männer –, glaube ich, dass es vielleicht in dieser Zeit schon ging um Xenia, who should become the wife of Emil Fischlin, and who may have been – and maybe I am wrong – who may have been your father's secret love?»

Was will er damit sagen? Dass der Vater schon vor langer Zeit in Xenia verliebt war, und sie jetzt, im Alter, erst bekam? Da gab's ja Mama. So ein Scheiß. Und wenn schon, was geht mich das an? Die letzten Brennholzreste sinken rasch in sich zusammen, alle Glut kriecht weg, unter die Asche, lässt die Küche schwarz zurück. Was steh ich hier im Dunkel rum und höre mir Geschichten an, die wahr sein mögen oder nicht, zuerst Kranken- und Kriegsgeschichten, und jetzt noch Beleidigungen? Klar, er ist ein armer Teufel, aber dafür kann ich nichts.

«Es ist nie einfach, wenn man einen Mensch durch ein Unfall verliert» – er spricht von Emil Fischlin, nehm ich an –, «aber ich glaube stark, erst jetzt, mit Alois, hat Xenia bekommen Mr. Right. I'm happy for her, honestly. Und wenn auch Sie jetzt noch davon Teil werden, Mr. Zünd, Sebi – if in a somewhat strange way, pardon me –, then that's the perfect circle.»

Wieder wippt er mit dem Schuh.

«I'm wondering what's left for me, though ... Well, I'll have to ask her. Have to ask her what she plans for you.»

Die letzten Worte murmelt er, als ob er zu sich selber spräche. Trotzdem hab ich das Gefühl – obwohl ich ihn nicht sehen kann – er hebe seinen Kopf zu mir, die Röntgenaugen, die er, wie ich glaube, gar nie schließen kann. Ob er mit offenen Lidern schläft? Das Einzige, was schlimmer sein muss, als so angestarrt zu werden, ist, wenn man so starren muss.

«Für mich? Für mich muss sie nicht planen. Weiß nicht, was sie planen sollte.»

Mirror hustet nur sein Lachen, und die Hierarchie von vorher ist schon wiederhergestellt: Im Dunkeln, unsichtbar, vollmächtig, der Gefängniswärter, Adjutant der großen Richterin – und gegenüber ich, der Häftling, der aufs Urteil warten muss.

«Ich werde einfach tun, was immer Xenia mir sagt zu tun, you know, that's what I've done so far, and it has served me well. Then we shall see with what we all end up.»

Der Schuh klatscht gegen seine Ferse.

«All the workers here – *les ouvriers*, as Xenia likes to call them –, die hab ich gebracht, you know. Sie kommen alle aus der Klinik, wo sie mich geschickt hat, damals. Alle – außer Sundaran – sind bei demselben Team von Ärzten. Das sind, so sagt Xenia, die besten Doctors von der Welt, wenn es um Erbenkrankheit geht, und ich tendiere ihr zu glauben. Nonetheless, auch diese Ärzte treffen ihre Limits. Bei den Ouvriers, Sie müssen wissen, hat man alles schon versucht, zu heilen, was man heilen kann. Sie werden nicht mehr besser.»

Klatsch.

«Die Erste, die ich brachte mit mir, das war Dorli, Dorli Zemp. Sie war in dieser Klinik angestellt, did all the office work. Ich lernte sie im Wartezimmer kennen, wie die andern auch. Dann Jens, he came as number two. Und Jens, der wollte mit ihm haben Sundaran, sein bester Freund, der noch nicht einmal alt genug war zu arbeiten, offiziell. Bei Jens, das war nicht ein Problem, haha, and Xenia didn't care. Dann Ines, Nurja, Yukiko, alle drei als chamber maids. Özkan, er kam besuchen Ines, he was dating her back then; I'd seen him at the clinic, too. Es brauchte mich ein bisschen Zeit, zu finden einen Job für ihm – er hat Konstruktion gemacht, vorher, auf eine Baustelle – doch jetzt er ist mein Rôtisseur, can you believe it, und nicht schlecht. Dann Barbara, sie macht das Putzen, und mit ihr die Afrikaner, Olugbenga und Maiba.»

«Olugbenga», frage ich, «warum –»

«– warum er komisch geht? You wonder why he walks that way? Well, that's the only way for him to walk, you know, with legs apart. He's carrying a heavy load. His scrotum – ist es Skrotum auch auf Deutsch? –, it's ten times mine or yours. Elephantiasis, as I believe I've told you yesterday, it's caused by parasitic worms. It can be stopped, but he had lived for thirty years without the treatment – in Nigeria, where, as he told me, people prayed to him! They were in awe of him, thought that he was some kind of semigod. Why he came h e r e then, still, he wouldn't say, he never told me that. Feel free to ask him if you want.»

Ich suche mit der Zunge nach den allerletzten Müeslresten.

«And Tomás, of course, maybe the most spectacular case of all, a case of Morbus Recklinghausen. Have you heard of that before?»

«Nein, hab ich nicht», sag ich, «doch was ich lieber wüsste: was das soll, warum die Leute alle hier sind.»

«Das ist eine Frage, Sebi, nicht für mich – für Xenia. Ich hab die Leute hier gebracht, but it was her who urged me to. Sie kann das Ihnen sagen, wenn sie will. Ich weiß nicht, ob sie will.»

Er hat sich wieder ganz gefasst, und ich, ich bin ihm ausgeliefert.

«Was ich sagen kann, ist, es war keine gute Zeit für sie, als ich hier kam von London. Zuerst Emil Fischlins Tod, und dann das Kind – ein M o n g o, as they say – nun, wir sind alle Mongos hier. She wanted to do good, I guess, decided to stand up for us, the kid, then me, and then the others. And it worked out well, I think, we're doing a good job, I'd say – in everything we do. Don't we?»

Dann springt er plötzlich aus dem Dunkel, Augen wie zwei Kugelblitze, huscht an mir vorbei und raus. Ich hör ihn draußen noch was sagen, unverständlich, geh ihm nach – er ist schon halb den Stollen runter.

Langsam, ohne Lärm zu machen, schließe ich die Küchentür und öffne jene zur Vitrine. Sie ist menschenleer, zum Glück, und immerhin gibt es hier Licht, auch wenn der Tag ein grauer wird. Ich geh die Doppeltreppe hoch und lausche kurz am Absatz – nichts –, dann durch den Gang und auf mein Zimmer. Endlich aus den nassen Kleidern. Kleiderbügel? Nicht mal das. Ich leg sie auf den Radiator; wird wohl stickig werden hier. Die Schießscharte, die reicht ja nicht mal, um den Arm hindurchzustecken. Grünblau fällt das Licht herein. Ich beuge mich in die Vertiefung. Auf dem Wandweg geht ein Mann mit langen Schritten Richtung Hotel, seine gelbe Jacke flattert: Mirror auf dem Weg zur Arbeit.

9

Irgendwann Anfang Oktober sitz ich in derselben Kammer, starre aus demselben Spalt. Ich hab den Schreibtisch längst von seinem Ursprungsplatz hierhergeschoben, um dem bisschen Tageslicht nicht noch den Rücken zuzuwenden. Vorn, in der Vitrine, kann ich nicht arbeiten, ganz unmöglich; selbst wenn alle Ouvriers weg sind, kommt auf einmal wer zurück, will duschen, hier ein Schläfchen machen oder einfach etwas holen. Im Hotel ist keine Ruhe, und ein anderes Zimmer hat man mir dann doch nie angeboten. Lydia hat gefragt, vergeblich, *schon in Ordnung*, sagte ich, und schließlich hat sie's aufgegeben. Auch wenn sie es nicht versteht – natürlich kann sie's nicht verstehen! –, zu ihr kann ich nicht. Unmöglich. Auch nicht in die Stadt hinunter.

Jemand klopft an meine Blechtür, leise. Eine Frauenhand. Ich habe mich daran gewöhnt, dass ich am Dienstagnachmittag, wenn Mirror in der Stadt war, neue Kleider mitgebracht bekomme. Bald wird's nicht mehr nötig sein, weil alles hier ist, was ich brauche. Scheinbar – man sagt mir nicht viel, und oft nicht einmal, wenn ich frage –, scheinbar hat der Vater weiterhin meinen Mansardenschlüssel; er ist es, der jeweils mitgeht. Und dann ist es meistens Nurja, Yukiko oder Ines, die am Nachmittag vorbeikommt und mir diese Kleider bringt. Ich hoffe jedes Mal, es möge Nurja sein.

Es ist Ines. Sie steht verschämt im Gang, ihr Pony fällt vornüber auf die Wäsche.

«Merci, Ines», sage ich, nehm ihr die Wäsche ab und schubse mit dem Fuß die Türe zu. Das unterste der T-Shirts, jenes, das auf ihren Armen lag, das werf ich zum gebrauchten Zeug. Dann lege ich den Rest der Kleider auf der unteren Pritsche aus (ich schlafe nur noch oben) und entscheide mich im Hinblick auf den Abend für ein weißes Hemd. Ich halte es ins Licht der Lampe, prüfe es auf nasse Flecken. Was, wenn Ines' Bläschen platzen? Nichts; ich zieh es an und setze mich zurück an meinen Tisch.

Der Steg, er könnte fertig sein, wenn ich nicht so lang zögern würde, Bauaufträge zu vergeben. Wie die wohl drauf reagieren, wenn ich mich mit so was melde? Mit den Lieferanten, mit den Schreinern, Stein- und Betonwerkern hab ich jetzt schon jahrelang zu tun; sie werden mich auslachen. Erst recht, weil ich ihnen vor sechs Wochen alles abgesagt hab, Ligornetto, Teufen, Finnland. Wenn die überhaupt noch mit mir rechnen, dann ganz sicher nicht mit einem Auftrag wie dem hier, einem solchen Witzprojekt. Und trotzdem brauch ich sie, die sind ein eingespieltes Team inzwischen. Ich sag nur noch: hier lang, und sie bauen, was ich mir vorstelle. Was auch immer an Problemen auftaucht, überwinden sie, nicht mal die Schlucht in Ligornetto hat sie abgeschreckt, die Brücke, selbst in São Paolo würden sie das machen, sagten sie. Von all dem habe ich geschwärmt, von fernen Destinationen, und von all dem haben sie nichts mehr gehört, seit ich hier bin, seit ich per E-Mail mitgeteilt hab, dass ich bis auf weiteres verhindert sei, aufgrund von Krankheit. Harmlos allerdings, schrieb ich. Tatsächlich hab ich Schorf am Hinterkopf, seit ein paar Wochen schon, und keine Ahnung, was hier wird aus mir, wie lange das noch dauert. Wenn ich mich nicht demnächst melde, heißt es irgendwann: *Burn-out. Der kommt nicht mehr. Der ist vorbei.* Nein, morgen meld ich mich. Ich muss.

Der Wandweg, was man davon sieht, ist rot-braun-gelb mit Laub gepflastert; Fichten ragen einzeln, wie Wachtposten, hinterm Fels hervor. Die Abbrucharbeit, rechne ich, die dauert vielleicht vierzehn Tage. Dann Felsanker, die Tragbalken – nochmals eine Arbeitswoche. Dann noch drei für die Montage, wenn die Planken zeitig hier sind. Und schon hätten wir Dezember, müssten wir mit Schneefall rechnen. Dann muss alles fertig sein, bereit zum Jahresende, das ja ein Jahrtausendende ist. Perfektes Timing, eigentlich. Ich falte den Katasterplan auf, zeichne den Verlauf des Steges ein, direkt vom Hotel weg. Die ersten Meter müssen parallel zum roten Teppich laufen, der vom Entree runterführt. Sehr seltsam wird sich das ausnehmen, meine groben Planken neben diesem roten Teppichband. Doch anders geht es nicht, wenn Xenia diesen Steg will. Und sie will ihn. Auf den Platz hinaus, vorbei am Brunnen, dem Ostflügel lang, gut hundert Meter, bis ans Ende. Hier beginnt der alte Weg. Die drei Spitzkehren, die er macht, den Hang hoch, haben keinen Sinn mehr, immerhin heißt es *direct.* Stattdessen eine steile Stiege, schräg die Weide rauf, bis an den Bergkamm, zum Wegweiser. So. Ab hier bleibt dann kein Spielraum mehr: In einer leichten Biegung führt der Weg zum Felseneck – den Abschnitt seh ich durch die Scharte, stelle fest, dass es schon dunkel wird –, vorbei an der Glaswand, in Richtung Osten, gut zweihundert Meter. Weitere dreihundert etwas nördlicher, und dann – hier steht das Wegkreuz –, dann mal so, mal so, mal etwas raus, mal etwas rein, so wie die Wand es vorgibt, unter ihrem Felsbauch, überm Abgrund. Allerdings, es gibt – das seh ich auf dem Plan – auch eine Stelle, an der ich den Steg, anstatt dem jetzigen Wandweg zu folgen, direkt legen könnte, eine Felsbucht schneidend, überbrückend. Ja, das bräuchte eine Brücke, eine kleine Hängebrücke. Damit hätten dann die Pilger ein paar Schritte lang gruslige Leere unter sich – das wäre eigentlich noch witzig, und auch logisch – eben *direct* –, nur halt deutlich teurer, und aufwendig. Ob so eine Konstruktion noch vor dem Winter fertig würde, das ist gar nicht sicher, und das muss ja doch mein Ziel sein, sonst wird sie mich ewig hierbehalten. Ich muss ruhig bleiben. Vorwärtskommen. Brücke? Problematisch. Höhenangst, das alte Thema. Die mit Höhenangst, die würden sie dann ziemlich sicher meiden; für die wär der Wandweg dann nach halber Strecke schon zu Ende, die Kapelle unerreichbar. Also doch ein Kompromiss, und *immer schön den Wänden nach*? So heißt es doch in einem Lied. An allen heiklen Stellen ist der Weg ausreichend abgestützt; er ist, hab ich mir sagen lassen, nachgebessert worden, vor vier Jahren noch, nach Fischlins Unfall. Wegen diesem losen Fels. Von ebendieser Unfallstelle bis zur Kanzel, zur

Kapelle, sind es vierzehnhundert Meter, also brauch ich ingesamt für gut zwei Kilometer Holz. So viele Planken haben wir womöglich noch auf Vorrat; vielleicht muss ich nicht mal nachbestellen.

Gut. Ich lehne mich zurück. Wenn man das Ganze so anschaut, aus der Distanz, hier auf der Karte, sieht es so schlimm gar nicht aus. Bloß störend, dass da schon ein Weg ist, lang vor mir, das Original. Verliere ich jetzt das Gesicht, wenn ich den alten Weg nachbaue? Einen ausgelatschten Pfad – wenn ich das Gegenteil von dem, wofür ich doch bekannt bin, mache? *Subventionskunst! Ausverkauf!* Ich höre schon die Kommentare. Andererseits – nicht unbedingt, man muss das nur verkaufen können. Als bewusste *Reverenz an Alpenpionier von Arx*, so irgendwie. So geht das schon. So wirkt das sogar noch sympathisch, gar nicht wie ein Ausverkauf. Und ohnehin kann ich mich ja vom alten Weg durchaus abheben, vielleicht doch mit einer Brücke? Diese Felsbucht in der Wand, sie ruft geradezu danach, nach einer solchen Abkürzung. Ich schaue nochmals auf den Plan. Sie liegt gleich hinter diesem Vorsprung, wo das Kreuz von Fischlin steht. Wenn man den Steg von diesem Punkt aus schnurgerade weiterdenkt, dann sind das vielleicht fünfzehn Meter, fünfzehn Meter Hängebrücke, bis er wieder bei der Wand ist. Ist schon möglich, dass die Höhe – immerhin fünfhundert Meter – ein paar Nervenschwache abschreckt. Aber all die andern, all die Abenteuerlustigen, die freuen sich dann umso mehr. Das wird für viel Aufsehen sorgen, nicht wie sonst nur in der Szene, in den Architekturheften, sondern bei der breiten Masse, bei Heerscharen von Ausflüglern, die allein für diese Brücke auf die Hohwand fahren werden. Und die alten Stänkerer, die fragen werden, was das soll, ob ich jetzt Robinson-Spielplätze mache. Denen sag ich, nein, nur was ich immer schon gemacht hab: *Nature directe, directe* – so direkt wie möglich muss das sein, deshalb die Brücke, ist ja klar. Ja, ja, das mach ich, diese Brücke, gleich hinter dem Kreuz, wo sowieso der Fels am Bröckeln ist, da ist die Brücke sicherer. Ich frage Xenia gleich beim Essen, ob sie für so etwas Geld hat.

Nachtessen – in zehn Minuten. Durch die Scharte dringt nur noch das schwarze Blau der frühen Nacht. Ich mache Licht; die kleine Scheibe wird vom Ausguckloch zum Spiegel. Davor kämm ich mir die Haare – sie sind nicht geschnitten worden, seit ich hier bin, seit August.

Als ich in die Vitrine komme, wartet Nurja auf mich. Sie müsse auch nach vorn, ob wir zusammen gehen sollen, fragt sie.

«Klar, doch lieber außenrum.»

Sie zögert, und ich frage mich, ob das wohl wirklich Zufall ist, dass meistens jemand hier bereitsteht, wenn ich aus dem Bunker rauswill.

«Dann – okay, ich komme mit dir.»

«Wenn es dir nichts ausmacht, ja.»

Sie ist ja sicher angehalten, sich nicht draußen aufzuhalten, wie die andern alle auch, doch vielleicht hat sie auch den Auftrag, mich im Auge zu behalten. Oder ich werd einfach langsam paranoid, das ist auch möglich.

«Tut doch gut, die kalte Herbstluft», sag ich, als wir draußen sind, «und sie macht hungrig, oder nicht?»

Sie nickt, und unsere Unterhaltung ist jetzt nur noch weißer Atem, den wir in den Nachtwind stoßen, links und rechts abwechselnd. Es wird sehr früh dunkel mittlerweile. Schon im letzten Dämmerschimmer glänzt der erste Tau, der See liegt unter einer Nebeldecke. Feuchtes Laub klebt an den Schuhen. Wenn man Nurjas Gesicht nur lang genug betrachtet – sie merkt nicht, dass ich das tue, denn ihr Blick bleibt immer auf dem Pfad –, wenn man nur lang genug hinschaut, dann sieht man ihre Flecken nicht mehr, dann verfließen sie wie Milch, die man in einen Kaffee rührt.

Der Zickzackweg hinunter zum Hotel ist hell beleuchtet, und jetzt kommt uns prompt ein Gästepaar entgegen, hörbar angeheitert. Nurja geht hinter mir, und ich beschleunige den Schritt, bevor sie uns ansprechen können. Als wir bei dem Seiteneingang sind, den Lydia neulich nahm, bleibt Nurja stehen, flüstert: «Vielen Dank, und bis zum nächsten Mal.»

Wofür denn?, denke ich und sage: «Danke auch, und schönen Abend.»

Sie ist schon im Hotelflur. Wir gehen noch kurz parallel, sie durch den dunklen Flur zum Lift, ich draußen Richtung Haupteingang. Umwölkt von Küchendampf, der aus den Abluftschächten dringt, den Wildgeruch zurückträgt in die Wälder, leuchtet er wie eine Bühne. An der Rezeption nickt man mir zu wie einem Mitarbeiter. Mittlerweile duzen sie mich alle – ich hab drum gebeten –, aber was geblieben ist, ist dieses Schmunzeln, diese Kreuzung aus Ver- und Bewunderung. Noch immer komm ich mir hier vor wie ein Rekrut, der zum Appell rennt, so muss das für sie aussehen.

Und bei aller Höflichkeit, mit der sie mir begegnen, mir, dem *Gartenrevolutionär*, wie Xenia mich jeweils vorstellt, trotz all dem Respekt, der Scheu – sie schmunzeln, heute ganz besonders, scheint mir, als ich nicht wie üblich aus dem Lift ins Entree trete, sondern durch den Haupteingang.

Am Tisch bin ich, wie stets, der Letzte. Seit ich hier bin, habe ich an keinem andern Tisch gegessen, keine andern Leute neben mir gehabt als diese drei, und dennoch kostet es mich Überwindung, nur hallo zu sagen.

Lydia schaut auf. «Salut!»

Sie nimmt's mir übel, glaube ich, dass wir kaum miteinander sprechen, dass ich nie mitkomme, wenn sie in die Stadt fährt. Ist ja klar. Sie weiß, dass ich allein sein will, dass mir das alles nahegeht, das gehe ihr genauso, sagt sie, und wir hätten alle Zeit, doch dass wir uns nicht öfter sehen, fast nur zu den Abendessen, das versteht sie nicht. Wie auch? Ich setze mich, der Vater nickt mir zu, wie immer überrascht, als hätte er mich nicht erwartet. In der Ecke spielt jeweils ein Welte-Mignon-Piano, original von 1909, mit Notenrollen, ganz wie damals. Xenia ist die Einzige, die sich hier wohl zu fühlen scheint. Sie hält's zwar nicht für nötig, mich persönlich zu begrüßen, doch sie folgt dem Zeremoniell mit unverhohlenem Vergnügen. Sitzt sie höher als wir andern oder bloß aufrechter? Jedes Mal komm ich mir vor, als wäre ich bei einer Audienz.

«Was gibt's denn heute?», frage ich, und lese:

Murmeln vom Seehecht in einer Beten-Consommée.

Zum Glück hab ich das Menü; ich studiere es wie ein Gedicht, so lange, bis die Suppe schließlich dampfend vor mir steht. Ich frage mich, wer diese Klöße knetet – kleine Klöße sind es, die aus einem roten Sud aufsteigen – Özkan? Sundaran? Tomás?

«Sieht aus wie ein Atommodell», meint Lydia, zu mir gewandt. «Kann ich dir ein paar geben, Sebi? Wenn ich die jetzt alle esse, bin ich fast schon wieder voll.»

Das klingt vertrauter, glaube ich, als Xenia es hören mag. «Oh, danke, aber mir geht's leider ganz genauso», sage ich. «Und außerdem hab ich gesehen, was als Nächstes kommt: Verlorenes Wachtelei mit Ochsenschwanz und Petersilienwurzelschaum.» Ich lese aus dem Menü vor, wie ich das öfters mache; dieses Menü ist das Einzige, mit dem ich mich – bei leerem Teller – weiterhin befassen kann. «Wer schreibt das Menü eigentlich?», frag ich. «Schreibt Mirror so was selbst?»

«Den Inhalt?» Xenia muss lächeln. «Das ist Mirrors Sache, ja. Doch wenn ich einen Vorschlag habe, nimmt er ihn meist gerne auf. Und tippen tu ich alles selbst, falls du das meinst. Gefällt es dir?»

«Ja, sehr», sag ich. «Das dacht ich mir.»

«Er weiß genau, für wen er kocht. Ein guter Koch wie Mirror kennt nicht nur sein Metier, sein Fach, er kennt auch seinen Gast. Und Mirror ist der beste Koch, mit Abstand, den die Hohwand jemals hatte. Und der beste Sommelier, auch das. Wie schmeckt der Catarratto?»

Auf dem Etikett ist ein Vulkan zu sehen, stilisiert.

«Vom Ätna ist er. Mirror lässt ihn immer noch aus London kommen. Kennt ja keiner hier, die Autochthonen. Alles Chardonnay. Man muss die Leute förmlich zwingen, etwas zu entdecken. Aber lohnen tut sich's, oder nicht?»

«Ich rieche leider nicht sehr viel, hab Schnupfen», sage ich, «schon lang.»

«Ach, ach. Das ist die Bunkerlüftung. Ist sie nicht gut eingestellt? Dann soll doch Özkan einmal schauen, der kennt sich mit so was aus.»

Sie hält mir die Weinkarte hin, noch während ich die Nase schneuze. «Hier, wähl du mal was zum Wild.»

Ich winke ab. «Davon versteh ich wirklich nicht genug», sag ich, «und wenn ich eingeladen bin ...» Ich will die Karte weitergeben, aber auch der Vater, der sie ohnehin auswendig kennt, hat keine Lust, was auszusuchen. Lydia genauso wenig.

«Komm, du bist doch sonst den schönen Dingen auch nicht abgeneigt. Jetzt darfst du einmal wählen.»

Also klappe ich die Karte auf.

«Und halt dich nicht zurück, gell, Sebi, schau ruhig in den hinteren Teil.»

Da sind, so scheint es, die Franzosen. Châteauneuf, den kenne ich, dann Hermitage und Saint-Joseph, und Cornas, Côtes du Rhône, Côte Rôtie ... was weiß ich – ich weiß doch nicht! Jetzt springt mir Lydia doch noch bei, zeigt auf die linke Seite: «Oder hier, vielleicht Burgunder?»

«Also gut», sag ich, «dann nehmen wir den ... Chambolle-Musigny. Okay. Das klingt doch gut, ein schöner Name.»

«Chambolle-Musigny? Du meinst Les Amoureuses?», fragt Xenia.

Ich schaue nochmals drauf. Das steht da noch, *Les Amoureuses*, genau. Ich werde rot.

Sie hebt die Brauen. «Tja, ich weiß nicht, aber ja, wieso nicht wieder mal Burgunder. Allerdings – was ist der Jahrgang?»

«Fünfundneunzig», sage ich.

Jetzt schaut sogar der Vater auf, und Xenia will die Karte sehen.

«Fünfundneunzig. Etwas früh.» Sie reicht die Karte wieder rüber. «Etwas sehr früh, finde ich. Doch wenn du meinst ...»

«Nein, nein», sag ich, «es hat hier auch noch anderes ...» Ich blättere und lese vor: «La Lagune, Belgrave, Batailley, Le Bon Pasteur, La Conseillante ...»

«Schon gut, lass nur, dann also den, lass uns den Amoureuses bestellen, wenn du den schon ausgewählt hast. Pardon!» Sie winkt der Bedienung. «Einen Chambolle-Musigny Les Amoureuses, in der Karaffe.» Und zum Vater sagt sie: «Weißt du noch? Den hatten wir damals.»

Der Vater reibt sich nur die Augen, und ich hoffe, dass jetzt bald der Hauptgang kommt und mich erlöst. Stattdessen kommt der Oberkellner, bringt die Flasche, öffnet sie und dekantiert sie feierlich. Natürlich deutet Xenia auf mich, ich soll ihn auch probieren. Alles, was ich riechen kann, ist Lydias Parfüm, keinen Wein.

Wir stoßen an.

«Auf …», Xenia schaut erst ins Glas, dann in die Runde, «… uns!»

So was sagt sie sonst nie. Sie schnuppert an dem Wein und wirkt vergnügt, nicht hämisch, echt vergnügt.

«Ein zartes Pflänzchen, das. Ich hoffe nur, das Wild erdrückt ihn nicht!»

Das Wild, das ist ein *Sommerbock*, geschossen, so erklärt der Kellner, gar nicht weit von hier, bei Ennetwand, vor ein paar Wochen erst. Vielleicht war das der Grund, frag ich mich jetzt, warum der Weg gesperrt war, damals, als ich runterwollte. Rosa Saft trieft aus dem Fleisch, vereint sich mit der Schlehensauce, fließt um die Steinpilze, macht die Selleriemousseline zur Insel. Lydia zückt, wie schon so oft, die Kamera, und knipst drauflos.

«Wofür brauchst du die Bilder?», frage ich. «Für ein Rezeptbuch?»

«Nö. Nur Training», sagt sie und knipst weiter.

«Training?»

«Tiefenschärfe, ja. Ich schaue, was mit dieser D6000 alles möglich ist.»

«Na ja», sagt Xenia, «was Mirror hier in letzter Zeit so macht, das wär ja wirklich mal ein Buch wert. Meinst du nicht auch, Lydia?»

«Hm?» Sie ist zu beschäftigt, dreht und beugt sich auf dem Stuhl, fotografiert das Fleisch aus allen Winkeln. Man serviert es ihr nur dafür, nachher überlässt sie's uns.

Wir warten alle, schlürfen Wein. Er hat dieselbe Farbe wie der Rehsaft, und er schmeckt auch ähnlich. Ich bin fast ein bisschen stolz – nennt man so was nicht *Mariage*?

«Ach, Liebes» – so spricht Xenia, wenn Lydia nicht zuhört –, «weißt du, diese ganze Rohkost-Sache, mit dem rohen Fleisch und so, die ist ja gut für einen Kunstband, wird die Leute überraschen, aber kaufen wird das niemand. Nicht als Kochbuch, meine ich. Ein Künstler, auch ein Architekt, ein Gartenarchitekt vielleicht» – sie zwinkert und meint's nicht mal bös –, «der hat totale Narrenfreiheit, der kann machen, was er will. Doch kochen, oder besser: essen, das ist existentiell, da mag die schönste Theorie, die spannendste Idee drinstecken, wenn sie nicht auf Anhieb schmeckt, dann wird sie niemand schlucken wollen.»

Jetzt ist Lydia genervt. «Natürlich lässt sich das verkaufen! Glaubst du nicht? Dann wirst du's sehen. Nur weil du's noch nicht verstehst, lass ich mich nicht davon abhalten. Und ich hab auch schon jemanden, der es ausprobieren will. Richtig, für Gäste, öffentlich, in einem Restaurant. Weißt du in welchem? – Grad in diesem hier!» Sie legt die Kamera auf den Tisch. «Ich habe Mirror längst gefragt, und er hat ja gesagt, hat mir versprochen, ein Menü zu machen, ein Menü von A bis Z, Gemüse, Fisch, Fleisch, Früchte, Nüsse, alles ganz für sich allein, allein auf einem Teller jeweils, ohne jegliche Zutaten. Hat er mir versprochen, ja, frag ihn doch selbst, wenn du's nicht glaubst.»

«Ist schon gut, Liebes! Kann ja sein. Ob das fürs Hotelmenü funktioniert, da hab ich meine Zweifel, aber wenn sich Mirror zutraut – zutraut, etwas draus zu machen, dann werd ich ihm nicht dreinreden. Ich vertrau ihm voll und ganz.»

«Viel mehr als mir, nicht wahr, Mama? Viel mehr als Papa, damals, nicht?»

Sie stürmt davon, und Xenia – beherrscht sich, schafft es, ruhig zu bleiben. Nur der Vater, bisher still, fängt mit der Gabel an zu klimpern.

«Themenwechsel», sage ich, und sie sind sichtlich froh darum. «Ich hab mir vorhin überlegt, ob man den Wandweg – wisst ihr, da, wo er nicht ganz direkt verläuft, wo er so einen Bogen macht, ihr wisst schon wo, in dieser Felsbucht –, ob man diese Felsbucht vielleicht sogar überbrücken könnte. Ein paar Meter würden reichen, eine kleine Brücke nur. Was hältst du davon, Xenia?»

«Klar, wieso nicht?» Sie scheint gleichgültig.

«Und die Kosten?», frage ich. «Grad günstig dürfte das nicht werden ...»

«Das lass meine Sorge sein, da brauchst du dich nicht drum zu kümmern. Hatt ich dir doch schon gesagt, darüber musst du nicht nachdenken.»

Sie klingt fast wie Mirror, als er mich im Bunker überrascht hat. Was sie meint, ist, dass ich mir – Ah, endlich, Lydia kommt zurück.

«Ich war nur auf dem WC», sagt sie, sieht, dass unsre Teller leer sind, und entschuldigt sich sogar: «Es tut mir leid. Das war nicht nötig.»

«Nein», sagt Xenia, «aber das Dessert wird jetzt doppelt schmecken.»

Bergschaf-Pannacotta, sagt das Menü, *Hagebuttencoulis und geeister Thymian*.

Wir löffeln still, es schmeckt tatsächlich, doch die Heiterkeit, um die sich Xenia grad noch bemüht hat – die ist weg und wird jetzt wieder durch Verlegenheit ersetzt. Ich esse auf und greife dann nach einem der Hotelprospekte, die gleich hinter mir aufliegen, auf dem Sims der Sitzbank.

Grand Hotel Hohwand. Zeit, loszulassen

Auf der Titelseite ist die ganze Wand zu sehen, eine Flugaufnahme muss das sein. Das Hotel, zwischen Wand und Himmel, ist ein kleiner weißer Fleck – die kleine menschliche Enklave mitten in der Urnatur. Mit Ausnahme davon ist auf dem ganzen Panoramabild nicht ein Gebäude zu entdecken; außer dem Wandweg gibt's keine Spur von Zivilisation. Ich fahre mit dem Finger diesem dünnen, grauen Streifen nach, suche die Bunker-Glaswand, doch vergeblich – die gab's wohl noch nicht. Das Hotel selbst sieht anders aus als heute, es hat Fensterläden, und das Hallenbad, das fehlt. So alt kann der Prospekt ja aber auch nicht sein, E-Mail ist drauf, die Web-Adresse ebenfalls, und auf den Innenseiten sieht man Gäste mit Laptops und Handys. Foyer, Speisesaal, das sieht genauso aus, wie ich es kenne, auch der Spa-Bereich, das Hallenbad, die Sauna, alles da. Einzig das Titelbild stimmt nicht. Ich zeig es in die Runde, frage: «Meint ihr nicht, das könnte man auch mal updaten, dieses Bild?»

Niemand geht darauf ein.

«Du könntest fliegen», sage ich zum Vater. «Und du machst die Fotos, Lydia, das ist doch ideal!»

Sie schauen nur auf ihre Teller.

«Ist doch ideal, dass wir hier gleich zwei Profis haben, oder?»

«Alles längst gemacht», sagt jetzt der Vater zu sich selbst, mehr als zu mir. «Genau so, wie du sagst.»

«Wie, was habt ihr gemacht?» Man muss ihm alles aus der Nase ziehen.

«In der Alouette. Die Fotos. Lydia hat sie gemacht.»

«Was, neue Fotos?»

«Ja.»

«Warum habt ihr das Bild dann nicht ersetzt? Der Rest hier drin scheint ziemlich neu.»

Ich blättere durch den Prospekt; die andern schweigen ganz betreten.

«Es ...», sagt Lydia dann doch, «es war der Tag, als Papa starb.»

Der Kellner offeriert Kaffee und Schnäpse, alle winken ab.

«Er starb am selben Tag, als wir die Fotos machten, aus der Luft.»

«Die Meldung kam, als wir zurück im Hotel waren, vom Flugplatz. Ich war auch mit dabei», fügt Xenia mit einem Seufzer an. «Wir sind zu dritt geflogen, und als wir zurück ins Hotel kamen», seufzt sie noch einmal, «da haben wir's gehört. Es war ein Schock. Wie du dir wohl vorstellen kannst, hat seither niemand Lust gehabt, die Fotos von dem Unglückstag – die Fotos von der Wand, an der das Unglück ja passiert ist – diese Fotos nochmals anzuschauen, für den Marketingprospekt.»

«Oh, klar», sag ich. «Das tut mir leid. Das wusste ich natürlich nicht.»

Es wird noch stiller als vorher.

«Wenn ihr das wollt», meint Lydia schließlich, «könnt ihr diese Fotos schon durchgehen ...»

Xenia hebt die Brauen.

«... aber selber mach ich's nicht.»

Ja, Xenias Gesicht gefriert wie damals im Café du Lac.

Der Vater, eben noch gelangweilt – so hat er gewirkt, zumindest –, fuchtelt jetzt mit einem Mal zum Kellner hin, will doch bestellen.

«Kaffee!», ruft er, «ja, doch, Kaffee. Und was haben Sie an Schnäpsen? Bringen Sie doch schnell den Wagen.»

Also kommt der Kellner wieder, mit dem Wagen diesmal, der mit sicher hundert Flaschen klimpert. Er scheint etwas überrascht; wahrscheinlich denkt er, dass der Vater die Schnapsauswahl kennen müsste, so lang wie er schon hier wohnt.

Der jedoch lässt sich lang beraten, von Absinth bis Zibärtle, empfiehlt mir dann den Quittenbrand. «Oder den Levi-Grappa, der ist gut, ja, nimm doch einen Grappa, dann nehm ich auch einen, einen anderen, vielleicht Endrizzi, ja, das könnte etwas sein, die nehmen wir: Endrizzi, Levi.»

Derweil beugt sich Xenia zu ihrer Tochter übern Tisch, erklärt ihr, dass sie das – «nein, nein» – nun überhaupt nicht richtig fände, diese Fotos zu verwenden, die damals entstanden sind, «das wär respektlos, wirklich schlimm. Und sowieso», hör ich sie flüstern, «die hast du doch gar nicht mehr, die Fotos, nehm ich an, nicht wahr? Die alte Nikon, hast du die nicht schon vor Jahren ausrangiert?»

Der Vater hört nicht hin, im Gegenteil, er redet immer lauter, nimmt die Schnäpse in Empfang, erläutert mir die Unterschiede zwischen dem Trentiner Grappa und dem

Pendant, das ich trinke, «Piemont, riechst du, ganz anders, Nebbiolo, unvergleichbar.»

Woher dieser Feuereifer, frag ich mich, so plötzlich, während Xenia noch immer bei den Fotos ist, der Kamera:

«Da hast du schon recht, Liebes, nein, die werden wir nicht mehr benutzen. Außerdem» – sie schaut zu mir – «auf diesen Fotos wäre ja der Steg nicht drauf, den Sebi baut, die Hängebrücke, die er bauen will, das würde alles fehlen. Die sind nicht mehr aktuell, die Fotos, auch schon überholt. Da warten wir doch besser, bis das alles fertig ist, und dann beginnen wir von Grund auf neu. Jaja, das hat jetzt keine Eile.»

Lydia zuckt mit den Achseln, und das Thema ist vom Tisch. Die Schnäpse sind dann schnell getrunken, alle wieder ruhiger, auch der Vater, und der Abschied kurz.

Schon steh ich wieder draußen, in der nebelfeuchten Nacht, allein. Ich schüttle eine Zigarette aus dem quasi leeren Päckchen. Seit ich hier bin, rauch ich wieder, wegen dem Geruch im Bunker; anders hält man den nicht aus. Ich zünd sie an und gehe weiter, dem Hotel entlang zurück, den dunklen Fensterreihen nach, bis unter das von Lydia. Momente wie der vorhin, als sie mich auf diesen Wein hinwies, die geben mir die Hoffnung, dass wir vielleicht bald aufhören können mit dem Buße-Tun, mit dem Versteckenspielen, Abstandhalten. Sie wär längst dazu bereit – ich bin es, der noch warten muss. Wie lange? Weiß nur Xenia. Ich nehme einen letzten Zug, halte den Rauch zurück und warte, bis das Zimmerlicht angeht. Dann zwing ich mich zum Weitergehen.

Viel gegessen hab ich nicht, auch gar nicht allzu viel getrunken, hab kaum einen Schritt gemacht den ganzen lieben langen Tag, und trotzdem hab ich schwere Beine, als ich jetzt den Hang hochgehe. Die Laternen sind schon aus, der Mond ist weiß-nicht-wo, doch diese Kehren, links-rechts-links-rechts-links, die kenn ich in- und auswendig, acht Schritte links, neun Schritte rechts ... ein allnächtlicher Kreuzgang, den ich selbst im Schlaf abwandern könnte. Auf der Kante kann der Wind inzwischen richtig bissig sein – ein paar Grad kälter, etwas Schnee, und schon muss man den Wandweg schließen. Ich hab Xenia nach Geld gefragt, doch nach dem Zeitplan nicht. Darüber schweigen wir uns aus. Dass dieser Steg auf Ende Jahr gebaut ist, inklusive Brücke, zum Jahrtausendwechsel, oder dann zumindest auf den Frühling, das ist gar nicht garantiert, das hängt auch sehr vom Wetter ab. Wie wichtig ist ihr das denn wohl? Sehr wichtig? Oder ganz egal? Manchmal hab ich den e i n e n Eindruck, dann den gegenteiligen.

So, eins, acht, fünf, neun – meine Finger sind ganz klamm geworden –, und kaum ist das Tor geöffnet, kommt mir der Geruch entgegen. Schon die bloße Ahnung reicht, um mir den Magen umzudrehen. Zweite Zigarette, schnell – die reicht dann gut den Stollen rauf –, und wenn man erst mal drinnen ist, die Wendeltreppe hoch, die Schatten der Sitzsäcke über sich und unter sich, wie schwarze Wolken, dann hat man ihn absorbiert, diesen Geruch, geht darin auf, dann merkt man bald nichts mehr davon, zumindest, wenn man nicht dran denkt. Das muss man: nicht zu sehr dran denken. Alle schon im Bett, fast alle – für die meisten ist ja Schluss –, nur aus dem einen Zimmer dringt noch Licht, aus dem Computerraum, blau-rotes Bildschirmlicht und – was ist das? Ein Klatschen, Stöhnen, Jammern, Wimmern – fluchend geh ich dran vorbei, so schnell ich kann, und in mein Zimmer, schletze meine Blechtür zu. Das Stöhnen allerdings geht weiter, selbst hier hinten hört man es, oder ich spinne, drehe durch. Ich höre Özkan, glaube ich, und Ines – und noch jemand sonst? Das gibt's doch gar nicht. Discman, wo ist jetzt der Discman? Hier ist er. Und *Dog Man Star*, die leg ich ein; ich drehe auf, so laut es geht, so dass es wehtut, aber dann – mit jeder Zeile hör ich das Gestöhne mit; ich höre Ines, höre Özkan, wieder Suede, ich hör sie alle miteinander, hinter-, über-, ineinander, höre Lydia dazwischen, reiße mir die Stöpsel raus, die Decke weg, die Blechtür auf, ich renne schreiend durch den Gang, schlag links und rechts um mich und an die Tür, aus der das blaue Licht kommt, Ines quietscht, ich renne weiter, runter, soll das Glas zersplittern, raus hier und den Schacht hinunter, mich kaum haltend, atemlos, und durch den Tunnel, elend lang, ich schreie immer noch, ich sehe Geister vor mir, keine Geister, Mirror und Jens und Sundaran, sie kommen mir entgegen, und ich schreie sie von Weitem an, «Geht weg!», «Haut ab!», hör ich mich schreien. «Sonst mach ich euch alle platt! Ich renn euch übern Haufen», schrei ich, und mein Echo schreit zurück, sie lachen, und ihr Echo lacht mit ihnen, lacht mir lange nach, bis ich beim ersten Lift bin, keuchend durch die Lifttür stolpere, auf Nummer zwei loshämmere, mich an die Lifttür drücke, bis sie endlich wieder aufspringt, in den Flur lospresche wie ein

Irrer, lautlos auf dem Teppichboden, bis zuhinterst, ganz zuhinterst, bis zum allerletzten Zimmer. Hier gerate ich ins Taumeln, kann kaum Atem holen, muss mich an der Wand, der Tür abstützen, Lydias Tür, das muss sie sein.

Ich höre, wie sie an die Tür kommt, sie entriegelt und mir aufmacht, noch bevor ich aufrecht stehe.

«Sebi, was – ? Um Himmels willen!»

«Lydia – ich kann nicht mehr. Es geht nicht mehr in diesem Bunker, geht nicht mehr mit diesen Leuten ... tut mir leid, es geht nicht mehr. Wie eine Laborratte», sag ich, «so komm ich mir vor da hinten, wie in einem Laborkäfig. Und, weißt du» – ich hole Luft –, «weißt du, den andern wär's auch lieber – sicher wär's auch denen lieber, wenn sie ihre Ruhe hätten, wenn ich sie nicht stören würde, ist ja ihr Quartier, der Bunker. Jemand wie Tomás zum Beispiel oder Olugbenga – kennst du die, verstehst du, was ich meine?»

Sie steht in der Tür, ich halt sie an den Schultern, schüttle sie.

«Klar kenne ich die, natürlich, Sebi, die sind schon seit Jahren hier. Ich hab dir doch erzählt von ihnen, hab dir doch gesagt damals, dass –»

«Oder Dorli, kennst du Dorli?»

«Ja, Sebi, ich kenne Dorli, selbstverständlich kenn ich Dorli. Aber was ist los mit dir?»

«Die wollen mich ja gar nicht haben, denen ist das auch nicht recht! Die meiden mich, sooft sie können, Benga, Tomás, Dorli, alle, schauen nur zu Boden, wenn wir uns begegnen, in der Küche oder, schlimmer noch, im Bad. Ins

Bad, da trau ich mich fast nicht mehr rein, nur zu den Arbeitszeiten, und selbst dann – grad letzte Woche hab ich Benga angetroffen, ganz allein, ihn überrascht, zu einer Zeit, in der das Bad sonst immer frei war, wirklich immer, morgens um halb elf, wo alle bei der Arbeit sind, sein sollten, und dann steht da Olugbenga – kannst du dir so was vorstellen? Dieses Bild, das bring ich jetzt ganz sicher nie mehr aus dem Kopf, wie noch so viele andere. Doch schlimmer, noch viel schlimmer muss es doch für ihn sein, Olugbenga! Für die andern Ouvriers! Muss ich das denen wirklich antun? Muss ich mir das selber antun? Das ist doch nur eine Qual! Muss ich das wirklich, Lydia?»

«Nein, sicher nicht. O Gott!» Sie zittert. «Das hab ich dir doch gesagt, x-mal, dass ich das nicht verstehe! Warum du nicht hier sein willst, im Hotel – warum willst du nicht?! Das warst ja du, der drauf bestand, das Bunkerzimmer zu behalten! Weiß der Teufel, was das soll, am Wandweg wohnen und so weiter, das hab ich ja nie verstanden, hab ich Mama auch gesagt, und dir, bestimmt schon hundertmal. Und jetzt beklagst du dich bei mir?»

«Nein, nein –»

«Muss ich für dich anfragen, ob im Hotel etwas frei ist? Hab ich x-mal angeboten, aber du hast nie gewollt!»

«Nein, nein», sag ich, «das musst du nicht –»

Sie schaut mich nur ungläubig an. «Dann komm.» Und zieht mich in ihr Zimmer.

Hier riecht es nach Mandarinen, irgendwie, nach Mandeln auch, nach Lydias Parfüm, nach ihr – das Gegenteil von dem Geruch, den ich in meinen Kleidern trage, mitgebracht hab aus dem Bunker. Eine Suite ist das nicht, das Eckzimmer, es ist nicht groß, doch es hat Fenster auf zwei Seiten: gegen Osten, Richtung Wandweg, über einem Doppelbett, und vorne, auf den See hinaus, von dem man nur den Goldrand sieht, die Uferlichter in der Nacht. Davor, auf einem breiten Pult, da steht ein Mac, der Fotos lädt, Fotos von dunkelrotem Fleisch, ein Fleischbild nach dem anderen, mit Knochen manche, andre ohne, Rippenstücke, Einzeltranchen, jedes Stück auf einem Teller, ganz allein auf Weiß – wie diese Guave, die im Fotolabor in der Villa Fischlin hängt – unzählige Fleischbilder, die sekundenschnell aufpoppen und einander überlagern wie die Karten eines Pokerdecks.

Sie reibt sich ihre Augen, schließt die Tür. «Das ist jetzt dieses Reh.»

«Das wir gegessen haben?»

«Ja.»

«Wann hast du die –?»

«Heut Nachmittag. Ich gehe vor der Mise-en-place jeweils zu Mirror, Fotos machen. Er stellt mir das Fleisch zur Seite.»

Sie erholt sich, ich mich auch.

«Das Küchenlicht, das ist das beste: kalt und gnadenlos im Detail. Schau dir dieses Einschussloch an – hier, das Loch hier oben links –, wie es ins Violette läuft. Das braucht nicht mal Dramatisierung.»

«Wie meinst du Dramatisierung?»

«Noch mehr aus den Farben holen, sie betonen, Sättigung.»

Die Bildserie mit Einschusslöchern ist schon wieder weg, wird überlagert von den nächsten Bildern, Hackfleisch, Tatar, irgend so was.

«Ist das alles für dein Kochbuch?», frage ich.

«Vielleicht. Mal schauen. Kann schon sein, dass was dabei ist. Jedenfalls, die Einschusslöcher, da ist etwas dran, die kommen schön, das könnte etwas werden. Übrigens, das Reh – hast du gewusst? – hat Mirror selbst geschossen.»

«Er geht auf die Jagd?»

«Ja, ja. Die Engländer, die lieben das.»

Ich trete näher an den Bildschirm; Knochen, stapelweise Knochen.

«Und die Serben auch, haha.»

Die Knochen sind entzweigesägt.

«Die sind dann aber nicht zum Essen?», frage ich.

Jetzt lächelt sie. «Die Knochen selber, nein, die nicht. Aber das Mark, das kann man essen. Roh sogar, wenn man das will. Ich nicht, als Vegetarierin, doch Mirror hat es mal probiert. Soll super sein, sagt er – unglaublich schmackhaft, mehr noch als das Fleisch, weil es ja nur aus Fett besteht.»

«Der ist schon komisch, Mirror, nicht?»

«Ja. Alle haben Angst vor ihm, selbst manche von den Ouvriers. Nur Mama nicht, die respektiert er. Und zu mir ist er zumindest immer höflich, fast anbiedernd, ganz und gar nicht der Sarkast, den er sonst immer gerne gibt. Doch ja, bei ihm im Bunker schlafen, das ist auch nicht, was ich möchte.»

Ich steh vor dem Bildschirm, auf die Stuhllehne gestützt, und schau mir Bild für Bild an, Stück für Stück, jetzt Filets, große, dicke Tranchen.

«Und jetzt, Sebi? Bleibst du hier?»

Ich wage mich nicht umzudrehen. Sie umklammert mich von hinten, legt den Kopf an meine Schulter.

«Bitte bleib doch. Bitte, bitte.»

Flache Stücke, dünnere. Hauchdünne, eine Art Carpaccio. Ich studiere alles eifrig, weiß nicht, was ich sonst tun soll, jetzt, wo ich hier bin.

Sie geht weiter. Geht ins Bad. Putzt ihre Zähne.

Innereien, Leber, Nieren, Drüsen oder was das ist. Ja, Nieren sind das, aufgeschnitten, sieht aus wie ein Embryo.

«Komm, Sebi. Kannst ihn laufen lassen. Der schläft dann von selber ein.»

Ich schaue von den Nieren weg und hin zu ihr – sie liegt im Bett.

10

Die Sonne weckt mich wie im Comic – streckt den ersten Strahl durchs Fenster, kitzelt mich an meiner Nase. Über mir sind Stuckaturen, Wasserlilien, Weiß in Weiß. Ich wage kaum, mich zu bewegen, höre Lydias Atem neben mir, flach, aber regelmäßig. Wenn ich meinen eigenen anhalte, spür ich ihn am Ohr. Ich drehe meinen Kopf zur Seite, langsam, um sie nicht zu wecken. Sie hat ihr Gesicht im Schlaf zu mir gewandt, still liegt es da, in Strähnen eingebettet, die ich langsam übers Kissen streiche, hin und her, mit einem Finger. Ich will warten, bis sie ihre Augen aufschlägt, schließe meine, öffne sie, schließe sie wieder, auf und zu, und hin und her, und auf und zu, und hin ...

Dann ist sie plötzlich weg; ich schrecke hoch und seh sie am Computer sitzen, weiß, im Bademantel, und vor sich ein Fleischbild auf dem Schirm.

«Ah, guten Morgen!», sagt sie über ihre Schulter, lacht mich an. «Bist also doch noch aufgewacht?»

«Wie spät ist es?», frag ich.

«Halb neun.»

Sie dreht sich ganz zu mir und strahlt. «Ich bin schon gut zwei Stunden wach.»

«Ich noch nicht richtig», sage ich, und suche meine Unterhose, mit dem Fuß unter der Decke.

«Geht's dir besser?»

«Wie – was meinst du?»

«Ob's dir bessergeht als gestern.»

«Ja, ja, besser. Viel, viel besser.»

«Du warst ganz schön außer dir.»

«Was war ich?»

«Außer dir.»

«Ach so. Ich –»

«Außer dir, und dann» – sie schmunzelt.

«Und dann was?»

«Ach, du.»

«Und was?»

«In mir.»

Sie sagt es und wird rot, springt auf das Bett und hält mich fest. Ich find die Unterhose nicht, nicht mal das T-Shirt, fische weiter, während sie sich auf mich legt. Erst langsam werd ich richtig wach, erst langsam wird mir jetzt bewusst, was das bedeutet, dass ich hier bin, nicht in meinem Bunkerzimmer.

«Endlich bist du hier bei mir.»

«Ja, endlich, aber –»

«Aber was?»

«Vielleicht ist es noch etwas früh.»

«Wie, früh? Zu früh, um aufzustehen?»

«Nein, noch etwas früh für uns. Um hier zu sein, zusammen, mein ich. Weiß nicht, ob das gut ist», sag ich, und erschrecke selber fast – sie stößt sich ab und schaut mich an – «ob wir bereit sind für so was.»

«Was, wie, bereit? Bereit wofür?»

«Für das hier, ob die Trauerzeit vorbei ist, oder ob wir etwas –»

«– warten sollten, meinst du das?»

«Ja, vielleicht. Ja, das meine ich.»

«Das find ich nicht, und dann – warum – du bist doch angerannt gekommen, gestern Abend, ganz verstört.»

«Das stimmt. Ja, Lydia, das stimmt.»

«Und außerdem: Es fragen sich doch sowieso schon längstens alle, was mit uns zwei los ist, Sebi.»

«Eben. Ja. Verstehst du mich?»

«Ja, schon», sagt sie, doch ihr Gesicht, das sagt genau das Gegenteil.

«Es ist ja noch nicht lange her.»

«Ach so. Dass es respektlos ist – das meinst du, Sebi, oder nicht? Dass uns das Unglück jetzt, am Ende – weil wir uns nur deshalb kennen –, dass es jetzt fast unser Glück ist?»

«Ja. Ich wünschte», sage ich, und zieh die Decke weiter hoch, «ich wollte, dass wir uns nicht deshalb, sondern anders kennen würden.»

«Das wär ja vielleicht passiert», sagt Lydia, «wer weiß. Hier oben. Wenn du mal hier auf Besuch gewesen wärst bei deinem Vater, und ich dich getroffen hätte ...»

«Hättst du dich in mich verliebt?»

«Wer weiß. Oder du dich in mich? Wer kann sowas schon sagen. Jedenfalls, so wie es kam, hab ich's.»

Sie legt den Kopf auf meinen Bauch.

«Ich auch», sag ich, wohl wissend, dass es kaum so wirkt.

Sie streichelt mich.

«Und wenn das nicht passiert wär an dem Nachmittag am See», frag ich, «hättst du mich damals angesprochen?»

«Was, am See? Natürlich nicht. Du hast mir ja den Rücken zugedreht. Ich hab dich kaum gesehen. Nur, dass irgendjemand da sitzt.»

«Und hast mir trotzdem vertraut? Gedacht, ich würde auf ihn schauen, aufpassen, dass nichts passiert?»

«Auf Milo?»

«Ja. Hast du gesagt. Dass du ihm deshalb nicht gefolgt bist.»

«Soll ich dir noch etwas sagen? Willst du's hören? Wirklich, Sebi?»

Sie rollt sich zur Seite, setzt sich weg von mir auf die Bettkante, schnürt sich ihren Mantel zu.

«Ich hab ihn extra laufen lassen.»

«Was? Du hast ihn – was hast du?»

«Ihn extra laufen lassen», sagt sie. «Hab's ja insgeheim gehofft, dass so was irgendwann passiert.»

«Wem, Milo? Dass ihm was passiert?»

«Ein Unfall, irgendetwas Blödes. Dass ihm irgendetwas zustößt.»

«So ein Blödsinn. So ein Quatsch!» Ich winde mich aus meiner Decke, lege meinen Arm um sie. «Was redest du für einen Blödsinn? Wieso machst du dir Vorwürfe?»

«Mach ich eben grade nicht! Das ist es ja genau, das Schlimme! Dass es mich so gar nicht kümmert, ob er rannte oder nicht, ob ihm was hätt passieren können. Das hab ich in Kauf genommen, extra, hab's so halb gehofft. Ich wollte ihn loswerden, Sebi, insgeheim, das wollte ich, auch wenn ich's mir nicht eingestand.»

«Jetzt hör auf, Lydia, hör auf. Das stimmt doch nicht, das weißt du selber.»

«Doch, so ist es, Sebi, doch! Man wünscht sich etwas unbewusst, und wenn es noch so schrecklich ist, und handelt dann entsprechend, oder eben nicht, lässt es geschehen.»

«Hör jetzt bitte auf damit, du bist nicht schuld an seinem Tod, und niemand wirft dir etwas vor.»

«Doch, Mama schon», sagt sie. «Wieso würd sie dich sonst vor mir verstecken, in den Bunker stecken, Sebi, wenn nicht, um mich zu bestrafen? Sie hat das ja schon gemerkt, was zwischen uns am Laufen ist, und findet das auch gar nicht schlecht – du bist für sie ja ein Ersatz, ein Sohn von Alois, wie Milo –, aber mich, mich lässt sie warten, ich soll etwas darben müssen, meine Zeit abbüßen hier. Und weißt du was? Ich kann's verstehen. Irgendwie hat sie ja recht.»

«Ach was, das redest du dir ein», sag ich, «das ist komplett absurd. – Weißt du, wo meine Kleider sind?»

Sie steht auf, geht ums Bett herum, nimmt sie von einem Stuhl, auf dem sie säuberlich gefaltet liegen, wirft sie mir zurück aufs Bett und setzt sich wieder an ihr Pult.

Ich zieh mich an und schau ihr zu, wie sie vor diesen Bildern sitzt, den Kopf gesenkt, in ihren Händen.

«Wirklich, das hat keinen Sinn, dass du dich derart quälst», sag ich.

Sie zieht den Mantelkragen hoch, ich sehe ihre Schultern zittern.

«Wirklich, Lydia» – ich trete hinter sie, umarme sie, leg meine Hände auf die ihren; sie sind feucht –, «das musst du nicht.»

«Du weißt ja nicht, wovon ich rede. Kannst du gar nicht wissen – du warst nicht dabei, als er zur Welt kam, weißt nicht, wie das war, als Papa plötzlich weg war, Milo da, sich alles nur noch um ihn drehte. Alles, was ich mit ihm machte, machte ich Mama zuliebe – nur für Mama, nicht für ihn. Weil sie das gern gesehen hätte, dass ich ihn so liebe wie sie ihn, mich um ihn kümmere, zumindest hin und wieder mal. Freiwillig war das nie, wenn ich mit ihm spazieren war wie damals, immer nur, weil ich halt musste – große Schwester spielen musste. Mir war das so sehr zuwider, dass ich ihn dafür – ich kann's nicht anders sagen, Sebi –, dass ich ihn dafür schon fast gehasst hab.»

«Wen, den Buben?» frage ich, obwohl ja klar ist, wen sie meint.

Sie sagt nichts, zittert nur noch mehr, und ich, ich seh den Buben vor mir, seine schmalen Augen, wie er Wasser schluckt; ich schlucke auch, ich schlucke alles runter, doch das Wasser ist zu viel, steigt in mir hoch und überschwemmt die Augen.

«Lydia», sag ich – dann wird mir schlecht; ich kann nichts weiter sagen, muss aufs WC, muss erbrechen, kann grad noch die Badtür schließen, Wasser laufen lassen in der Dusche, dass sie mich nicht hört. Nach einer Weile wird es besser; statt dem Buben seh ich mich, seh mich im Spiegel, völlig platt. Ich putze mir die Zähne mit dem Finger, mach die Haare nass, reib sie mit einem großen Handtuch trocken, drück noch mal die Spülung und geh wieder rein ins Zimmer.

Sie sitzt immer noch am Pult, doch wieder aufrecht, sehr

bemüht, ganz ruhig zu wirken und beherrscht. «Hast du gefunden, was du brauchst im Bad? Schau mal, die Farben hier, die kommen wirklich richtig gut.» Sie zeigt auf ihren Bildschirm, eins der Bilder mit der Einschusswunde.

Ich muss raus hier, denke ich, ich kann nicht länger bei ihr bleiben, in dem Zimmer. Schon nach neun.

«Schau, hier.» Sie zoomt ins Bild hinein, den dunklen Fleck im Fokus.

«Sieht man da die Kugel?», frage ich.

«Die nicht. Das ist ein Blutgerinnsel.»

Wie ein Krater sieht es aus, als sie noch einmal reinzoomt, wie ein Krater, dessen Zentrum allerdings nicht rot ist, sondern schwarz, der kalte Lava ausstößt, die sich erst nach außen hin verflüssigt.

«Schau, die Farben, Sebi, hier, von Tiefschwarz mittendrin über Holderschwarz, Schwarzviolett, Braunviolett, dann langsam Braunrot, hier, ein Florentiner Rot, Karminrot, Bordeauxrot, Rubin.»

Ein See, rubinrot, füllt den Bildschirm, läuft in hundert Bäche aus, die sich verlieren, in Mäandern, wie in rosarotem Sand. An manchen Stellen glitzert er, der See; sie geht noch näher ran.

«Hier, Bindgewebe, das hier, Eiweiß.»

Perlmuttglanz, der wiederum von Weiß zu Grau zu Gelb changiert, in hundert einzelnen Quadraten.

«So, das ist das Maximum. Schau mal, wie tief wir gehen mussten, bis man nur noch Pixel sieht!»

Sie scheint ganz fasziniert davon, vielleicht auch froh, dass sie was hat, womit wir uns ablenken können. Nur, mir wird auch davon schlecht; statt Milo seh ich jetzt den Bären aus dem Traum, den faulen Rachen, und hab keine Zeit dafür, muss weg, muss runter und zum Frühstück. Sicher ist das aufgefallen, dass ich nicht gekommen bin, so spät war ich bisher noch nie dran. Nein, ich muss jetzt runter, sagen, dass ich ausgeschlafen hätte – und das hab ich ja tatsächlich.

Sie zoomt wieder raus, und die Quadrate werden wieder kleiner, werden Perlmuttglanz, Seeglitzern, schwimmen weg, ins Rot, ins Braun, versinken in dem schwarzen Krater, der sich wieder schließt, verkrustet – und die Landschaft wird zu Fleisch.

«Man weiß gar nicht mehr, was es ist, gell», sagt sie, «wenn man nahe rangeht.»

«Ja», sag ich, «sah aus wie Kunst.»

«He, he, das ist Kunst, du Banause», sagt sie, schließt das Fotofenster, «Fotokunst ist das. Kennst du?»

Ihr Bildschirmhintergrund ist weiß, nur weiß – hab ich noch nie gesehen. Endlich sind die Bilder weg.

«So, so, *sieht aus wie Kunst*, sagst du – *sieht aus wie ein Spazierweg!* sag ich dann, wenn du am Bauen bist.»

Sie nimmt die Hand, die ich auf ihre Schulter lege, nimmt und küsst sie, und ich überlege, wie ich jetzt von hier wegkomme und zum Bunker, möglichst unbemerkt.

«Apropos», sage ich, und zeige auf ein kleines Wandgestell, das voll mit Kodakschachteln ist. «Die Kamera da drüben – diese hier – kann ich die vielleicht leihen?»

«Was, die alte Nikon?»

«Ja. Ich sollte endlich Fotos machen», sage ich, «von

dem Spazierweg, für die Maurer, die bald kommen.»

«Ah. Das ist die Kamera, die ich damals im Heli hatte.»

«Was, für die Flugbilder?»

«Ja. Und ja, die kannst du schon ausleihen. Kannst sie auch behalten.»

«Wirklich?»

«Erstens ist sie nicht mehr ganz, was ich jetzt brauche, für die Arbeit, zweitens – eben, wie gesagt ...»

Sie nimmt sie vom Gestell, und das allein kostet sie Überwindung, habe ich den Eindruck, klappt den Deckel auf und zu, justiert das Objektiv und pustet drüber.

«Funktionieren sollte sie.»

«Ich geb sie dir zurück», sag ich, «sobald ich meine eigene –»

«Nein, nein, ich will sie nicht mehr haben. Nimm sie mit, ich brauch sie nicht. Die beiden Kabel brauchst du auch. Du musst halt schauen, wie viel Speicher da noch drauf ist, weiß ich nicht. Auch nicht, ob's diese Speicherkarten überhaupt noch gibt im Handel, eine zweite hab ich nicht. Weißt du, das Ding ist ein Fossil, die allererste Digicam, die ich gekauft hab, vor fünf Jahren. Damals musste ich sie haben, unbedingt, um jeden Preis. Man muss doch Pionier sein, oder? Avant-garde, tu sais.» Sie lächelt.

Also häng ich sie mir um, ein Ungetüm von Kamera.

«Na dann –»

«Na dann?»

«Dann sehen wir uns.»

«Ja. Bitte. Ein bisschen mehr.»

Ich beuge mich noch mal zu ihr, die Nikon pendelt zwischen uns, wir drücken uns noch mal die Arme, küssen uns – und weg bin ich.

Ist sicher besser, denke ich, wenn ich die Foyertreppe meide, gleich hier hinten raus und dann von außen Richtung Eingang gehe – wie wenn ich vom Bunker käme. Oder nein – ich nehm den Lift, das ist noch besser, eigentlich, gleich hier, gleich runter in den Tunnel, und dann vorne wieder rauf. Ganz wie normal, das fällt nicht auf, denk ich beim Runterfahren, richte mir die Haare und das Hemd. Im UG öffnet sich die Lifttür, und davor steht: Xenia.

«Oh – Sebi? Wo kommst du denn her?»

Sie scheint nicht wirklich überrascht, doch ich, ich bin derart erschrocken, dass ich einfach stehen bleibe, bis die Lifttür wieder zugeht. Sie geht mit ihrer Hand dazwischen.

«Komm nur – hast du gut geschlafen?»

«Ich? Ich, ja, ich –»

«Ziemlich lang!»

Ich trete aus dem Lift, schieb mich an ihr vorbei; sie sich an mir. Wie Hunde, wenn sie sich beschnuppern. Auf getauschten Plätzen stehen wir uns wieder gegenüber, ich im Tunnel, sie im Lift.

«Gell, Sebi, ich sag dir dann schon, wenn etwas frei ist im Hotel.»

Sie will gar keine Antwort von mir. Schon schiebt sich die Lifttür wieder zwischen uns; ich bin allein. Dann aber geht sie nochmals auf:

«Ah, Sebi, diese Kamera ...» – sie meint die Nikon, die ich trage –, «hast du die von ihr bekommen? Darf ich kurz?

Nur kurz, zeig mal. Weißt du, das war ja früher meine.»

Mir ist klar, dass das nicht stimmt, und trotzdem nehm ich sie vom Hals. Sie reißt sie mir fast aus der Hand.

«Weißt du ...», sie drückt daran rum, sehr unbeholfen, scheint es mir, und irgendwie gestresst, «weißt du, die Kamera ... du ... brauchst du sie?»

Ich nicke. «Ja, ich könnt sie brauchen. Für den Wandweg», sage ich, «damit ich Fotos machen kann. Damit die Betonwerker wissen, wie das ausschaut, mit der Brücke. Aber ich kann auch – ich hab auch eine eigene», sag ich, «nur ist die unten in der Stadt, die muss ich mir halt bringen lassen ...»

Xenia hört gar nicht zu, sie dreht und wendet das Gerät wie einen Teig in ihren Händen, hin und her, drückt hier und da, und gibt sie mir dann doch zurück.

«Nein, nein, ist gut, nimm du sie nur, du kannst sie gerne haben, Sebi. Für den Wandweg, klar, du brauchst sie. Schau, hier kannst du ein und aus, dann hier, das ist der Autofokus, und hier, hier sind all die Modi, und der Blitz, der Blitz ist hier, glaub ich, ja hier, das müsst er sein ...»

«Den werde ich kaum brauchen, danke. Und sonst komm ich schon zurecht.»

«Ja, also. Sicher wirst du das. Für mich ist das halt immer noch sehr neu, das digitale Zeug. Ich hab den Apparat auch kaum gebraucht, kam damit nie zurecht.»

Sie will jetzt plötzlich doch nicht hoch, tritt aus dem Lift, will mich begleiten.

«Geht's zum Frühstück, oder?», fragt sie, freundlich, gar nicht so wie wie vorher, eher aus Verlegenheit. «Weißt du, das ist der Apparat, von dem wir's gestern hatten, der, den Lydia damals gebraucht hat, als mein Mann verunglückt ist. Es ist ja nur ein Gegenstand, und trotzdem ...»

«Ja, ich weiß», sag ich. «Und wirklich, ich brauch ihn nicht dringend, kann auch warten mit den Fotos.»

«Ach, ganz wie du meinst; schau einfach mal, ob er dir nicht zu schwer ist, und sonst kann dir Lydia bestimmt auch einen andern geben; sie hat alle möglichen, auch neue, kleine, leichtere.»

«Spielt keine Rolle», sage ich, «ich will nur ein paar Bilder machen, von den speziellen Stellen, wo die Brücke hinsoll und wo man den Fels verstärken muss. Ich brauch den Apparat nicht lange.»

«Willst du ihnen Bilder schicken, deinen Leuten?»

«Ja, genau. Damit sie wissen, worum's geht.»

«Wie schickt man die? Per E-Mail?»

«Ja.»

«Das geht mit dieser Kamera?»

«Ich glaube schon, wieso auch nicht? Das mache ich mit meiner auch. Die hängt man einfach an den PC, und schon sind die Bilder drauf.»

«Ach so. Ja, gut.» Sie scheint verwirrt.

«Ich frage dann den Vater», sag ich, «ob er mir am nächsten Dienstag meine Canon bringen kann. Dann brauch ich diese hier nicht mehr.»

«Ja, vielleicht ist das besser», sagt sie.

Und ich denke: Meine Güte! Was soll dieses Hin und Her? Als ob's nicht schon absurd genug wär, dass ich mir nicht holen kann, was ich hier oben brauche, dass ich überhaupt hierbleiben muss, gefangen wie ein Zirkustier. Doch gut, sie fragt nicht mehr nach vorhin, fragt nicht mehr nach Lydia, woher ich kam, wieso so spät. Das immerhin; es ist mir lieber, über Kameras zu reden.

«Ja, das ist am besten», sagt sie, und wir sind am Tunnelende, «dann hast du die eigene. Ich gebe gleich Bescheid, dass du noch Frühstück nimmst, bon appetit! Und sag, kommt Lydia auch noch?»

«Das weiß ich nicht», sag ich, und auch das stimmt: Ich weiß es wirklich nicht.

«Wir werden sehen. Salut, Sebi.»

Sie verschwindet in die Küche, und ich Richtung Wäscherei.

Der Speisesaal ist schon fast leer – bettflüchtig, diese Rentner, alle –, leer auch der *Familientisch*. Ich nehme mir ein Müesli vom Buffett und stell's gleich wieder hin; erinnert mich ans WC, vorher. Heiß ist mir, und kalt, abwechselnd.

«Tee? Kaffee? Vielleicht ein Ei?»

«Nein, danke, nur einen Espresso.»

Xenia treibt mich in den Wahnsinn. Sie hat ganz genau gewusst, wo ich gewesen bin, dass ich bei Lydia geschlafen habe. Und das darf nicht sein, noch nicht, noch lange nicht – wer weiß, wie lange. Zuerst ist jetzt Bußezeit, das sagte Lydia schon richtig, nur ist es nicht sie, die büßen soll, ich bin es, ich allein. Und Lydia, die leidet mit. *Ich sag's dir schon, wenn etwas frei ist* – und was sagt sie ihrer Tochter? *Soll nur etwas schmoren, der, sei froh, dass du nicht weißt, warum?* Warum, wie lang, das weiß nur sie, das weiß nur Madame ganz allein, das wird Madame allein bestimmen. Überhaupt bestimmt sie alles, alles tanzt nach ihrer Pfeife, nicht nur ich, auch Lydia, der Vater, all die Ouvriers. Ein Marionettenspiel ist das, nichts sonst, mit mir als Bösewicht. Sie führt Regie, sie kennt das Drehbuch, und der Koch, der assistiert ihr. Wie das alles enden soll, das weiß nur sie, vielleicht noch er – falls es ein Ende geben soll. Man lebt hier nur von Xenias Gnaden, und um alles muss man betteln, selbst die blöde Kamera. Die hat bestimmt nicht ihr gehört, das hat sie alles nur behauptet. *Nikon DCS 420.* Wie wenn ihr der Apparat noch irgendwas bedeuten würde, nur weil er damals dabei war, ihr, die, noch bevor ihr Mann starb, sich mit einem andern einließ, ein Kind zeugte mit dem andern! Wie wenn sie das kümmern würde, was jetzt mit dem Ding passiert, nachdem sie gestern Abend nicht mal wusste, dass es noch im Haus ist. *Diese Kamera ist das, weißt du, das ist die Kamera.* Jaja, schon gut, ich gebe acht, ich werd sie schon nicht fallen lassen. *Nikon DCS 420.* Dieser Speicher, welch ein Teil! Ich habe den Adapter, jetzt brauch ich noch einen Stromanschluss. Hier, an der Wand – ich steck sie ein, schalte auf *On*, und siehe – ja! Das Ding läuft ja tatsächlich noch. Ich nehm den Linsendeckel weg und meinen Kaffee in den Fokus, drücke ab, doch nichts passiert. Ich ziele auf das Buffet, nichts. Auf das Klavier beim Eingang, nichts. Den See, die fernen Boote, nichts. Da stimmt was nicht. Die Batterie? Die ist zu einem Drittel voll. Das Wählrad steht auf *Auto.* Ich dreh dran herum, versuch's noch mal, doch nichts, die Kamera löst nicht aus. *E2* stand auf dem Monitor. Ich drücke mal *Delete* – nützt nichts, *E2* – öffne das

Speicherfach: nichts drin. Das Speicherfach ist leer. Die Karte fehlt. Das ist der Grund. Ich trinke den Espresso aus, bestelle einen doppelten. Moment mal. Hat das Lydia nicht kontrolliert, das Kartenfach? Hat sie nicht noch gesagt, ich müsse schauen, ob da drauf noch Platz sei? Das sei ihre letzte Karte? Doch, das hat sie. Doch, ganz sicher. Meine Güte, mir ist heiß; ich habe Fieber, glaube ich. Jemand hat diese Speicherkarte rausgenommen – Xenia. Als sie damit hantiert hat, vorhin, deshalb nahm sie sie an sich, die Kamera, um nachzuschauen, ob die Karte drin ist, um sie rauszunehmen. Ja, das hat sie. Anders kann es gar nicht sein. Wieso nimmt sie die Karte raus? Was sind das wohl für Bilder? Welche mit dem Vater, nehm ich an. Ja, sicher welche mit dem Vater. Xenia mit dem Vater, als sie noch die Frau von Fischlin war. Xenia mit dem Vater, von ihm schwanger, just an jenem Tag, an dem ihr Mann ums Leben kam. Die würd ich gerne sehen, diese Bilder, das wär interessant, wie die da drauf sind, diese beiden. Seltsam hat sie reagiert, als sie die Kamera sah, sehr seltsam. Würde mich ja wundernehmen … aber eben, keine Karte. Die hat sie. Ist konfisziert. Ich habe Fieber, definitiv. Na ja, vielleicht hat Lydia die Bilder noch auf ihrem PC. Wenn sie sie denn damals überhaupt noch übertragen hat, nach diesem Unglück. Vielleicht nicht. Wahrscheinlich aber eben doch; da waren ja bestimmt nicht nur die Bilder von dem Rundflug drauf, die hat sie ja auch sonst gebraucht, die Kamera, für anderes. Ich muss die Bilder sehen, will mal sehen, wie das war, damals. Der Vater hat nie was erzählt, und Xenia tut superseltsam.

«Doch vielleicht noch einen Wunsch?»

«Nein, danke – oder allenfalls ein Aspirin, wenn Sie das haben.»

«Aspirin fünfhundert?»

«Gern.»

Ich trinke leer und frage mich, ob Lydia noch oben ist. Vielleicht lässt sie mich an den PC? Ich kann fragen, ob ich meine Bilder da hochladen darf – bei mir streike die Software, irgend sowas; könnte sogar stimmen. Ja, das werd ich fragen, da wird sie kaum was dagegen haben. Und wenn sie dabei sein will, wenn klar wird, dass die Karte fehlt, dann sag ich einfach: Ah, deshalb! Deshalb hat es nicht funktioniert! Mal schauen.

Die Tablette kommt.

«Sie haben Kopfweh?», fragt der Kellner.

«Ja, das auch. Und etwas Fieber.»

«Schlecht geschlafen?»

«Nein, das nicht.»

Der freche Kerl; als ob er's wüsste. Ich hingegen muss jetzt wissen, was mit diesen Bildern los ist. Vielleicht bild ich mir das ein, das mit der Karte, kann schon sein – doch komisch war sie, Xenia, sehr irritiert, gar nicht wie sonst. Ob's an den Fotos liegt? Wer weiß. Wie war das, 1994? Da war mir noch nicht bekannt, dass er hier oben wohnt, der Vater, dass er jemand Neues hat. Ja, doch, die Bilder will ich sehen, wenn die noch vorhanden sind. Ich frage Lydia nachher. Nicht jetzt, jetzt muss ich erst mal raus, auf Fototour, haha, und meinem Kopf wird das auch guttun, doch wenn ich zurück bin, frag ich sie, vielleicht ist sie bis dann beim Frühstück.

Blendend klar und kalt ist es im Freien. Diese Morgenluft! Wenn hier, bevor der Winter kommt, noch irgendwas gebaut sein soll, dann muss ich jetzt den Maurern wirklich Bilder schicken von dem Wandweg, oder sie gleich herbestellen. Immer noch hab ich den Eindruck, dass das Xenia im Grunde überhaupt nicht interessiert, ob dieser Wandweg jetzt ein Steg wird oder Pfad bleibt wie bislang. Doch mich davor zu drücken, ändert nichts an meiner Lage hier, macht meinen Aufenthalt hier oben nur noch unverständlicher. Was müssen all die Leute denken, wo ich bleibe, warum ich nichts hören lasse. Warum sollte ich hier oben einfach so verschwinden, bleiben, wenn nicht wegen eines Auftrags, den ich vorzuziehen habe, der noch mehr Bedeutung hat als all die andern, schon geplanten? Xenia braucht ihn nicht, den Steg; wer weiß, was sie braucht – sie allein – doch ich, ich brauch ihn, sehr sogar, und sei's nur als Entschuldigung.

Ich geh den Zickzackweg hinan und spiele Fotograf, so wie ein Kind, knips, knips, ich drücke ab, doch das Verschlussgeräusch bleibt aus. Ich tu, als müsste ich den Weg dokumentieren, jede Kurve, für die Planung, knips, knips, knips.

Da kommen Barbara und Olugbenga von der Kante her, er schwankt hinter der Riesin hin und her, fast wie ein Metronom, und erst, als sie bei mir sind, seh ich, dass auch noch Maiba folgt. Ich nicke ihnen zu, die beiden Frauen nicken stumm zurück, der Häuptling hält das nicht für nötig. Während dieser ganzen Zeit, die ich schon hier im Bunker bin, hat er kein Wort zu mir gesagt. Der Dreiertrupp wird kleiner unter mir, ich schaue ihnen nach. Sie können offenbar zu dieser Zeit den Weg im Freien nehmen, dürfen's wagen, ihn zu nehmen, mit Erlaubnis von Madame. Beim Hintereingang treten sie aus meinem Sucher ins Hotel, ich lasse sie und wende mich dem See zu, der sich vor mir auftut, knips, dem Wandweg, knips, dem Bunker, knips, zum Fischlin-Kreuz, zur Felsbucht, knips, wo dann die Brücke hin soll, knips, knips, knips, noch schnell zur Plattform, zur Kapelle, knips, zurück. Schon ziemlich kindisch, zugegeben, erst recht, wenn das gar nicht stimmt, dass Xenia die Karte hat. Und wenn schon, was soll da schon drauf sein? Luftaufnahmen, das bestimmt. Vielleicht auch noch ein paar Schnappschüsse, Xenia mit Alois, dem *Freund des Hauses*, wie er wohl damals geheißen hat, mein Vater. Der den Flugschein hatte und sich anerbot, ganz Gentleman, sie rauf an die Hohwand zu fliegen. Der bestimmt ganz blendend aussah, in der Fliegeruniform. So was wird da wohl drauf sein, neben Lydias Foodbildern, viel mehr kaum. Und doch: Ich will sie sehen.

Als ich vorn beim Bunker bin, beschließe ich, noch rasch zu duschen, mir was Warmes anzuziehen. Sollten alle weg sein, jetzt, und an der Arbeit, eigentlich. Ich geh mit Widerwillen rein, doch gestern war's um vieles schlimmer. Wenn es sein muss, kann ich das schon noch aushalten, die paar Wochen, bis der Steg dann fertig ist. Mein Bett ist nicht gemacht, schon klar – sie machen mir ja sonst immer das Bett, obwohl ich das nicht will, bestehen drauf, ich sei ein Gast – doch diesmal nicht, natürlich nicht, das wurde ihnen gleich gemeldet, dass ich vorne war, nicht hier, das hat man ihnen so gesagt, dass sie das Bett ruhig lassen sollen, dass ich das ruhig merken soll, dass sie im Bild sind über alles. Immerhin, ich bin allein. Zur Sicherheit ruf ich jeweils hallo, bevor ich duschen gehe – keine Antwort, alles leer. Ich schließe meine Augen halb, das mach ich immer so, schalte auf schläfrig, während ich hier drin bin, blende aus, so viel ich kann, wische die weißen Kacheln blank mit meinen Wimpern, sozusagen, wische Haare, Fuseln weg, Schaumreste, die noch übrig sind. Die Wasserlachen allerdings, die spüre ich, die sind halt da. Ich nehm ein neues Tuch, reib mir minutenlang die Füße ab und werf es dann gleich in den Korb. Das Hemd von gestern leider auch – ich rieche noch einmal daran und ziehe dann stattdessen einen breit gestreiften Pulli an. Er sieht aus wie ein Sträflingsanzug.

Lydia ist tatsächlich da, als ich zurück im Frühstückssaal bin, sitzt allein an unserem Tisch. Ich schau mich um, bevor ich zu ihr gehe, stupse sie nur an.

«Oh, doch noch hier?»

«Na ja, schon wieder. Ich war Fotos machen.»

«Willst du dich nicht setzen?»

«Danke, nein, ich sollte wirklich vorwärtsmachen», sag ich. «Fotos habe ich, doch irgendwie geht das nicht richtig, mit der Software, mit dem Laden. Vielleicht liegt's an meinem iBook. Vielleicht könnte ich», frag ich, «noch einmal schnell an deinen Rechner? Vielleicht geht es da – wahrscheinlich.»

Sie geht sofort darauf ein. «Klar, hier, der Schlüssel, kannst du machen. Aber willst du nicht was essen, oder einen Kaffee trinken? Ich bin eben erst gekommen.»

«Alles schon erledigt», sage ich, «lieber ein andermal. Im Ernst, ich muss jetzt vorwärtsmachen, hab das etwas spät gemerkt, wie wenig Zeit noch ist, bis hier der Winter einbricht – dann ist fertig. Dann muss alles fertig sein. Die Maurer müssen spätestens in vierzehn Tagen starten können, und die wissen noch nicht mal, dass ich sie brauche, und für was. Deshalb die Fotos», sage ich, «deshalb die Eile. So ist das.»

Sie nickt; verstehen tut sie's nicht, das kann ich ihr ansehen. Sie versteht nicht, warum ich grad heute, grad an diesem Morgen, nicht ein paar Minuten für sie habe. Nein, das kann sie nicht verstehen – aber sie gibt mir den Schlüssel.

«Läuft noch, der Computer», sagt sie, «steck sie einfach ein, dann kommt der Rest von selbst, du wirst schon sehen.»

«Also, dann –»

«Ich komm dann nach.»

Sie hat wohl einen Kuss erwartet; ich schau mich noch einmal um und schick ihr einen durch die Luft. Und wieder raus, ins Freie, und dann hinten wieder rein ins Hotel, *I'm a backdoor man*, das bin ich.

Lydias Bett, es ist gemacht, doch anders als die Ouvriers es machen würden, nicht perfekt. Sie macht es selber, nehm ich an; nur ich darf nicht, mich lässt man nicht. Was wollte ich hier eigentlich? Ich wische mir den Schweiß weg, leg die

Kamera ab, setz mich ans Pult und schieb die Maus herum. Der Bildschirm scheint auf, blankes Weiß, ich steck die Kamera ein, pro forma, wirklich nötig wär es nicht – wenn Lydia kommt, muss sie anklopfen, ihren Schlüssel habe ich, und ohne den kommt sie nicht rein. Ich öffne erst den *Finder*, dann die *Suche*, wähle *Alle Bilder*. Tippe 1994 ein, tatsächlich, hier sind Ordner, schön nach Datum aufgelistet. *1994-09-16*, hier, das muss er sein. Ich öffne ihn, das erste Bild, es zeigt die Alpenkette, eine Luftaufnahme, ich bin richtig, schließ es, mach das nächste auf, auch hier die Alpen und so weiter. Dutzende von Alpenbildern, die Hohwand von nah und weit, ich scrolle runter, bis zum Ende – hier! Hier ist was anderes, hier sieht man Menschen, vier-, fünf-, sechsmal. Ich will eins der Fotos öffnen, als ich etwas höre – auf dem Gang. Was war das? Täusch ich mich? Ich klick den Ordner weg, das Fotofenster, lausche noch einmal – jetzt nichts mehr. Auf dem Pult, da liegen CDs, CD-ROMs, ein ganzer Stapel. Wieso nicht? Ich nehme eine, leg sie ein, ziehe den Ordner in den Brenner. Er läuft an, beginnt zu rauschen – und jetzt klopft es an der Tür. Ich gehe raus ins WC, rufe durch die Tür: «Ich bin im Bad, ich komme gleich!», drücke die Spülung, lasse Wasser laufen, geh zurück zum PC, noch nicht fertig, starre auf den grauen Balken, der den Brennfortschritt anzeigt. Dann – pling! – er spuckt die CD aus, ich steck sie in die Hosentasche, geh zur Tür und mache auf.

«Und, geht's?»

«Tipptopp», sag ich, «tipptopp. Ich hab ihn laufen lassen, okay?»

«Ja. Das ging ja schnell, das Laden. Bei mir dauert's jeweils ziemlich. Kannst ihn ruhig noch weiter brauchen, ich muss runter in die Stadt. Du kannst den ganzen Tag hierbleiben, wenn du willst, und hier arbeiten.»

«Danke», sag ich, «das ist nett, doch ich bin fertig, eigentlich. Und hab ja meinen eigenen. Es ging mir nur um diese Fotos.»

«Oder kommst du mit mir runter? In die Stadt, mein ich?»

«Nein, nein ... ein andermal vielleicht, nicht heute. Mir ist nicht besonders gut.»

«Wieso? Was ist? Was hast du, Sebi?»

«Nichts, ein bisschen Fieber, glaub ich.»

«Fieber? Nein, ich meine, wieso – gibt es irgendetwas, das nicht gut ist, das ich ändern kann?» Sie ist schon wieder ganz verwirrt.

«Nein, gar nichts», sage ich, «wirklich nichts. Ist nur grad alles etwas viel: die Arbeit hier, der Ort, die Leute, wie das alles kam mit uns, mit meinem Vater, deiner Mutter, und natürlich auch mit dir ...»

«Was ist mit mir? Ist was nicht gut?»

«Nein, nein –»

«Mit Mama? Alois? Weißt du, du brauchst dir um die beiden keine Sorgen mehr zu machen; langsam, glaub ich, geht es ihnen besser. Doch, das glaube ich. Sie sorgen sich schon eher bald um d i c h, weil du dich so zurückziehst, und das geht mir auch so, Sebi. Du bist hier, bei uns, bei mir, und irgendwie doch nicht, für dich allein – ich halt das kaum noch aus.»

Ich streichle sie.

«Und weißt du, Mama – Mama ist das längstens klar, dass zwischen uns was läuft, sie hat auch schon gefragt –»

«Was? Was hat sie?»

«Na ja, wie wir uns kennenlernten, und ob –»

«– was?»

«Ach, ist egal. Sie hat ein sicheres Gespür für solche Sachen, sie merkt alles. Das war schon bei Papa so, der konnte ihr auch nichts vormachen, so sehr er sich auch bemühte ... Jedenfalls, sie merkt das schon, dass da was los ist. Und sie freut sich. Glaube ich zumindest, und dein Papa auch – ja doch, bestimmt. Es ist doch schön, trotz allem, dass wir zusammen hier sind, wir alle. Sag was, Sebi – ist es doch? Und wenn du das nicht findest, bitte sag's mir auch. Dann sag es mir!»

«Doch, ist es», sag ich. «Klar, doch, doch.»

Sie stellt sich auf die Zehenspitzen, will mich küssen –

«Mh, ich bin ...»

«Oh, ja, du hast ja richtig heiß. Du solltest dich erholen, nochmals schlafen, gerne wieder hier – ich wiederhole mich», sagt sie.

Wir stehen zwischen Tür und Angel.

«Ist schon gut», sag ich, «und ja, hast recht, ich sollte mich hinlegen. Übrigens, ich hab dir vorhin eine CD-ROM geklaut. Für meine Fotos. Durfte ich?»

«Du dürftest alles, Sebi», sagt sie, «wenn du dich nur trauen würdest.»

«Bald», sag ich, und drücke sie.

«Je t'aime.»

«Und ich dich auch. A plus!»

Den Gruß hab ich von ihr gelernt. Für mich klingt er wie: Bald wird's besser.

Diesmal treffe ich niemanden, weder drinnen noch im Freien. Erst als ich im Stollen bin, in der Kaverne, hör ich Dorli – ihre zittrig liebe Stimme, mit der sie, tagein, tagaus, die Ouvriers umsorgt, ihre Kollegen und Schicksalsgenossen. In der Bunkerküche ist sie, von der Morgenschicht zurück. Mit wem spricht sie? Mit Mirror? Nein, die gelbe Jacke ist nicht hier, der ist noch drüben. Besser so. Nein, mit Yukiko, sehe ich: Die beiden stehen an der Spüle, trocknen ihr Frühstücksgeschirr. Sie drehen sich nicht um zu mir – aus Rücksicht, wie ich mittlerweile weiß, sie reden durchaus gern. Ich schenke mir ein Glas der Milch ein, die noch auf dem Küchentisch steht. Hundemüde bin ich; Lydia hat recht, ich sollte schlafen, noch einmal, und diesmal richtig. Diese letzte Nacht bin ich nur neben ihr gelegen, wach, die längste Zeit, glaub ich, erst gegen Morgen war ich wirklich weg.

«Melatonin – habt ihr gewusst, dass Milch Melatonin enthält?», frag ich die beiden Frauen, die bestimmt längst wissen, wo ich war, doch nie darüber sprechen würden. Die sich wohl schon längstens fragen, warum ich die ganze Zeit hier oben und hier hinten bin, warum ich in dem Bunker bleibe, jetzt, wo sich das Hotel leert. Das wundert die bestimmt, doch nie ein Wort darüber – nicht von ihnen. Das ist Mirror vorbehalten.

«Ja, und auch Serotonin», sagt Dorli, und ihr Kahlkopf

wackelt, während sie die Teller schrubbt. «Das Schlaf- und auch das Glückshormon. Bist du denn müde, Sebi?»

«Ja.»

«Und traurig?»

«Manchmal.»

«Immer noch?»

Ich greife in die Schale mit Tablettenschachteln, die hier rumsteht, Allgemeingut sozusagen, drücke eine Schlaftablette aus dem Blister, für nachher.

«Du hast ihn fast gerettet, Sebi.»

«Fast», sag ich, «das reicht nicht ganz.»

«Wer anders hätt's gar nicht versucht. Du hast getan, was möglich war; mehr kannst du von dir nicht verlangen. Das weiß auch dein Vater, weiß auch Madame, weiß auch Lydia. Das werden sie dir nie vergessen.»

Blubbernd gehen Tassen unter, Dorli wäscht sie, spült sie aus und reicht sie an Yukiko weiter.

«Und, wer weiß, schön wär es ja, wenn sie – dein Vater und Madame – bald mal ein Enkelkind bekämen? Das wär schön, ich wünsch es ihnen.»

«Dorli», hak ich ein, «sag mal: Er war doch Vaters Kind, Milo, nicht wahr, nicht das von Emil Fischlin?»

Sie kratzt sich am Kopf, mit ihrer Schulter, Hände in der Spüle. «Ach, es lohnt sich doch nicht, Sebi, über all das nachzudenken. Damit machst du dich verrückt.»

«Ich darf mir doch Gedanken machen.»

«Ja, natürlich, jeder darf das. Aber manchmal ... glaub mir, Sebi. Es ist gut so, wie es ist.»

«Was war das für ein Mann, der Fischlin?»

«Sebi ...»

«Sag, wie war er so?»

«Das musst du nicht mich fragen, Sebi. Ein Charmeur, ein Mann von Welt.» Sie kratzt sich mit der andern Schulter. «Und ein Filou, heißt es oft.»

Yukiko kiekst.

«Doch wie gesagt: Ich habe ihn ja nicht lang gekannt. Und es spielt keine Rolle mehr. Es ist gut, wie es ist, glaub mir.»

Sie lässt das Abwaschwasser ab und schrubbt das Becken ab, während Yukiko das Geschirr aufstapelt, auf dem Abtropf neben ihr. Sie warten darauf, dass ich gehe.

«Könnt ihr mich abmelden», frag ich, «fürs Mittag- und Abendessen?»

«Mache ich», sagt Dorli, «aber wenn du etwas brauchst –»

«Nur Ruhe.»

Davon gibt es hier genug, auf der Hohwand. Daran fehlt's nicht. Ich werfe die Tablette ein, und dann die CD mit den Bildern, lege mich aufs Bett und schlafe ein, bevor das Programm läuft. Statt Flugaufnahmen seh ich Fische, träume einen Tiefseetraum, mit schwabblig-hohläugigen Monstern, deren einzig feste Teile ihre Riesenzähne sind. Ich sinke zwischen ihnen durch, in ihre finstre Welt hinunter. Ringsherum ist alles schwarz, bis unter mir der nächste Fisch auftaucht, ein kleiner Leuchtpunkt erst, der schnell anwächst, vor dem mir graut, der mir entgegenwächst, dem ich entgegensinke, halt- und hilflos, dem nicht auszuweichen ist, bei allem Rudern, Strampeln nicht, der sich vom bloßen Punkt zu einer Fratze auswächst, wie die andern, nur noch größer, grässlicher, ein lebend-toter Monsterkopf mit blindem Blick und offnem Rachen, der an mir vorbeisteigt, während ich nur sinke, sinke, sinke. Irgendwann seh ich den Grund, ein knochenweißes Feld von Steinen, die sich aus der Nacht erheben. Ich versuche Fuß zu fassen, doch die Steine sinken weg, flutschen zur Seite, weich und glibbrig, Fische sind es, keine Steine, knochenweiße Beutelfische, Beutelmägen haben sie, mit Opfern drin, noch unverdaut: In jedem dieser Magensäcke liegt ein zweiter, toter Fisch, oft größer noch als sein Verspeiser. Diese bleichen Tandems drücke ich mit meinen Füßen weg, sie sind das Bett, in das ich sinke, können mein Gewicht nicht tragen, weichen aus und steigen auf, bleiche Ballone, Tausende. Sie wabern bald als Teppich über mir, als milchig ferner Schleier, der entschwebt, während ich sinke, in die Finsternis hinab. Ich greife nach dem letzten Fisch, trotz allem Ekel, aus Verzweiflung, nach dem letzten dieser Ballons, der an mir vorbei wegschwebt, damit er mich hochzieht, mich nicht hier unten ganz alleine lässt, in dieser ewig kalten Nacht, ich will ihn packen, seinen Schwanz, ich zieh an ihm, zieh ihn zu mir – am Laptopkabel reiße ich.

Das iBook liegt auf meinem Kissen, läuft noch immer, aufgeklappt, die Tastatur wie Zähne, hell erleuchtet aus dem runden Bauch. Kein Wunder, hab ich solche Träume. In der Kammer ist es dunkel – schlechtes Wetter offenbar, oder vielleicht ist auch schon Abend.

Beides, stell ich fest, als ich aufstehe, durch die Scharte

schaue. Fieber hab ich immer noch. Je nun, ich hab ja abgesagt, und es ist nicht der erste Abend, den ich hier allein verbringe. Um die Zeit ist niemand hier, wie früh am Morgen, alle weg, am Kochen oder Putzen, vorn im Hotel und im Hallenbad. Man hat den Bunker ganz für sich, und wenn man noch erkältet ist, wie ich grad, und nicht so gut riecht, dann lässt es sich hier schon aushalten. Irgendwie – obwohl ich krank bin, schlecht geträumt hab, nichts gegessen, Lydia nicht sehen kann, bespitzelt worden bin, gerüffelt – geht's mir besser als zuvor. Ich nehm den Laptop untern Arm und geh hinunter in die Lounge. Man sieht nicht in die Nacht hinaus, die Scheiben spiegeln alles Licht, doch prasseln hört man's draußen, richtig prasseln, stärker als gedacht. Ich wandere die Glasfront ab und lausche – je nach Einfallswinkel, je nachdem, wie schräg die Scheibe über mir grad ist, klingt es ganz anders, klingt das Prasseln härter oder dumpfer, lauter, leiser, höher oder wieder tiefer. Erst wenn man zurücktritt in den Raum, vermengen sich die Timbres, mischen sich zu einem Rauschen, das anschwillt, wenn man den Kopf hebt, und abklingt, wenn man ihn senkt. Ich hole mir ein Joghurt aus der Küche, nehm es in die Lounge und setzte mich in einen Sitzsack ganz zuvorderst an der Wand. Dann klappe ich den Laptop auf und lasse die CD anlaufen.

Die Bergbilder übergeh ich, öffne gleich die unteren. Vom Flugplatz sind sie, wie vermutet: hier, der Vater vor dem Heli, im Pilotenanzug, fesch. Das ist ja erst fünf Jahre her, doch er sieht jünger aus, viel jünger, keine fünfzig, würd ich sagen, wenn ich es nicht besser wüsste. Grau erst an den

Schläfen, und die Schultern höher, eckiger. Fast etwas angespannt, das auch; vielleicht war das sein erster Flug mit Xenia und Lydia. Noch eine Handvoll Bilder gibt es, nur mit ihm alleine drauf, vor seiner Vollglas-Alouette, und Bild für Bild rückt er nach rechts, ein bisschen weiter Richtung Cockpit, Bild für Bild lacht er gequälter, hat es eilig, offenbar, keine Geduld für solche Fotos, wär wohl lieber losgeflogen. Trotzdem musste er posieren, auch mit Xenia natürlich – das sind jetzt die Bilder, die ich sehen wollte. Hier sind sie. Die beiden stehen da, als würden sie sich überhaupt nicht kennen; er jetzt vor der Cockpit-Tür und Xenia weit neben ihm, die Arme überm Bauch verschränkt. Sie muss auf diesem Foto ja schon schwanger sein, ja, doch, das muss sie, von genau diesem Piloten, der da steht und auf sie wartet. Doch davon ist nichts zu merken, nicht bei ihr und nicht bei ihm, nicht an der Art, wie sie hier stehen. Xenia blickt im Gegensatz zum Vater in die Kamera. Auch sie sieht deutlich jünger aus, die Haare lang und hochgesteckt, so wie sie Lydia heute trägt, was ihr Gesicht viel weicher macht. Der harte Zug um ihren Mund ist noch nicht da, noch keine Strenge, eher Scheu, Unsicherheit, Flugangst womöglich, in den Augen – wer nicht weiß, wie wässrig die sind, könnte meinen, dass sie weint. Dann, auf dem letzten Flugplatz-Bild schaut sie doch noch zum Vater hin, wie um zu sagen: Okay, los. Es folgen ein paar Cockpit-Bilder: erst von außen durch das Glas, der Vater rechts und Xenia links, dann innen, vom Kabinen-Rücksitz. Xenia schaut nach hinten, sehr verängstigt, wie mir scheint, während der Vater seinen Startcheck macht. Dann haben sie und Lydia die Plätze offenbar getauscht, denn auf dem nächsten Bild sitzt Lydia vorn, unter der Cockpit-Kuppel, vor und über ihr nur blauer Himmel; das ist nach dem Start. Der ganze Rest sind Luftaufnahmen – strahlend schön, was für ein Tag, wie frisch gewaschen alles, wohl der erste Tag nach langem Regen. Umso krasser, dass es auch der Tag war, an dem Emil Fischlin just von dieser Wand gestürzt ist. Man sieht sie im Vordergrund, klein noch, dahinter die Hochalpen. Vielleicht hatten sie vereinbart, möglichst nah heranzufliegen, auch von ihm Fotos zu machen, in der Wand, wie er hochklettert. Bild für Bild kommt es jetzt näher, das Trapez aus schwarzem Fels, füllt bald den halben Bildschirm aus. Man sieht das Hotel auf der Kante; je nachdem, wie hoch sie fliegen, steht es weiß im Mittelpunkt oder verschwindet vor dem Firn der höchsten Berge hinter ihm. Ich habe nicht gefragt nach Fischlin, ob er auf den Fotos sei. Das kommt mir erst jetzt in den Sinn – und wär ja auch respektlos, nach so etwas überhaupt zu fragen. Aber klar, das ist ja logisch, dass sie ihn ablichten wollten, wenn sie schon da oben waren, direkt vor ihm in der Luft. Solche Fotos wünscht sich jeder Kletterer, nehm ich mal an, und Fischlin, der ja eitel war, wenn alles stimmt, was man so hört, der hat diese Gelegenheit natürlich nutzen wollen, klar. Schon tragisch, wie das endete, doch immerhin hat er noch nicht gewusst, dass Xenia schwanger war.

Ich blicke kurz vom Laptop auf und an die regennasse Scheibe. Draußen ist es Nacht geworden. Mein Gesicht, im Glas gespiegelt, wird zerfurcht von Wassertropfen, die die Scheibe runterlaufen. So war das geplant, natürlich, dass sie Fotos machen würden, nicht nur vom Hotel, nein, auch von ihm, spektakuläre Fotos. Und natürlich wollen sie die nicht verwenden, nie mehr sehen – deshalb ist die Karte weg.

Ich klicke trotzdem weiter. Das Hotel von vorn, x-mal von vorn, von oben, Vogelperspektive, inklusive Nebenbauten, rechts das Schwimmbad und die Straße, links der Zickzackweg zum Bergkamm und der Anfang des Wandwegs. Beim nächsten, wieder etwas tiefer, sieht man ihn in voller Länge, ja sogar die Bunkerscheiben, schräg von oben, und die Kanzel, alles drauf, gestochen scharf. Das kann ich gleich mal weiterschicken ins Baubüro, dieses Bild. Es war wohl auch als Plan gedacht, als Übersicht für den Prospekt. Es gibt noch zwei, drei ähnliche, dann dreht der Heli weg und lässt sich fallen, vor die schwarze Wand. Solang noch Himmel drauf ist, lässt sich darin kaum etwas erkennen, aber ein Klick weiter, und wir sind schon deutlich näher dran. Soviel ich weiß, vom Vater, gibt es einen Minimalabstand, den man nicht unterschreiten darf. Dass er hier so nah ranging, so weit unterhalb des Hotels, wo man nichts mehr sieht als nur noch Fels, das kann ja nur bedeuten, dass sie Emil Fischlin suchten. Und genau das tu ich ebenfalls. Blauschwarze, nass glänzende Schründe. Nichts zu sehen, nächstes Bild. Noch immer nichts. Ich zoome rein. Man sieht ein Felsband, schräg hinauf. Sonst nichts, auch hier nichts – doch! Ein Seil.

Ich halte inne, schaue auf; die Scheibe, blauschwarz wie der Fels, hält mir mein Gaffer-Antlitz vor. Ein Gaffer bin ich, ein elender. Wie die Gaffer am Seequai, die Lydia und mich begafften, und den toten Milo, damals. So ein Gaffer, jetzt auch ich.

Ich kann nicht anders, Bild vergrößern, weiterschieben, hier, das Seil. Es zieht sich durch ein Wirrwarr aus Felsrunzeln, manche moosbewachsen, andere blank und glitschig, nicht grad ideal für festen Halt. Dem Seil entlang, noch näher ran. Unglaublich, was das Bild hergibt. Aus manchen Ritzen Schildfarn, von den Felsvorsprüngen Borstgrasbärte, ein paar Krüppelkiefern auch, die sich weiß Gott wie halten können. Dann das Seil auf einer Kante, locker liegend, nicht gespannt. Hinauf. Das Seil in freiem Fall. Hinauf. Dann sogar überhängend, nass und schwarz, hinauf, hinauf, Grasbüschel, wieder nasser Fels, und wieder überhängend, krass, hinauf, hinauf – und da ist er. Hellblaues Shirt, halblange Hose, Beutel von der Hüfte baumelnd, beide Arme ausgestreckt, die Felsbrust über ihm umarmend, mit dem linken Bein Halt suchend und das rechte in der Luft. Das ist er, Emil Fischlin, Lydias Vater, kurz vor seinem Tod.

Ich schaue in den schwarzen Regen.

Schaue wieder auf den Bildschirm, nächstes Bild, man sieht ihn größer. Immer noch am selben Ort. Er stemmt sich über diese Felsbrust, nur mit seinem linken Bein. Die Wand geht weiter senkrecht hoch. Das nächste Bild, er hängt im Seil, den Kopf etwas nach rechts gedreht. Wahrscheinlich hörte er den Heli, wollte sich umschauen, doch dafür war er zu nah am Fels. Wenn man genug vergrößert, sieht man selbst den Schweiß auf seinem Arm, den er zum Winken hochhebt, glaub ich. Lässig lehnt er sich zurück; er hängt in seinem Brust- und Hüftgurt, beide sind am Seil befestigt mit je einem Karabiner, soweit ich das sehen kann, und zwei Seilklemmen, das ist alles. Ich verstehe nichts vom Klettern. Zwei Seilklemmen, immerhin. Wenn sich die eine lösen sollte, gibt es noch die andere. Die zieht man beim Raufklettern mit. Was war denn eigentlich der Grund für seinen Absturz, weiß man das? Hier scheint ja alles noch in Ordnung, und das Seil hält offenbar. Ich muss mehr sehen, kann nicht anders. Allerdings, die nächsten Bilder, die sind wieder weiter weg, er kleiner, ein Figürchen nur. Man sieht zwar, wo er ist, doch nicht mehr, was er macht, womit er kämpft. Auch sind die Bilder nicht so gut wie die vorher, nicht mehr so scharf, verwackelt manche, und leicht schräg. Wahrscheinlich hat der Heli hier schon abgedreht, fliegt wieder weg, und Lydia hat hastig noch ein paarmal abgedrückt zum Schluss. Ich öffne noch das allerletzte, das schon wieder fast die ganze Wand zeigt, bis hinauf zur Kante. Öffne es, vergrößere. Ich weiß jetzt, wo ich suchen muss, gleich oberhalb des einen Felsbands, oberhalb des schwarzen Buckels, und tatsächlich: hier, hellblau, man sieht ihn noch, weit oben schon, sehr weit sogar, im letzten Abschnitt, vielleicht fünfzig Meter unterhalb der Kante, vor dem Ziel. Auf diesen letzten fünfzig Metern, viele davon überhängend, muss was falsch gelaufen sein. Ein Ausfall beider Klemmen? Unwahrscheinlich, doch was weiß ich schon. Ich zoome rein, so weit ich kann, so viel die Auflösung noch hergibt. Blaue Pixel, geisterhaft – das letzte Bild von Emil Fischlin. Jetzt hab ich's doch noch gesehen, schäme mich und zoome raus.

Der Regen wird noch einmal stärker; Tropfen platzen wie Granaten. Mein Gesicht im Bombenhagel.

Kann es sein, dass so ein Seil durchscheuert auf dem scharfen Kalk? Vielleicht ganz oben, auf der Kante? Oder aber es war schlecht gesichert, hat sich losgelöst. Ich weiß es nicht, hab nie gefragt. Wahrscheinlich war das ja ein Fixseil. Wie es oben festgemacht war, ob an einem Anker, am Geländer oder wie auch immer, das lässt sich hier nicht erkennen. An der Stelle, wo es hochkommt, wo jetzt das Gedenkkreuz steht –

Ich will das Bild schon wieder schließen, als mir an genau der Stelle noch ein zweiter Farbpunkt auffällt. Senkrecht über dem hellblauen, winzig ebenfalls, doch gelb. Ich nehm die Stelle in den Fokus, zoome rein, jetzt doch noch einmal. Gelbe Pixel, grau umrandet, braun und schwarz, dahinter grün, das wird wohl eine Föhre sein. Knallgelbe Pixel. Was ist das? Ich gehe nochmals näher ran, so nahe, bis der Bildschirm gelb ist – gelb, knallgelb, was ist denn das? Ich klapp ihn zu; das Gelb, es bleibt.

Ich starre durch die nasse Scheibe, blinzle, Gelb. Das Gelb bleibt da. Ich starre auf mein Spiegelbild; ein großer gelber Fleck, wie wenn ich etwas Gelbes tragen würde. Spinne ich? Ich beug mich vor und wische übers Scheibenglas, das jetzt beschlägt, von meinem Atem, wische über mein Gesicht, und stelle fest: Das bin nicht ich. Das ist nicht mein Gesicht. Das sind zwei große, riesengroße Augen, rot umlaufen, liderlos, sie starren aus der Nacht zurück.

Ich bleibe sitzen, wie gelähmt.

Mirror kommt hereingestürzt, noch tropfend nass von Kopf bis Fuß, schwer atmend und ganz überrascht, dass ich nicht weg bin – nicht entwischt. Die Jacke zieht er nicht mal aus, kickt einen Sitzsack hin zu mir und setzt sich.

«Alright. Here we are.»

Es klingt wie eine Kampfansage. Ja, hier sind wir, ich und er, zwei Homines sapientes in der Glasvitrine, unter sich. Ich weiche seinem Blick aus, geb mir Mühe, ganz normal zu klingen. Müsste er um diese Zeit nicht in der Küche sein, am Kochen?

«Well, since you're minding my business ...»

«Minding what?» Ich tue so, als hätte ich ihn nicht verstanden.

«Here, on your computer. Ich hab zugeschaut von draußen, Sebi.»

«Wie, was? Zugeschaut, bei was?» Er hat mir zugeschaut, natürlich, aber auf den Bildschirm hat er nicht gesehen, gar nicht möglich. Davon sah er nur den Rücken.

«Mach ihn auf noch einmal.»

«Was?»

«Komm, mach ihn auf.» Die langen Hände klopfen gegen seine Schenkel.

«Mach ihn auf.»

Ich mach ihn auf. Der Bildschirm grellgelb, immer noch. Mirror, der gegenübersitzt, fast da, von wo er reingeschaut hat, kann den Bildschirm so nicht sehen. Trotzdem macht er keinerlei Anstalten, seinen Platz zu wechseln.

«Lass das Bild so stehen. Now that you have found it, it can stay.»

Er schaut nicht auf den Laptop, nicht auf mich, sondern zum Ausgang hin. Ich dreh mich um. An diesem Ausgang, an der Glastür zur Kaverne, spiegelt sich der Laptop-Bildschirm – eine gelbe Projektion.

Mirror setzt sich auf, zieht seine nasse Regenjacke aus, knüllt sie zusammen, wirft sie zu mir.

«Here, if you can use it. Yes, it wasn't very smart to wear it. I could make it disappear, ich hätte sie wegschmeißen können, to destroy the evidence. But there's a hundred photos, where I'm wearing it, this fucking jacket, I've been wearing it for years – no, no, that wouldn't help me none. There's nothing that can help me now, no one but you, I'm at your mercy. I depend on you now, Sebi.»

Endlich schaff ich es, ihn anzuschauen, wenn auch nur sehr kurz.

«But you depend on me, also.»

Der Regen füllt die Stille auf. Das stimmt nicht ganz, was er da sagt. Es gibt keinen Beweis, dass ich mich irgendwie versündigt habe. Mirror weiß es, Xenia. Der Vater? Wenn ich das nur wüsste. Diese drei. Vielleicht nur zwei. Sie könnten es erzählen, könnten es behaupten, wenn sie wollten, doch beweisen, nein, das nicht. Ich aber, ich hab diese Fotos. Hab sie hier auf diesem Laptop, und auf Lydias Computer, wenn sie noch niemand gelöscht hat. Wasser sickert von der gelben Jacke auf die Tastatur; ich leg sie weg, schließe den Laptop, und es wird gleich wieder dunkler. Mirror hat sich vorgebeugt, hält sich die Hände vors Gesicht.

«It wasn't me, Sebi. Well, it was me, but then it wasn't me. Are you aware of that?» Er klingt noch brüchiger als sonst, doch längst nicht mehr so trocken, gurgelnd fast. «Are you aware of that?» Er schreit. «They asked me to! The two of them! She asked me, and your old man, too!» Er starrt zu Boden. «The Hotel! Das Hotel sie hat mir versprochen, in return, she promised me! You do the job, wait till I'm old and then the hotel shall be yours. You do the job, wait till I'm old, and then the hotel shall be yours. It shall be yours. It shall be yours. Just wait. The hotel shall be yours.»

Ich höre gar nicht richtig hin. Ich kann das alles gar nicht glauben, und doch weiß ich, dass es stimmt.

«And now they're giving it to you, right, Sebi? Or to Lydia, which comes down to the same, of course. To young Miss Lydia, who never wanted it, who never did. Who knew what I was promised, knew exactly, never, ever minded. Who was asked explicitly, to make way for the deal between her mother and myself, back then. I was with them when they discussed it! We were at the family table, Xenia, Lydia and myself – no Mister Zünd, no Mister Fischlin. I remember very well. *Kannst du das nicht vorstellen, Liebes? Das Hotel zu übernehmen? Denkst du nicht, du willst vielleicht? Nicht jetzt, vielleicht in zehn, zwölf Jahren?* She said no. *Bist du ganz sicher?* She said no and no again, she must have been fed up with it, and probably wondering anyway why I was at that table, too, why Xenia would discuss those matters with that new cook at her side. *Und Mirror könntest du vorstellen? Für das Hotel?* She just shrugged. *Er könnte das, weißt du, er würde interessiert sein, Miroslav. Doch er muss wissen, was er kann erwarten, und was nicht, weißt du. Er muss ja auch das planen können. Und du musst auch klar sein, Lydia,* she said, *was das bedeutet: Es wäre das*

Ende von der Von-Arx-Tradition, weißt du, das Ende von Familienhotel. She just shrugged, couldn't be arsed. She never could be arsed even to think about it, never ever, always said *ach, das Hotel, nein, ich muss in die Stadt sein, vielleicht auch in New York, Singapore, who knows, vielleicht in Kapstadt auch, where there's a scene, verstehst du nicht?* Das sagte sie zu ihre Mutter, and her mother understood. Wer weiß, was wäre sonst passiert, wenn sie vielleicht hätte gesagt, ja, warum nicht, dieses Hotel, vielleicht at some point in the future. Aber das war keine Frage, sie hat niemals überlegt, she had no interest in all that, her mother's family tradition. She was Daddy's girl, who, just like daddy, had big plans, but not for Hotel Hohwand, that's for sure. And now she'll get it anyway, they're giving it to her. To you.»

Dass ich darauf nichts sage, scheint er als Bestätigung zu nehmen.

«Yes, that's what they'll do, even if Xenia may not be ready for it yet. She wants to wait. She wants to wait and tease her daughter, and she wants to punish you. But I know what her daughter wants, ich merke das, ich bin nicht blöd wie damals vor fünf Jahre, wenn ich hierherkam. Ich merke so was. Xenia will noch warten, so hat sie zu mir gesagt, sie will noch warten, bis du fertig bist mit deine Weg, so lange noch. She makes it look as if this was a penitentiary, wie sagt man – wie ein Strafanstalt für dich, and I'm allowed to play the guard. But actually, it's different, it's not a penitentiary. A traing camp, that's what it is, es ist ein Trainingslager, Sebi! You may make up for your sins, and while you do, you're being tested, tested and prepared for your next role.

You see? That's what it is!»

Er holt tief Luft, als wäre er von einem Tauchgang hochgekommen.

«Xenia, you know – she was heartbroken when her little boy died. When you killed him, Sebi. Killed him! And, if you should care to know, let me just tell you: I was, too! I loved that little boy. I did. Xenia loved him more than it was good for her, he was her life. Well, she'll get over it. She will. She's getting over it already, letting you spend all the night with Lydia, your wife in spe. Yes, she will get over it, get over Milo, over me, get over all us ouvriers. Get over it, rid of it all, get rid of me, my band of freaks, of all the sickness, all the filth. She'll want a normal life again, a family business after all, with her true love, his son, her daughter, leave the shameful past behind, and me with it, I've done my bit. As you could see, I've done my bit ...»

Seine Augen, wenn er weint – sie sehen aus, als würden sie herausgehoben aus den Höhlen, überschwemmt und fortgespült.

Dann springt er plötzlich auf, hält mir die Hand hin.

«We're in this together. Alright, Sebi. Are we not? Let's make a deal, that's what we should. I'll speak to Xenia, I'll see that you will be set free, forever. Niemand braucht zu wissen, was passiert ist an dem See, okay? In turn, du lässt mir das Hotel, du nimmst es nicht, auch wenn du kannst. Alright? Sind wir zusammen, Sebi? Do we have a deal? Ist gut? We both shall have our way up here, and put the past to rest, alright? Was sagst du, Sebi? Are you in? Was sagst du, are you in? Alright?!»

Er streckt mir seine Hand entgegen, vor die Brust. Ich nehm sie nicht.

Da reißt er mir den Laptop weg – ich reiß ihn mir sogleich zurück – er stürzt sich auf mich wie ein Tier, mit Augen, die zu platzen scheinen, wie der Tiger auf dem Bild; ich springe auf und weg, davon, den Laptop an die Brust gedrückt, ich renne raus, steig in den Schacht, er rennt mir nach, gleich über mir, ich rutsche aus auf einer Sprosse, kann den Laptop nicht mehr halten, höre, wie er unten aufprallt, lass mich fallen, heb ihn auf – egal, es geht nur um die CD –, renne weiter durch den Tunnel, höre Mirror hinter mir, mit langen Schritten, bin beim Lift, und rein – die Türe will nicht schließen – endlich doch, er kommt gerannt, die Tür ist zu, geht nicht mehr auf, ich höre seine Fäuste hämmern, hör sie, bis ich oben bin.

11

Ende November ist es schon; der Weg kommt gut voran. Es ist sehr warm geblieben, trocken auch, kaum Regen, noch kein Schnee. Die Abbrucharbeit: alles fertig; beide Brückenköpfe stehen. Ob er sie mal sehen könne, hat der Vater mich gefragt – zumindest gab er das als Grund an, als er den Spaziergang vorschlug.

«Schön, nicht wahr, das Nebelmeer?»

Er redet wieder, immerhin. Was durch die dicke Watte stößt, sind kahle Gipfel, menschenleer. Die Bahnen stehen still, sind in der Zwischensaison, Revision, die Wanderer sind weg und die Skifahrer, Boarder noch nicht da.

«Schön, ja, wenn man darüber ist.»

Ich habe solche Tage gern: Man sieht und hört nichts aus dem Tal, man könnte fast vergessen, dass da unten überhaupt was war, und selbst wenn ich wohl mittlerweile runterkönnte, wenn ich wollte – an so Tagen will ich gar nicht. Wir sind schon beim Fischlin-Kreuz, und ohne was zu sagen, nimmt der Vater seinen kleinen Rucksack vorne auf die Brust, kramt eine Kambly-Packung draus hervor und hält der Dohle, die hier sitzt – die wie fast immer auf dem Kreuz sitzt –, übers Seil ein Biskuit hin. Der Vogel hüpft nach vorn, schnappt sich die ganze Scheibe, fliegt davon. Der Vater zeigt zum Brückenkopf. Er zittert.

«Und das hält tatsächlich?»

«Sicher, klar, das muss es ja. Die bauen nicht zum ersten Mal so eine Brücke, diese Leute.» Auf dem Betonsockel liegen Kiesel, die ich mit dem Schuh wegkicke, übern Rand hinaus. Sie fallen lautlos in die Watte. «Doch für mich ist es die letzte.»

«Wie – die letzte Brücke?»

«Ja.»

«Wie, was – wieso denn keine Brücken? Wieso keine Brücken mehr?»

«Nichts mehr dergleichen, fertig, Schluss. Auch keinen Holzsteg mehr», sag ich, «ich mache Schluss mit *Nature directe.* Nur noch den hier, dann ist fertig.»

«Aber hast du nicht – du hast doch erst grad damit angefangen? Willst du denn was andres machen?»

«Gartenbau.»

«Ah, eben, doch. Du kannst ja nicht schon jetzt aufhören. So reich bist du wohl noch nicht, nehm ich mal an, mit neunundzwanzig.»

«Hab ich nicht gesagt, aufhören. Ganz im Gegenteil. Ich will mehr machen, wieder mehr arbeiten, richtig, nicht bloß drüber reden. Schluss mit *Gartenkunst, Philosophie,* mit *Installationen,* Schluss mit all dem Pseudozeug. Stattdessen ganz normale Gärten.»

«Ganz normale?»

«Ganz normale.»

«So. Aha. Ja, ich verstehe, dass du etwas andres willst. Du bist ja völlig frei, hast alle Möglichkeiten, es gibt viele … Immerhin, das muss man sagen, hat es nicht schlecht funktioniert, das mit den Stegen. Ziemlich gut. Du hast jetzt einen Namen, und den kannst du brauchen, ganz egal, was du damit noch machen willst ...»

«Nein, eben nicht», sag ich und weiß nicht recht, ob ich mich ärgern soll, dass er mir gar nicht richtig zuhört, oder ob ich froh sein soll, dass er sich mit so was aufhält, es gäbe ja auch andere Themen. «Eben nicht, der hilft mir nicht, der Name, der ist hinderlich. Normale Leute, die normale Gärten wollen, nervt das nur. Die wollen keinen Künstler, niemand der *den Garten neu erfindet.* Sondern einen, der was kann. Der nicht viel redet, nicht viel kostet.»

«Und das bist du, willst du sein? Ein ganz normaler Gartenbauer? Denkst du nicht, du könntest auch ...»

«Ich müsste es halt wieder lernen. Mir die rechten Leute suchen, vielleicht selbst ein Büro gründen.»

«Überstürzen würd ich nichts. Jetzt machst du erst mal diesen Steg –»

«– den muss ich ja!»

«Nur wenn du willst. Das weißt du doch, nur wenn du willst. Du könntest auch den Hotelgarten ... wegen uns musst du das nicht.»

Er meint wohl sich und Xenia.

«Wir sind nur froh, dass du jetzt hier bist. Freuen uns, dich hier zu haben. Wenn du lieber vorn im Hotel ...»

«Keine Angst, ich bin zufrieden. Und den Steg, den mache ich.»

Wir gehen um die Felsbucht rum. Das Loch, das nächste Woche mit der Hängebrücke überspannt wird, füllt sich rasch mit Wolken, die wie Milchschaum aus der Tiefe quellen. Ja, das wird schon funktionieren als Touristenattraktion.

Die Dohle ist vorausgeflogen, wartet auf dem zweiten Brückenkopf auf uns, hüpft auf und ab. Der Vater stellt sich neben sie, klopft mit dem Schuh gegen den Sockel: «Bist du sicher, dass das hält?»

Als ob's ihn interessieren würde.

«Was für Seile nimmt man dafür?»

«Bessere als das von Emil Fischlin», sag ich, «hoffentlich.»

Er dreht sich ab, greift in den Rucksack, wühlt darin herum wie irr.

«Ein Fatzer-VVS-Spiralseil, fünfundvierzig Millimeter, elf Kilo pro Meter, um genau zu sein, das kommt hierhin. Auf jeder Seite sechzehn Meter plus Handseile, Maschendraht, Querträger, aufgeschraubte Planken. Ich kann nehmen, was ich schon in Ligornetto haben wollte, alles längst geplant, bestellt.»

Der Vater hat ein Biskuit in der Hand, wirft es der Dohle zu. Sie fängt es aus der Luft, setzt sich damit auf einen Felsvorsprung.

«Seit wann fütterst du Vögel?»

«Irgendwas muss ich ja machen», sagt er, raschelt mit der Packung – vielleicht um den Vogel anzulocken, oder auch vor lauter Zittern. Krümel fallen aus dem Karton.

«Weißt du, was man damit macht?» Die Dohle hüpft vor seine Füße. «Abhängig macht man die Viecher. Heißt es doch beim Hotel vorn, gleich wenn man rauskommt, auf der Tafel: *Bitte keine Tiere füttern*. Hast du die noch nicht gesehen? Nur die Rentner machen's trotzdem», sage ich, lächle dazu. «Die Rentner, immer diese Rentner.»

«Nein, nicht nur die Rentner, Sebi, das sind nicht die Einzigen.»

Es fällt ein ganzes Biskuit raus.

«So lockt man sie nur an. Die wird man nie mehr los, wenn man sie füttert.»

«Nicht nur Rentner, Sebi, nein. Auch Kinder füttern gerne Vögel. Schwäne beispielsweise, das hast du bestimmt auch schon gesehen.» Er holt aus und schmeißt die Bisquits weit über die Brüstung raus. Die Dohle stürzt sich hintennach, sticht in die Wolken und ist weg. «Wenn sie erst sehen, dass man nichts mehr hat, dann kommen sie nicht mehr.»

Wir starren beide in die Tiefe.

Gehen, als wir wieder gehen können, nicht mal mehr zur Kanzel, sondern kehren um, und erst als uns Tomás entgegenkommt, vom Bunker her, nur er allein, sind wir imstande, was zu sagen.

«Wohin geht's, compañero?», fragt der Vater überrascht. Sie mögen ihn, die Ouvriers, und er kann gut mit ihnen reden. Besser jedenfalls als ich.

«Ah, señores», näselt Tomás, der sonst kaum je etwas sagt, «so viele Wege gibt es nicht! Siempre todo recto, sí?» Es scheint, als ziehe er den Klumpen, der an seinem Mund hängt, jetzt mit aller Kraft ein bisschen hoch.

Ich staune, ihn hier anzutreffen – klar, der Weg, der ist gesperrt, auf Hotelgäste trifft er nicht, solang gebaut wird – aber trotzdem.

Er hebt seine freie Schulter, fast wie zur Entschuldigung, und drückt sich dann an uns vorbei, den schweren Kopf zur Wand geneigt. Ich würd ihn gerne kurz aufhalten, ein paar Worte mit ihm wechseln, ihn was fragen – aber was? So trottet er alleine weiter, immer ganz eng an der Wand; vielleicht kann er nicht runterschauen, hat er Höhenangst, der Arme.

«Was der hier wohl will, hier draußen?»

«Keine Ahnung, frische Luft. Den Kopf durchlüften, so wie wir.»

«Ich hätt es ihm verbieten können», sage ich, «aber wozu? Das Sperrband konnte er nicht sehen, wenn er durch den Tunnel kam.»

«Der arme Kerl, lass ihm die Freude. Wenn er endlich einmal rauskommt.»

Wir sind beim Wegweiser.

«Kommst du mit zum Pintli?», fragt der Vater.

«Zum Quellpintli? Eher nicht. Der Weg ist ebenfalls gesperrt», sag ich, «hast du das nicht gewusst?»

«Schon lange nicht mehr», sagt der Vater. «Wie gesagt, du musst nicht mehr ... du kannst hier tun und lassen, was du willst, kannst auch –»

«– hinunterfahren? Dafür bräuchte ich den Autoschlüssel, erst mal, überhaupt.»

«Frag an der Rezeption. Da muss er sein, und wenn nicht, hat ihn Mirror.»

«Mirror?» Ich muss mich beherrschen. «Mirror, meinen Autoschlüssel? Den zur Wohnung auch, nicht wahr? Wer hat ihm die gegeben? Du?»

«Ich weiß nicht, Sebi, ob er sie –»

«Ja, ja, schon gut, ich sehe schon. Doch meinen Laptop hat er nicht, den hat er mir nicht klauen können. Diese Bilder habe ich, da könnt ihr machen, was ihr wollt.»

«Sebi, hör auf, das bringt nichts mehr. Lass uns damit aufhören, gut?» Er reicht mir seine Hand.

Es ist das erste Mal im Leben, glaub ich, dass er mir die Hand gibt, sonst war's immer nur ein Schulterklaps. Ich geb ihm meine, muss gleich weinen, wende mich dem Rückweg zu.

«Brauchst du die Schlüssel gleich? Dann komm ich mit und frage nach», sagt er.

«Nein, nein. Ein andermal. Ist gut.»

So trennen wir uns an der Kreuzung; ich geh Richtung Hotel und der Vater in den Wald hinunter. Nein, ich muss nicht in die Stadt, nicht dringend, ich hab alles hier, was ich hier oben brauche, es gibt kaum noch was, das mir der Vater – oder Mirror – nicht gebracht hat. Nicht mal das Bedürfnis hab ich – komisch eigentlich, jetzt, wo ich könnte, endlich, nach Monaten –, in die Stadt zu fahren, was allein zu machen, ohne Aufsicht, oder auch mit anderen Leuten. Nein, ich hab gar keine Lust. Ich hab Lust auf Lydia. Sie will ich sehen, mit ihr schlafen, jetzt; ich hoffe, sie ist da. Ich gehe runter zum Hotel, um Lydia zu finden. Alles andere ist mir egal.

12

Wenn Schnee liegt auf der Hohwand, dann liegt er wirklich *auf* der Wand, das heißt: nur oben, auf dem Bergkamm. Die Wand selbst ist viel zu steil, als dass daran was hängen bliebe; selbst nach stundenlangem Schneien, wie an diesem Heiligabend, bleibt sie unbepudert schwarz, so wie ein Schoggikuchenrand. *Auf* der Wand hingegen liegt so viel wie schon seit Jahren nicht mehr. Spät kommt er, nun aber reichlich, pünktlich auf die Feiertage.

Auf der Hängebrücke sieht man, wie viel Schnee gefallen ist – ein halber Meter mindestens. So bleibt der Weg jetzt halt gesperrt, wird erst im Frühling eingeweiht, doch er ist fertig ausgebaut. Ich laufe ihn fast jeden Tag gleich zweimal ab, mal vor dem Essen, wenn das Licht am schönsten ist, und danach gleich noch einmal, meist allein, manchmal mit Lydia. Die ist jetzt beim Hotelfriseur, der sie noch mal schöner macht, als sie ja ohnehin schon ist. Ich gehe weiter, lecke mir die dicken Flocken von den Lippen. Als ich bei der Plattform bin, geh ich in die Kapelle rein und zünde Kerzen an: eine für Lydia, eine für Milo, eine dritte für Mama. Für Xenia, den Vater, Emil Fischlin, eine für mich selbst. Eine für Jens, für Sundaran, für Dorli, Ines, Nurja, eine für Özkan und Yukiko, Häuptling Olugbenga, für Tomás, Maiba, Barbara. Und auch für Mirror eine, ja.

Ich bleibe sitzen, bis mir kalt ist, schaue zu, wie sich die Flämmchen beugen, grade stehen, beugen – jedes Mal, wenn es ein Windstoß bis ans Höhlenende schafft. Als ich mich auf den Rückweg mache, sind die Stapfen von vorhin schon fast zur Gänze auswattiert.

Ich hab für alle Ouvriers auch ein Geschenk gekauft, geh sie zur Sicherheit noch einmal durch: Yukiko, die schon seit September klagt, sie friere nur im Bunker – sie bekommt ein paar Pantoffeln. Benga einen Fluggutschein – er hat in Lagos eine Tochter, die angeblich Model war, doch leider nicht das Geld hat, um den Vater einmal zu besuchen. Benga selbst will nicht zu ihr, will nicht mehr nach Nigeria; ich hab ihn extra mal gefragt. Für Jens hab ich ein *Mad*-Abo, für Özkan eine DVD (Bud-Spencer/Terence Hill), und auch für Ines eine (Nicole Kidman). Für Tomás Havannas; er raucht öfters, aber kaum so was. Maiba – das war schwierig; ich hab keine Ahnung, wer sie ist. Einmal sah ich sie in dem Bildband blättern, der im Bunker liegt, dem mit den Bergporträts – also was Ähnliches für sie, auch einen Fotoband, *Tiere der Alpen*. Dorli wiederum bekommt Gedichte, Bachmanns *Großen Bären.* Sie kennt Rilkes *Panther*, hat ihn uns grad kürzlich vorgetragen. Offenbar gefällt ihr so was. Wen gibt's sonst noch? Barbara – Vieille Prune; Nurja – Rosen-Truffes. Und Sundaran – ein Taschenmesser, mit dem Namen eingraviert. Nein, ich hab niemand ausgelassen. Auch nicht Mirror, auch nicht ihn. Ich bin ihm ausgewichen, diese letzten Wochen, wie es ging. Ich ihm, und er auch mir, glaub ich. Ich wusste nicht, wie ich mit ihm umgehen sollte, seit dem Vorfall, doch jetzt hab ich ihm geschrieben, einen langen Brief, und lege ihm die Bilder-CD bei. Natürlich weiß auch er, dass ich sie längst kopiert hab, aber trotzdem: Er wird sie verstehen, diese Geste, hoffentlich – er muss.

Das wären dann die zwölf Geschenke, alle schon bereit, verpackt. Ansonsten hab ich keine; die Familie schenkt sich selber nichts – *Familie*, jetzt brauche ich das Wort auch schon, zum ersten Mal –, das haben wir so abgemacht, das halten sie schon lange so, im Hause von Arx, offenbar. Und mir ist's recht, ich brauche nichts. Die Ouvriers hingegen, für die wollt ich unbedingt was haben; ist nicht selbstverständlich, wie sie mich hier aufgenommen haben, und bewirtet, derart lang. Ich hoffe nur, Maiba schaut nicht unters Bett beim Putzen, da hab ich sie nämlich hingelegt, die zwölf Pakete, schön versteckt. Ich habe ihr gesagt, dass sie das Zimmer nur noch wöchentlich und nicht mehr täglich machen muss – so selten, wie ich es noch nutze –, doch ob sie's verstanden hat, das weiß man leider nie bei ihr. Sie schließt ja nur die Augen, legt den Arm vor ihre Brust und nickt.

Kaum Jacken an den Kleiderhaken, als ich durch den Stollen komme. Klar, sie müssen alle ran, sie hatten ja ihr Essen schon, mit den *Normalen*, heute Mittag, und jetzt braucht sie Mirror in der Küche, selbst die Zimmermädchen. Mehr als hundertfünfzig Menüs sind bestellt, sagt Xenia, für Hotelgäste plus Externe, da erstaunt es nicht, dass Mirror *all hands* vorne haben will, *all hands on deck*, wie er dann immer sagt bei solchen Großanlässen. Trotzdem höre ich in der Vitrine jemand reden – Sundaran und Jens;

sie sind am Gamen, oder tun so, mindestens, als sie mich in der Glastür sehen.

«Werdet ihr noch nicht gebraucht?»

«Noch nicht.» Sie murmeln es im Chor und schauen erst zu mir, als ich schon auf der Wendeltreppe bin.

Ich seh sie nicht mehr ganz so oft in letzter Zeit, die beiden Jungs. Sie haben sich verändert. Sundaran hat Flaum auf seinen Lippen, und auch Jens wirkt älter – komisch, wie das klingt in seinem Fall –, erwachsener kommt er mir vor. Jetzt schauen sie mir nach, doch überhaupt nicht listig wie sonst immer, und ums Reden scheint es ihnen nicht zu sein. Ich lasse sie.

Ich zieh mich um und hole die Geschenke unterm Bett hervor. Dann lausche ich, ob wirklich niemand da ist, und verteile sie eins nach dem andern vor den Türen. In die Zimmer will ich nicht, doch manchmal muss ich einen Blick reinwerfen, um mich nicht zu irren. Als ich wieder runterkomme, sind die Jungs noch immer da.

Ich winke ihnen zu. «Ein schönes Fest euch, frohe Weihnachten!»

Sie sagen nichts, nicht einmal *gleichfalls*. Manchmal sind sie mir ein Rätsel.

Draußen ist der Schnee inzwischen kälter, stottert, wenn man drauftritt. Um den Weihnachtsbaum beim Brunnen vor dem Hotel stehen Gäste, singen Weihnachtslieder, halten sich – die meisten – an den Händen. Dorli seh ich, und Ines, in ihren Wintermänteln, die Kapuzen in die Stirn gezogen.

Drinnen brennt ein Feuer, was den Rousseau-Tiger überm Cheminée erst recht aufzuschrecken scheint. Die Family sitzt in der Lounge-Ecke, neben einem Christbaum, der genau so schön ist wie der draußen, nur halt ohne Schneeverzierung. Alle drei trinken Champagner.

«Sebi, für dich auch ein Glas?»

Ich lasse mir einschenken, setze mich und küsse Lydia. Wir stoßen an, umarmen uns.

«Ich habe nicht gewusst», sag ich, «dass dieses Cheminée funktioniert. Ich hab es noch nie brennen sehen.»

«Hat es auch nicht mehr», sagt Xenia, «seit sicher fünfzig Jahren. Als da letztmals etwas brannte, war ich noch ein kleines Mädchen, etwa so –», sie hält die Hand knapp über ihre Sessellehne. «Es ist sehr mühsam zu putzen, und die Eltern hatten Angst, der Rousseau könnte Schaden nehmen, von den Rußpartikeln, oder von der Hitze, was weiß ich.»

Ich schaue zu dem Tiger hoch.

«Der ist ja echt, hast du gewusst?»

«Gewusst nicht, aber schon vermutet.»

«Bislang hält er's ganz gut aus. Er wird sich dran gewöhnen.»

«Ja, so sieht er aus», sag ich ironisch.

«Sundaran verstand das nicht, dass wir das Cheminée nicht mehr brauchten. Und er hat ja recht. Er hat schon jahrelang darum gebettelt.»

«Er ist sogar reingeklettert», sagt der Vater, «letzte Woche. Rein und rauf, den ganzen Schlot.»

«Was, Sundaran? In den Kamin?»

«Mit dem Kaminfeger, zu zweit. Der war erst sehr dagegen; das sei nicht erlaubt, das gehe nicht, dass er jemanden mit sich nehme, der nicht ausgebildet sei. Doch Sundaran bestand darauf. So was wie Angst, das kennt der nicht. Du weißt ja, wie er ist.»

Ich schmunzle. Ja, so ist er, Sundaran. So kenn ich ihn – nicht so wie eben grad. «Und Jens? Ist der auch mit?»

«Der nicht, der hat sich nicht getraut. Und hatte Angst um seinen Freund, der wollte ihn zuerst dran hindern.»

Lydia dreht sich plötzlich ab, schlägt einen Tannenast beiseite. «Dieser blöde Christbaum!»

«Was?»

«Er kitzelt mich im Rücken», sagt sie.

«Wart, wir stellen ihn doch so ...» Ich stehe auf, geh hintern Diwan, bücke mich zum Topf, in dem der Christbaum steht, und drehe ihn.

«Nein, wart, es ist nur dieser Ast, der eine blöde Ast ...» Sie bricht das Zweiglein ab, das sie gestört hat, hängt die Silberkugel, die dran hing, an einen andern Ast. «Da sind ja Käfer dran. Schau mal, die Käfer! Da sind Käfer dran!»

«Was? Wo?»

Sie wirft das Zweiglein weg. Ich krieche unterm Baum hervor und heb es auf. «Zeig mal. Tatsächlich.»

«Iiiiih, die Käfer. Wirf es weg! Scheißkäfer, was für ein Scheißbaum.»

«He, he.» Jetzt regt sich Xenia auf.

Doch Lydia erholt sich nicht. «Warum verpflanzen wir denn jedes Jahr den ganzen Wald hierher?»

«Damit wir sie zurückverpflanzen können, diese Bäumchen, Liebes, nach Silvester, so wie immer. Weißt du doch. Ich glaub sogar, dass die Idee von dir kam, damals. Damals warst du selbst dagegen, dass wir Unkraut jäten auf dem Vorplatz, kannst du dich erinnern? Da warst du Naturliebhaberin der allerstrengsten Sorte –»

«– damals war ich elf, vielleicht. Man muss nicht alles lieben, nur weil es Natur ist. Muss man nicht.» Sie rückt ans Ende des Diwans, weit weg mir und von dem Ast.

Ich schaue mir die Käfer an. Es sind drei Stück, *Ips Typographus*, Borkenkäfer, braun behaart. «Ein Weibchen und zwei Männchen, sieht man an den Höckern», sage ich.

«Von mir aus. Wirf sie bitte weg.»

Ich steh auf, geh nochmals zum Baum, schau mir den Ast genauer an und auch den Stamm, die ganze Borke. Ein paar weitere Käfer hat es, viele sind es aber nicht. Sie lassen sich wegpicken: Die, die ich grad sehe, nehme ich und streif sie auf dem Zweiglein ab. «Ich würde diesen Baum dann doch am besten bald verfeuern», sag ich. «Meistens sind die Käfer in der Rinde, doch sie können fliegen. Wenn die andern Bäume auch befallen sind – die hier im Saal –, dann nützt das allerdings nicht viel, dann kann man sich die Übung sparen. Und der Wald, der hat den Käfer sowieso, für ein paar Jahre. Wo sind denn die Bäume her?»

Der Vater hebt den Daumen über seine Schulter.

«Vom Südhang? Da hat es jede Menge Sturmholz; klar ist da der Käfer drin. Da muss man Fallen stellen, nächsten Sommer, wenn's noch keine hat. Wahrscheinlich hat es aber welche; ich frag mal beim Forstamt nach.»

«Der Wald wird mit den Käfern fertigwerden», sagt jetzt Lydia, «doch ich, ich find sie supereklig. Kannst du sie nicht endlich mal –»

Ich picke einen um den andern von dem Zweig und lasse sie in mein geleertes Sektglas plumpsen. Panisches Gekrabbel. Einen Guss von Lydias Champagner obendrauf, es geht nicht anders. Zuerst zappeln sie noch wilder, dann hört einer nach dem andern auf, kippt auf den Rücken, fertig.

Xenia ist empört. «Komm, gib das Glas, was kommt euch in den Sinn.»

Sie stampft damit davon, vors Entree, wo sie es wohl in den Schnee kippt, kommt zurück und schimpft noch immer.

Wir drei stehen lachend auf, selbst Lydia, und folgen ihr. Im Speisesaal riecht es nach Reisig. Hier allein hat's sieben Bäumchen, fast ein kleiner Tannenwald, vor dem ein Streichquartett platziert ist. Ich verzichte wohlweislich darauf, das Holz zu inspizieren. Als wir uns dann setzen, drückt mir Lydia einen Kuss aufs Ohr, versöhnt, so scheint es. Xenia auch.

«Was ist das», frage ich, «was die da spielen? Weihnachtslieder nicht.»

«Zum Glück nicht», sagt der Vater, «das ist Händel, glaub ich; ist mir lieber.»

Dann kommt schon der erste Gang: ein Pilzragout in Filotaschen, mit Zitronengras verschnürt.

Schöne Bescherung, heißt das Menü.

Weiter geht's mit Wurzel-Kimchi – Rüben, Beten, Schwarzwurzeln –, in Wirsingblätter eingewickelt.

Danach kommt ein Raviolo, eingefärbt mit Blaukrautsaft, mit einer dicken Schlaufe weißen Wildschweinspecks darum geschlungen. Als wir in die Päckchen schneiden, kullern Haselnüsse raus.

«Wie sagt man? Perlen vor die Schweine!»

Alle schauen auf. Mirror steht da, steht plötzlich hier am Tisch; es hat ihn niemand kommen sehen.

«Ist das richtig? Vor die Schweine?»

«Mirror –!» Xenia schaut sich um.

«... die Säue», korrigiere ich, «so hört man's meistens, *vor die Säue.* Dass du diesen Ausdruck kennst!» Ich frage mich, wo er ihn herhat, und was er hier damit will, im Speisesaal, an unserm Tisch.

Er lacht nur, rückt sich seine Mütze grade und erkundigt sich: «So, do you like it? Does it live up to your lofty expectations?»

«Es ist wunderbar, Mirror», sagt Xenia, «das mit den Päckchen, und der Inhalt auch, natürlich, aber ...»

«Alright, great, great, great.»

Er hört uns gar nicht richtig zu, er wackelt mit der Mütze wie ein Clown. Was ist nur los mit ihm? Ist er auf Drogen?

«Great, great, great, I like to hear that, that is great. Ich habe alle die Rezepten auf der data base gespeichert, it's all there if you should ever want to look it up, revive it. It's a menu for the ages, right, for all eternity!»

Er ist völlig aufgedreht, er schlenkert mit den Armen, schüttelt seinen Kopf, als ob er selbst kaum glauben könnte, was er sagt. Ich frag mich, was er damit meint. Er schüttelt seinen Kopf noch im Weglaufen, unterwegs zu andern, während uns der nächste Gang serviert wird, eine Zwiebelsuppe. Tisch für Tisch marschiert er ab, verbeugt sich überall, derweil wir Löcher in die Deckel schlagen, in den Blätterteig, mit dem die Suppe überbacken ist. Er stellt sich vor den Tischen auf, als täte er das jeden Abend, stellt sich schließlich vor die Tür und schaut nochmals zu uns zurück, schaut jeden Einzelnen von uns noch einmal an, hab ich den Eindruck, erst den Vater, Xenia, dann Lydia und schließlich mich, mit Augen, größer noch als sonst, und glänzend, fast wie Weihnachtskugeln. Er presst sie zusammen, wohl, um besser bis zu uns zu sehen – das hab ich noch nie gesehen, dass er sein Gesicht derart verzieht, zu einem Grinsen, Zwinkern –, er versucht uns zuzuzwinkern, und natürlich geht das nicht, natürlich sieht das schrecklich aus, wie sich das rote Kochgesicht derart verkrampft, während die Augen reglos bleiben, rausgestülpt. Als er dann in der Tür verschwindet, spürt man, wie der Saal aufatmet.

«Was zum Teufel wollte der hier?»

Es ist Lydia, die fragt, und Xenia räuspert sich, wie sie das immer tut, wenn Dinge nicht nach ihren Vorstellungen laufen.

«War das jetzt das erste Mal», frag ich, «dass Mirror hier auftritt?»

Es gibt mir niemand eine Antwort. Mindestens dem Vater, glaube ich, und wohl auch Lydia sind diese Regeln peinlich, diese ungeschriebenen Regeln, gegen die kein Ouvrier und keine Ouvrière jemals verstoßen hat, seit ich hier oben bin. Vielleicht sind sie auch Xenia peinlich. Hoffentlich, müsste man meinen; allerdings muss man bedenken, dass ihr Engagement ohne die Regeln gar nicht möglich wäre, dass die Ouvriers nur dank der Regeln hier arbeiten können, in so einem Grand Hotel.

Sie räuspert sich gleich noch einmal. «Er ist zurzeit ja wirklich komisch.»

«Komisch – wie denn?», frage ich. Ich hab niemanden was erzählt von der CD, auch Lydia nicht. Und Mirror selbst – wir sind uns aus dem Weg gegangen, ja, das schon, doch wenn wir uns begegnet sind, dann hatte ich nicht mehr den Eindruck, dass er etwas von mir wollte. Diese Bilder habe ich, das weiß er, das kann er nicht ändern, und die CD und den Brief, den wird er sehen, heute Abend. «Komisch war er? Wie denn, komisch?»

«Irgendetwas stimmt nicht mit ihm. Und er sagt nicht, was es ist», sagt Xenia, und das erstaunt uns. Wenn hier irgendjemand weiß, was in dem Koch vorgeht, dann sie, und ebenso ist's umgekehrt: Was sie sich ausdenkt, Xenia, das hat sie immer nur mit ihm geteilt, mit niemand anderem sonst, nicht einmal mit dem Vater, und ganz sicher nicht mit Lydia. Klar, irgendetwas stimmt mit ihm nicht, aber das gilt auch für sie, für seine Chefin. Für *Madame.*

Das Streichquartett macht Pause, und das Welte-Mignon übernimmt.

«Noch immer Händel», sagt der Vater.

Zum Dessert gibt es Glückskekse, so nennt sie die Kellnerin, und ganz so sehen sie auch aus, nur größer als die *Fortune Cookies*, die man sonst serviert bekommt: Handtellergroße Schiffe sind es, eines pro Person, auf einem See, tiefschwarz, von Schlehensaft, garniert mit Eiweißschaum

– Schaumkronen. Mich erinnern diese Kekse und die Art, wie man sie öffnet, seit jeher an Hostien. Ich hebe meinen aus der Tunke, breche ihn entzwei und finde – nein, keine Papierbotschaft, nur vier Buchstaben, die rauspurzeln, N, E, P und S, aus Mandarinenschale ausgeschnitten und schön karamellisiert. Sie kleben aneinander, ich drapiere sie am Tellerrand, versuch sie rumzuschieben, daraus schlau zu werden, doch vergeblich.

Lydia ist schneller; als ich zu ihr rüberschaue, steht Orange auf Schwarz auf ihrem Teller:

BOYS

Aha, da komm ich drauf, und Lydia ist rot geworden, *BOYS*: das ist es offenbar, was Mirror ihr zum neuen Jahr wünscht, Buben, Kinder, ihr und mir, was anderes kann das nicht bedeuten, kann man aus den vier Buchstaben gar nicht machen, nur das: *BOYS*. Es ist uns beiden peinlich, und wir beugen uns zu Xenia rüber, um zu sehen, was sie hat.

U, N und S und nochmals N. Sie schüttelt nur den Kopf, verärgert, schiebt den Teller zu uns hin, klopft mit den Fingern auf den Tisch, scheint immer noch verstört darüber, was der Koch sich grad erlaubt hat, und jetzt dieser Rätselquatsch. Sie steht auf, macht die Gästerunde – sie macht die normalerweise –, während ich versuche, U, N, N und S zu kombinieren und derweil der Vater seine Lettern einfach in den Mund schiebt.

«Was hast du? Zwei G, oder, und sonst noch?» Lydia will ihn stoppen. «Alois! Du kannst doch die nicht einfach – was hast du gehabt? Die beiden G, hab ich gesehen, aber nicht den Rest. Was noch?»

Der Vater setzt ein Lächeln auf, das schelmisch wirken soll. «Je nun! Das ist jetzt mein Geheimnis, oder? Muss man diese Glückskekswünsche nicht für sich behalten, wenn sie in Erfüllung gehen sollen?»

«Einfach weggegessen!»

Ach, was soll's – so schwer kann das nicht sein, so viele Wörter gibt es gar nicht, englische, mit zweimal G, mir fällt nur grade keines ein, und außerdem bin ich noch immer mit U, N, N, S beschäftigt – in Gedanken, jedenfalls, ich lange nicht auf Xenias Teller. *NUNS*, es kommt nur *NUNS* in Frage. «Xenia hat *NUNS*», sag ich, «*N-U-N-S*, Nonnen auf Englisch.»

«Und du *PENS*», sagt Lydia, die über alle Teller reden will, bloß nicht den eigenen, «das hast du: englisch *PENS*, Schreibstifte. Etwas anderes geht nicht.»

«Seht ihr», sagt jetzt der Vater, «völlig irr ist der, der gute Mirror, Xenia hat schon recht. Mit dem stimmt etwas nicht mehr, ganz eindeutig.»

«Ja, eindeutig», sage ich, «doch überhaupt nicht irr. Eindeutig sind die Wörter: *BOYS, NUNS, PENS;* es gibt jeweils nur eine Lösung. Sicher wär das auch bei dir so», sage ich zum Vater, «wenn du sie nicht weggegessen hättest.»

«Blödsinn, Kinderzeug.» Er wird fast wütend, und wir lassen ihn.

«Er meint bestimmt», sagt Lydia zu mir, «dass du mehr zeichnen sollst. Das meint er, Mirror, ganz bestimmt. Verstehst du, *PENS*, das ist doch logisch. Zeichnen, Gärten zeichnen, weißt du. Wieder an die Gartenarbeit.»

«Meinst du?», sage ich, obwohl ich etwas anderes vermute, aber gut, das ist mir recht, wenn sie das so sieht, auch nicht falsch. «Das will ich ja, da hat er recht, das hab ich mir schon vorgenommen. Gärten zeichnen, ja, genau.» Ich fange an zu essen, Lydia auch, der Vater ist fast fertig.

Xenia kommt zurück von ihrer Runde, offenbar erleichtert.

«Und», fragt Lydia, «was haben denn die andern für Buchstaben?»

Sie hört gar nicht hin, steht hinter ihrem Stuhl und überblickt den Raum, die vielen Weihnachtsgäste, die an ihren Cookies knabbern.

«Sag, was haben sie, die Gäste?»

Xenia setzt sich. «Alle *LUCK.* Sie haben alle *LUCK*, die Gäste, *L-U-C-K*, Glück. Nichts sonst.» Sie schaut in unsere kleine Runde und fängt an zu lachen, plötzlich. Richtig heftig lacht sie; ich glaub nicht, dass ich sie überhaupt schon einmal habe lachen hören, und jetzt lacht sie so, dass sich die Leute zu uns drehen, wundern. Mir kommt in den Sinn, wie ich sie kennenlernte, im Du Lac, am Morgen nach dem Unfall, wie ich mich verraten habe, quasi, und wie sie geschaut hat, als ich sagte – was hab ich gesagt? –, dass ich jemanden *ins Unglück gestürzt* hab – wie sie dann geschaut hat, ohne dass ich hätte wissen können, was in ihr vorging, wie ihr Gesicht sich dabei spannte, wie mit Fäden festgezurrt. Jetzt lösen sich die Fäden endlich, nach Monaten, platzen auf vor Lachen, diesem lauten Lachen, das nun endlich aus der Haut kann, sich in hunderten von Falten über ihr Gesicht ergießt und überspringt auf uns, auf alle, auf den Vater, Lydia, auf mich, die Leute neben uns und schließlich auf den ganzen Saal. Cheerleaderin ist Xenia, sie lacht am lautesten von allen, Lydia am schönsten, und der Vater – ja, auch er – am längsten. Als er sich dann doch noch fasst, sind unsre Mandarinenlettern alle weggeputzt, gegessen, und sie schmecken gar nicht bitter.

Lydia lehnt sich an mich.

«Kommst du mit?», frag ich.

«Zur Kanzel?»

«Ja.»

«Bei diesem Schnee? Mit diesen Schuhen?»

«Lieber noch ein Glas Amigne», sagt der Vater und bestellt.

«Du kannst ja andere anziehen», sag ich, «soll ich sie dir holen?»

«Hat es aufgehört?», fragt sie, schaut aus dem Fenster.

«Glaube schon.»

Der Kellner kommt, bringt den Amigne; Lydia soll probieren.

«Der schmeckt fast zu gut», sagt sie zu mir – «willst du nicht lieber mit uns trinken? Jetzt in diese Kälte raus …»

«Ach, lasst ihn doch», sagt Xenia, «wenn ihm das Spaß macht – geh ruhig, Sebi, und wir sparen dir was auf.»

So gehe ich allein. Es ist tatsächlich klar, und beißend kalt. Und ganz schön hingelegt hat es, zwei volle Handbreit in drei Stunden. Wenn man aus dem Schein des Hotels tritt, sieht man erst überhaupt nichts; nur allmählich zeichnet sich die Landschaft in dem fahlen Licht ab, das der Schnee noch spenden kann, in Drittinstanz, könnte man sagen, nach der Sonne und dem Mond. Die Ohren schmerzen, dann die Stirn. Wie Durchzug fühlt sich's an im Kopf, obwohl es völlig windstill ist. Es liegt bestimmt ein Meter Schnee. Kein Ton, kein Tier, keine Bewegung. Jedes mögliche Geräusch – es muss ja welche geben – bleibt für sich allein, erstickt gleich wieder, eingepackt und abgedämpft. Wenn ich die Stiefel aus dem Schnee zieh, ohne jeden Widerstand, rieselt der Puder rasch zurück und füllt die Tritte wieder auf; ich hinterlasse keine Spur. Und wenn es quietscht unter der Sohle, hört man nichts, man spürt es nur – als ob man eine Maus zertreten würde, die im Schlaf erzittert, tief unter der weißen Decke. Federleicht ist jede Flocke, jeder einzelne Kristall, sie bleiben liegen, wie sie sind, selbst auf den Zeigern des Wegweisers. Bald wird auch der See zufrieren. Als ich auf den Bergkamm komme, ist von ihm kein Hauch zu spüren, auch kein Glitzern auf dem Wasser, bloß der lange, schmale Teppich, den der Mond zum Horizont hin ausgerollt hat, unbenutzt. Beim Bunker fahr ich mit dem Handschuh über die Glaswand; ich bleibe kleben, derart kalt ist sie. Vielleicht sitzt jemand da, im Dunkeln, ruht sich von der Arbeit aus und schaut mir nach – ich seh es nicht. Die Hängebrücke gleicht jetzt einer Wechte, und ich muss mich bücken, um mich überhaupt noch an den Seilen festhalten zu können. Komisch, wie man ihr misstraut, wenn man die Planken nicht mehr sieht, nur noch den Schnee, auf dem man schwankt.

Ich habe immer etwas Angst, bevor ich um die Ecke biege, vor der Kanzel, in der Nacht. Die roten Lichtlein in der Höhle, hinten beim Altar: Man weiß ja, dass sie da sind, dass sie kommen – trotzdem hat man Angst davor. Sie lauern in der Tiefe, rote Augen, warten ganz geduldig, ohne Flackern, ohne Blinzeln, warten auf den Blickkontakt, den man so lange wie nur möglich zu vermeiden sucht; sie warten darauf, dass man sich ergibt, sich ihnen stellt, so kommt's mir vor. So ähnlich ging's mir schon als Kind, wenn ich vom Bett durchs Fenster schaute: Weit weg in der Nacht sah man den Turm der Müllkraftwerkanlage, nicht den Turm, genau genommen, sondern nur die beiden Lichter, die an seiner Spitze glommen, rot und starr wie ein Paar Augen. Auch Flugzeuge sah man blinken, doch die machten mir nicht Angst, die flogen weiter, und man wusste, dass es Flugzeuge sein mussten, nichts als Flugzeuge sein konnten, unterwegs nach Hause, voll mit friedlich schlafenden Urlaubern. Nein, die Flugzeuge, die waren harmlos und gleich wieder weg, doch diese Augen an dem Turm – die blieben da, die ganze Nacht. Ich konnte mich so lange drehen, wie ich wollte, hin und her, den Kopf zur Wand, was andres denken – konnte nicht einschlafen, ohne noch einmal zu diesen Augen rauszuschauen, übers Kissen, noch einmal, und noch einmal. Oft gab ich es dann schließlich auf, verließ mein Bett und schlich mich rüber in das Zimmer meiner Eltern – unter irgendeinem Vorwand: Bauchweh, Zugluft, Straßenlärm –, worauf mich Mama eigentlich fast immer mit zu sich ins Bett nahm. Dass es diese roten Lichter waren, die mir Angst einjagten, das hab ich ihr nie gesagt.

Jetzt, hier, auf dieser Plattform, brennen hinter mir nicht nur zwei Augen, sondern mindestens ein Dutzend – die, die ich am Nachmittag in der Kapellenhöhle für die Ouvriers und meine Lieben selber angezündet habe. Immerhin fällt es mir leichter als damals, nicht hinzuschauen, auch wenn sich der rote Schein über den Schnee zu mir erstreckt.

Schnurstracks stapfe ich nach vorn, verbiete mir den Schulterblick und schaue auf den See hinaus. *Durchatmen!*, heißt es im Prospekt, den Xenia jetzt doch drucken will, mit neuen Fotos, mit dem Steg. Der Vater hat ihr angeboten, nochmals an die Wand zu fliegen; tatsächlich, der macht das, so als wäre nie etwas gewesen. Lydia, allerdings, die wird sich weigern mitzugehen, nochmals in die Alouette zu steigen, da muss jemand anders her. Und Mirror – Mirror wird sich hüten rauszugehen, das ist sicher, der wird schön zu Hause bleiben. Wenn er überhaupt noch da ist nächsten Frühling – hoffen wir's. Er war so komisch, vorher. Erst sein Auftritt, und dann diese Wörter: BOYS, NUNS, PENS, und nochmal was. Was er sich wohl für sich wünscht? Das Hotel. Das Hotel möchte er.

Kein Licht da unten auf dem See, kein Schiff bis an das ferne Ende. Weihnachtsfahrten gibt es nicht, oder sie sind bereits vorbei. Ich scharre Schnee zusammen, türm ihn zwischen meinen Stiefeln auf, zu einem schmalen Berggrat, drück ihn mit den Hacken fest, bis er so dünn und hoch ist, dass er bricht. Kein Wind, nicht mal hier draußen, nur die stille, schmerzend scharfe Kälte. Er wird sich gedulden müssen, Mirror, mit dem Hotel-Plan. So bald wird Xenia das noch nicht abgeben, jedenfalls nicht ihm, nur mir vielleicht, wenn ich es will. Ich kann es mir vorstellen, unterdessen, wenn auch Lydia ... *Durchatmen!* Das ist gar nicht einfach, wenn man so weit draußen steht, im Himmel draußen, sozusagen; man bekommt fast zu viel Luft, fast mehr, als man einatmen kann, sie füllt die Lungen, hat kaum Platz und schlüpft nach unten, in den Schritt – dieses Gefühl, das jeder kennt, der schon mal eine solche Leere vor sich hatte, einen Abgrund. Mirror ... ach, der arme Hund; erpressen kann er mich nicht mehr, zu spät, dafür weiß ich zu viel. Wie hieß es noch im Kalten Krieg? Ein Gleichgewicht des Schreckens. Und wir müssen uns nicht mal bedrohen, können uns auch arrangieren. Er kann bleiben, weiter kochen, damit hab ich kein Problem. Genauso seine Ouvriers. Die sind jetzt seit fünf Jahren hier, und der Betrieb, soweit ich sehe, läuft so gut wie eh und je. Unglaublich eigentlich, wie er das hinbekommen hat, kraft seines Willens, und dank Xenias Wahnsinn. Dafür muss man ihn bewundern. Überhaupt die Ouvriers: Man müsste sie auszeichnen, jedem Einzelnen gebührt ein Orden, nicht nur Mirror, allen zwölf. Man müsste das bewerben, sie aus ihrem Schatten treten lassen. Leider Gottes geht das nicht. Ich dreh mich um.

Da stehen sie.

Sie stehen vor der Höhle, aufgereiht, als schwarze Schattenrisse, rot umflort im Gegenlicht, mit roten Lichtlein zwischen ihren schwarzen Silhouetten, stumm. Sie stehen da, in einem Halbkreis, halten sich an ihren Händen, wie ein langer Scherenschnitt. Sie werden größer, kommen her. Ich spüre hinter mir die Leere. Mirror!, will ich rufen – sein Umriss ist jener in der Mitte – Mirror! Nurja! Tomás! Ich will die Namen rufen, doch ich bringe meinen Mund nicht auf. Sie schweigen, und ihr Kreis wird enger. Meine Beine geben nach, ich taste hinter meinem Rücken nach dem Drahtseil, stütze mich, die Hände frieren sofort an. In meinem Kopf beginnt ein Rauschen, wie in Wellen rollt es an. Ich höre nichts von ihren Schritten, doch mit jedem Atemzug sind sie mir näher, nochmals größer. Ein Gesicht ums andere tritt aus dem Höhlenrot hervor, erst schwarz, dann violett, dann weiß. Ich kann nicht weg, sie sind vor mir, Maiba, Dorli, Barbara, ich bin wie angeschmiedet, steif. Sie strecken ihre Arme aus, Yukiko, Özkan, Sundaran, ich höre auf zu atmen, Olugbenga, und sie greifen nach mir, Jens, Ines – nein, hinter mich. Sie steigen über das Geländer, schweben über mich hinweg, ihre Gesichter wie Ballone. Meine Augen frieren zu. Ihre Gesichter: wie Ballone schweben sie an mir vorbei.

Dann reiße ich sie wieder auf, die Hände von den Seilen, sehe nichts vor mir als nur die Höhle und darin die roten Lichter. Fange wieder an zu atmen. Dreh mich nochmals zum Geländer, schaue in den Horizont. Ich wage einen Blick hinab: der See, ein glattes, dunkles Tuch.